Für meine Kinder

Frank <u>Peter</u> Ludwig Christian
Klaus <u>Thomas</u> Axel
Caroline Andrea Charlotte

und meine Enkel

Ismael, Laufer, Ludwig und Johannes

Christa Sollacher

Noris Stern in meiner Hand
FASZINATION AFRIKA

Erzählungen

© 2017 Christa Sollacher
Umschlag, Gestaltung
Kristina Drexel

Verlag: tredition GmbH, Hamburg

978-3-7439-0045-5 (Paperback)
978-3-7439-0046-2 (Hardcover)
978-3-7439-0047-9 (e-Book)

Printed in Germany

Inhaltsverzeichnis

Meine Schreibmaschine ist meine Gitarre   C. S.

Es ist wie ein bittersüßer Fluch, daß man von diesem Land nicht mehr loskommt. Es hat Schönheiten, es hat Härten, es fasziniert. Dies ging nicht nur Tania Blixen so und ihr Buch „Afrika dunkel lockende Welt" entstand mit Sicherheit nicht nur aus der Phantasie ihrer Träume heraus.

Tania Blixen lebte im kenianischen Hochland im Feudalstil der Kolonialzeit nach der Jahrhundertwende und ihr Buch beginnt „Ich hatte eine Farm in Afrika am Fuße der Ngong Hills".

Ich lebte an der kenianischen Küste am Ende des letzten Jahrhunderts, der Feudalstil der Kolonialzeit hing nur noch in der Luft und mein Buch beginnt...

„Ich hatte eine Schneiderei in Afrika am Rande des Indischen Ozeans".

Neunzehnhundertdreiundsechzig wurde Kenia unabhängig, die verbliebenen Engländer leben auf ihren Besitzen und werden respektvoll toleriert. Die Inder machen immer noch den Großteil der Geschäftsleute aus. Zu diesen haben sie sich avanciert, nachdem sie um die Jahrhundertwende zum Bau der Eisenbahn von Tansania nach Uganda ins Land geholt worden waren. Geschäftstüchtige Europäer haben geholfen und helfen, den Tourismus in Gang zu bringen. Sie tragen zu dem Erfolg der Wirtschaft bei. Kenia ist ein Musterland der Wirtschaft in Afrika und kann auch als Musterland des Friedens in der Welt bezeichnet werden. Es leben hier Afrikaner, Asiaten und Europäer in beispielhafter Friedfertigkeit zusammen.

Ich lebte in Kenia von neunzehnhundertachtzig bis neunzehnhundertzweiundneunzig, nachdem ich meinen Söhnen, die dort lebten, gefolgt war.

Ich hatte eine Maßschneiderei direkt am Indischen Ozean. In dieser Zeit wurde meine Faszination geboren, die mich auch nach meiner Rückkehr nach Deutschland nicht mehr losließ. Ich wußte, ich hatte auf dem Dach der Welt gestanden und ohnmächtig blieb mir nur noch, meine Türen nach Süden zu öffnen.

Ich begann Bücher über Afrika zu lesen und startete eine Spendenaktion für einen fröhlichen Kindergarten am Strand des Indischen Ozeans. .
Ich wurde mehr und mehr erfüllt von einer Sehnsucht nach Afrika, die nur erträglich wurde, wenn ich sie sprechen ließ und ihre Worte aufschrieb. Und so fing ich zu schreiben an über das Land Afrika, über mein Leben dort, über mein Geschäft und unseren Hund, über das Zusammenleben mit meinen Söhnen und mit meiner Tochter, das Zusammenleben mit Afrikanern und europäischen Freunden, über mein Zuhause, das ich dort fand in einem indischen Haus, über die Vielfalt meiner Erlebnisse.

Das Manuskript schildert eine bunte Palette meines phantastischen Lebens dort. Es ist dies mein erstes Manuskript, das ich schreibe, obwohl ich bereits mehrere angefangen habe. Die Faszination für Afrika macht mich jedoch ungeduldig und drängt mich, meine Gedanken über das Leben dort als allererstes zu Papier zu bringen.

Ich glaube, daß durch mein Geschriebenes ein Atem geht, der die Wirklichkeit des Erlebten spüren läßt und über dem die Verklärung meiner Sehnsucht liegt.

Gedicht

AFRIKA
wo bist du
ich fühle dich nicht mehr
deine Wärme
die mir so gut tat
deine tropische Wärme
die mich umhüllte
wie ein warmer
feuchter Umschlag
der meine Glieder
umschmeichelte
und sie nicht
schmerzen ließ
ich spüre dich nicht
ich kann dich nicht
einmal erahnen

AFRIKA
ich schmecke dich nicht
deine Mango
die so köstlich war
sie fehlt mir
bei meinem Frühstück
das leer ist ohne sie

AFRIKA
ich genieße dich nicht
und meine Füße nicht
die sich so gerne
auf deinem weichen warmen
wohligen Sand bewegten

AFRIKA
ich sehe dich nicht
deinen Tag mit dem
verschwenderischen Licht
und mit der Fülle
Deiner Blütenpracht
und nicht deine Nacht
in ihrer südlichen Einmaligkeit

AFRIKA
ich höre nicht
das Tosen deines Meeres
und nicht
das Wispern deiner Palmen
ich rieche nicht
deine herbe, salzig feuchte Luft
die mich stärkte und beschwingte

AFRIKA
du fehlst mir

Erinnerungen

Ich hatte eine Schneiderei in Afrika am Rande des Indischen Ozeans. Und wenn die Flut kam, dann kam es vor, daß die Ausläufer jeder siebenten Welle, gemäß dem Gesetz der Natur, auf meine Terrasse kamen.

Sonst trennte mich vom Meer ein breiter, weißer Sandstreifen auf dem es eine Wohltat war, barfuß zu laufen.

Man hörte das ferne Tosen vom Riff, wo sich das Wasser tiefdunkel brach, um sich zu einer schneeweißen Gischt aufzubäumen. Vom Innenriff zum Ufer hin zauberte das Meer eine einmalige Farbpalette vom dunkelsten, über Türkis, bis hin zu einem hellen, zarten Grün. Die steilstehende, gleißende Sonne produzierte zusammen mit dem Wind und den Wellen ein Funkeln, wie das von Millionen Smaragden.

Das Wasser des Meeres war weich und warm und ein Bad glich einer schmeichelnden Umarmung.

Vom Ende des Meeres, wo am Morgen wie ein glühender Ball die Sonne aufging bis dorthin, wo sie am Abend hinter den Palmen wieder orangerot verschwand, erstreckte sich ein halbes Jahr lang den ganzen Tag über ein tiefblauer Himmel.

Es lohnte sich am Morgen dem Wecksingen der vielen bunten Vögel nachzugeben, um sich das Naturschauspiel „Sonnenaufgang" anzusehen. Glutrot stieg der mächtige Sonnenball aus dem Meer und tauchte das ganze gewaltige Naß und den verblassenden Himmel der Nacht in seine Farbe. Und wenn das Meer tobte, dann glich der Anblick einem riesigen Feuerwerk. Die Dämmerung war in diesem Land nur sehr kurz und es war, als würde am Morgen nach dem Sonnenaufgang das Licht angeschaltet und am Abend nach dem Sonnenuntergang wieder ausgeschaltet werden. Und bedeutete das

Anschalten am Morgen den Anfang eines strahlenden Sonnentages, den der Wind an der Küste nur noch angenehmer machte, so begann am Abend die große, geheimnisvolle Tropennacht. Nur der südliche Sternenhimmel ist von solch intensiver Leuchtkraft und Vielfalt und der Mond, der gleich der Sonne wie ein Feuerball aus dem Meer stieg, färbte sich über orangegold bis zu einem blassen Silber um dann inmitten seiner Sterne steil über dem Meer zu stehen.

Nachts huschten viele tausend Krebse über den Strand, die blitzschnell in ihren Gängen verschwanden. Sonst zeigte sich nichts und niemand und es herrschte absolute Stille.

Hinter meinem kleinen Haus, in dem die Schneiderei untergebracht war, erhoben sich majestätisch Palmen, die Könige der Bäume, und die Bougainvilleas lieferten mit ihrer verschwenderischen Pracht die Farben. Die Francipanen spendeten den Duft, der der Fülle der Blüten wegen über der ganzen Küste lag. Es gab jedoch auch Bäume mit dem lichten, zarten Laubwerk, die keine Kuppeln und Kronen haben, sondern waagerechte Schichten und als Vater der Bäume wuchs überall der Baobab, der Affenbrotbaum. Er war groß und dick und eigenwillig mit einem glatten Stamm und wenn er schlafen wollte, dann warf er alle seine Blätter ab, auch wenn alle anderen Bäume und Sträucher in voller Blüte standen und nur die Früchte hingen an ihm herab, wie Ohrringe mit tropfenden, braunen Samtsteinen.

Den Baobab verglichen die Einheimischen mit Menschen. Keiner glich dem anderen. Sie standen mächtig da, wie Rubensfiguren.

Das Gras war trocken und grob und die Blumen erschienen in den irdenen Farben der Strohblumen. Nur der Einbruch der Regenzeit eröffnete üppige blühende, leuchtende Blumen, unseren Frühlingsblumen gleich. Dort, wo die Sonne unterging, lagen die Shimba Hills, ein sanftes Gebirge, bis zu welchem sich die wilden Tiere zurückgezogen hatten, die bis vor vierzig Jahren noch an der Küste lebten.

Die Shimba Hills waren durch ihre zarte Hügelung von großer Weite und Schönheit. Die üppige Vegetation und das Vorkommen von genügend Wasser ließ die Tiere in einem Paradies leben. Große Büffelherden, die ihrer Trägheit wegen von weitem wie betonierte Skulpturen aussahen, wechselten ab mit quicklebendigen, elegant springenden Antilopen. Die Giraffen schritten majestätisch, gefolgt von ihren Jungen durch die Landschaft und wenn man die Elefanten so hintereinander, große und kleine, gehen sah, dann meinte man, vor einer langen Borte zu stehen. Hier gab es keine Löwen mehr. Ein Bewohner der Küste jedoch sagte mir, er habe einen Leoparden gesehen.

Von den Höhen der Hügel sah man das Meer und die Kette der Hotels mit ihren runden, spitzen Makutidächern, die etwa fünfzehn Kilometer östlich lagen.

Die Erde war rot und fein und wie rote Bänder zogen sich die Straßen durch das Land. Auf diesen begegnete man den anmutig schreitenden, wassertragenden Afrikanerinnen, die mit ihren farbenfrohen Tüchern bunte Tupfer in die Landschaft setzten. Auf dem Rücken trugen sie ihr Kind, das in dem gleichmäßigen Rhythmus ihrer Bewegungen schlief und trank und wuchs. Die Anmut ihres Ganges entstand durch die ständig tragende Last auf ihren Köpfen und das dadurch erforderliche Balancierenmüssen.

Und war es kein Gefäß mit Wasser, dann war es ein Bündel Feuerholz das sie trugen.

Two sticks are stronger than one
Zwei Stöcke sind stärker als einer
Afrikanisches Sprichwort

So hatte alles angefangen

Erst auf dem Rückweg vom Flughafen in Wien nach unserem Zu-hause in Oberbayern wurde mir bewußt, daß etwas Entscheidendes passiert war. Meine beiden Söhne Thomas und Peter waren aus un-serem Nest geflogen, einem fernen, abenteuerlichen, exotischen Ziel entgegen.

Alles was in den letzten Monaten geschehen war, war so verrückt und chaotisch gewesen und hatte Emotionen keinen Raum gelassen, nicht zuletzt dem Enthusiasmus meiner Söhne wegen, der so stark war, auch mich zerstörerisch mitzureißen.

Erst jetzt, nachdem ich allein war mit meiner Tochter Caroline, spürte ich, daß der heftige Entschluß meiner Söhne nach Kenia zu gehen, um eine Wassersportschule zu eröffnen, bedeutete, daß ein wichtiger, wunderschöner, mich sehr erfüllender Abschnitt unseres gemeinsamen Lebens zu Ende war.

Peter hatte das Glück gehabt, seinem immerwährenden Traumbe-ruf, dem eines Sportlehrers auf der Spur zu sein. Nun hatte er sein Studium für Sport und Englisch im sechsten Semester abgebrochen für etwas, was eine große, schimmernde Seifenblase hätte sein kön-nen. Thomas wollte Maschinenbauer werden und hatte sich dafür alle Voraussetzungen geschaffen gehabt und nun saßen sie in einem Flieger, der sie in eine andere Welt flog, zusammen mit der Ausrüs-tung, für das sie die schillernd sie umgebenden Dinge aufgegeben hatten, die ihre Welt gewesen waren.

Schmerzlich dachte ich daran, wie es dazu gekommen war.

Sie wollten einen Urlaub nach Korsika buchen, sie wollten mit den Motorrädern nach Korsika fahren jedoch die Fähre war ausgebucht, und scherzhaft bot ihnen die Dame im Reisebüro eine günstige Reise nach Kenia an. Diese buchten sie.

Das Hotel sollte jedoch nur romantisch sein, nicht genug für zwei sportliche, allein reisende junge Männer und mit Eigeninitiative und Kreativität, glichen sie die fehlenden Möglichkeiten für sportliche Aktivitäten aus. Vielleicht surften sie auf Balken und fuhren Wasserski auf den Fußsohlen gezogen von einheimischen Einbäumen.
Vielleicht sahen sie sich den Meeresboden ohne Hilfsgeräte an und schwärmten noch dazu davon. Vielleicht flogen sie mit Sonnenschirmen über Meer und Strand, von ihren Sprung- und Schwimmkünsten ganz abgesehen die sie als aktive Schwimmer nur zu gut beherrschten.
Sie fielen auf, nicht nur den Hotelgästen, sondern auch dem Hotelbesitzer, der ein Deutscher war und, sie kamen von dieser Reise zurück mit einem Vertrag, in dem ihnen noch dazu wohlwollend mehr Recht als Pflicht zugedacht war. Er verpflichtete und berechtigte sie, eine Wassersportschule in diesem Hotel zu führen.

Bereitwillig hatten sie sogleich ihre Porsches verkauft, die sie fuhren, denn längst schon hatte Peter auch Thomas mit seiner Porscheleidenschaft angesteckt gehabt und zudem trennte sich Peter von „dem Stück seines Herzens", von dem er sich niemals trennen wollte, einen 356er Porsche Cabriolet, fein restauriert, woran er arg schluckte. Ich weiß nicht, ob ein Jahr reichte, in dem er in der Garage gestanden hatte neben seiner Schule und gebohrt, entrostet, geschweißt, geschraubt und geölt hatte. Das Ergebnis war ein Wunder gewesen, der 356 ER, mit neuem Dach, mit neuem Innenleben, natürlich neu gespritzt, nur die Ledersitze waren original geblieben. Nicht nur er, sondern unsere ganze Familie war schmerzlich betroffen, als der Schweizer Käufer mit dem kleinen Juwel den langen Berg aus unserem Tal hoch und davon fuhr.

Nun kauften sie ein, wozu sie die Bootsmesse in Friedrichshafen besucht hatten: viele, viele Dinge wie Surfbretter, ein Wassermotorrad, einen riesengroßen roten Fallschirm, Tauchausrüstungen und als Krönung: ein Boot, dessen hohe PS-Zahl ihnen die Porsche auf dem Meer ersetzen sollte.

Mit all den Dingen flogen sie nun durch die Nacht, nur das Boot war verschifft worden und weil damals der Suezkanal wegen Kriegseinwirkungen nicht schiffbar war, nahm es den weiten Weg um das Kap der Guten Hoffnung, der viel zu lange dauerte. Es wurde von meinen Söhnen später ungeduldig und sehnsüchtig erwartet und unvorstellbare Zollformalitäten hatten ihre Geduld auf das äußerste gesteigert gehabt. Ein Agent hatte diese Formalitäten für sie erledigt und es kam der Tag, an dem ein Lastauto das Boot endlich an die Küste brachte.

Ich werde mich immer daran erinnern, wie wir zu spät auf dem Flugplatz in Wien ankamen. Die Fracht war uns vorausgefahren und das Warten des Repräsentanten des Reiseveranstalters, mit dem Peter und Thomas lange telefonische Verhandlungen geführt hatten, galt nur noch ihnen.
Unschwer waren wir offenbar zu erkennen gewesen, als wir die schon leere Halle betraten und dieser auf uns zukam um uns zu begrüßen. Erstaunt über die große Anzahl der, meine Söhne Begleitenden regte er uns alle an, recht bald auch nach Kenia zu fliegen. Es war ein Novemberabend „und Weihnachten", sagten sie zum Abschied, „kommen wir nach Hause". Doch nur Thomas kam, denn es war Hochsaison in Kenia und daß nur einer kam, war bereits zu viel.

Beide wußten bis zum Schluß nicht, wer fliegen würde, denn Thomas zog erst am Vorabend des rechtzeitig gebuchten Fluges das ganze

Streichholz, während für Peter das verbleibende Halbe bedeutete, Weihnachten allein in Kenia zu sein.

Ich wußte nicht, daß es so schwer sein sollte, ein Weihnachtspaket, allerdings in so kurzer Zeit nach Kenia zu schicken. Es bedurfte vieler Telefongespräche, es bedurfte vieler Erklärungen, Bitten und Versprechen und dennoch wurde es eine Sendung ins Ungewisse. Gewiß war, daß es meine Mutter nach Zürich brachte und dort auf dem Flugplatz einem Herrn Meier übergab. Es war ein großes als Geschenk verpacktes Paket, mit einer ebenso großen roten Schleife darauf. Ich hatte auf beiden Seiten in deutscher und englischer Sprache jeden, der es in die Hand bekam gebeten, mitzuhelfen, daß es auf den Flugplatz nach Mombasa komme, daß es dann weiter in den hoteleigenen Bus gebracht werden sollte und dann weiter und weiter zu Peter.

Mein Dank an jeden einzelnen waren fröhliche, fröhliche Weihnachtswünsche.

Dies war 1979...

Bald waren Caroline und ich nach Kenia gereist. Ungeduldig hatten wir den Nachtflug hinter uns gebracht und dem ersten großartigen südlichen Sonnenaufgang im Flugzeug gar nicht genug Beachtung geschenkt. Als wir ausstiegen nahm uns die feuchtheiße Luft fast den Atem.

Beide standen sie hinter der Glasscheibe und Thomas sein durch die Sonne voll erblondetes Haar leuchtete, während Peter der dunkle, nur mit dezent aufgehellten Spitzen aufwartete. Lebhaft und freudig zeigten sie uns so vieles, was wir an diesem allerersten Tag gar nicht aufnahmen. Ich erinnerte mich später nur an die großen Elefantenzähne, dem Wahrzeichen Mombasas, durch die sie uns auch gefahren hatten. Wir drängten dem Hotel zu, dem neuen Zuhause von Peter und Thomas, die auf dem Gelände desselben, ein kleines Haus bewohnten. Nach einer viel zu langen Zeit, wegen des Aufenthalts auf der Fähre, über die wir die Insel Mombasa verließen, erreichten wir endlich nach einer Fahrt in gleißender Sonne die Südküste von Kenia.

Wir standen plötzlich in der großen, atemberaubenden Halle des Hotels, dessen Betreten übergangslos und unmerklich von den Wegen zwischen der üppigen Vegetation geschehen war. Nur die tütenspitzen Makutidächer hatten aus dieser herausgeragt, die jedoch auch übersät waren von farbenprächtigen Bougainvilleblüten.
Die Landschaft hatte das Hotel zu dem ihren gemacht, sie hatte es akzeptiert, integriert, aufgesogen. Nun standen wir unter der riesengroßen umgekehrten Tüte des Daches, wir waren umhüllt von dem gewaltigen Zauber, von samtiger, mattschimmernder Luft und von angenehmer Kühle. Wir sahen kleine Sonnenreflexe zwischen den malerischen Pflanzen, die seitlich das gewaltige Dach säumten, das von einer riesigen offenen Konstruktion von dekorativen runden Holzbalken getragen wurde. Aparte exotische Mädchen in bunter Kleidung, die Uniformen darstellten, leuchteten in dem nie erlebten Ambiente wie strahlende Tupfer und die ebenholzfarbenen Männer gaben stilvoll die Kontur. Freundlich und still war hier alles und zauberhaft.

Als wir später ausgeruht das ganze Areal erkundeten, glich dies einem Abenteuer, denn durch Jahrtausende waren Korallen interessant zu Stein geworden Die ganzen, mit so viel Gefühl, Einfühlungsvermögen, Respekt der bestehenden und somit belassenen Natur gegenüber und zudem mit viel Geschmack errichteten Einrichtungen und Häuser bewegten sich auf vielen Ebenen, die anheimelnden Treppchen, Stege und Wege verbanden. Wasser rieselte von Korallenwänden, das aufgefangen wurde in den natürlichen Becken der Natur, aus denen lediglich der Sand entfernt worden war, der sie im Laufe der vielen Jahre angefüllt hatte.

Hier rankten verschwenderisch Wasserpflanzen, in denen exotische Vögel sangen und bunte Fische schillerten in glitzerndem Naß. Nach verheißungsvollen Stufen eröffneten sich jeweils andere Überraschungen. Sei es die Diskothek in einer Korallenschale mit so üppiger Flora, die den Himmel nur noch erahnen ließ, sei es der Swimmingpool, der wie ein Nest inmitten von exotisch bewachsenen natürlichen Wänden auch abends und nachts eine herrliche Oase der Wärme war, nicht nur weil die schützenden Wände dem aufkommenden Wind trotzten, sondern auch ihre am Tag aufgespeicherte Wärme abwarfen. Durch zwei enge Felsen, zwischen denen Stufen wieder weiter nach unten führten, erreichte man die Wassersportschule meiner Söhne und hier begrüßten uns Saidi, Ali und Mtoto, ihre damaligen, allerersten Mitarbeiter. Saidi war ein Mzee, was alter Mann heißt oder besser, es hatte ein Alter angefangen, ab dem ihm unbedingter Respekt gebührt. Mtoto heißt Kind und Bakari, so hieß er wirklich, war noch jung und wurde scherzhaft von den beiden anderen Kind genannt. Ali war ein junger Mann mit Familie.

In dem großen, erhaben angeordneten Speisesaal mit einem riesengroßen eigenen Dach, herrschte ein unbeschreiblicher tropischer Zauber. Er schien überfüllt mit leuchtenden Blüten und die Räume zwischen den Balken unter dem Dach gewährten einen umwerfenden Ausblick auf den Indischen Ozean, der sich hier türkisfarben mit kleinen weißen tanzenden Schaumkronen ausbreitete. Hier stand ein Tisch für uns bereit mit einem Kärtchen, auf dem „Welcome Peters Family" stand. Wir waren Gäste des Hauses. Daß nur Peter erwähnt war, drückte den Respekt dieses Landes dem Älteren gegenüber aus. Sogleich war ich auch für die Angestellten, die uns so freundlich umsorgten, die „Mama Peter". Diese Betitelung erscheint uns sehr fremd. Schnell erkennt man jedoch, daß dies die Respektsbezeichnung für die Frau eines Mannes oder der Mutter eines Sohnes ist, wobei die „Mama Kenyatta" bis zu uns hin bekannt war.
Weiter auf unserer Erkundungstour fanden wir eine Grotte, eigentlich ein bizarres Loch im Korallenuntergrund, dessen oberer

Abschluß wieder von einem Meer von Blüten gesäumt war, durch welches Stufen nach unten führten und in dem, unter dem eindrucksvollen Himmel des Südens, klassische Musik gespielt wurde. Ich weiß nicht, wer herausgefunden hatte, daß hier eine großartige Akustik war. Es war ein überwältigendes Erlebnis, dem man hier nach dem stilvollen Abendessen in lauer Nacht beiwohnen konnte.

So hatten alle Hotels an der Küste, und da jedes einzelne auf einem anderen interessanten Areal stand, vor allem mit anderen Korallenformationen und mit anderen alten Baumbeständen, die man überalll respektierend beließ, jedes seinen eigenen, individuellen Charme und Ausdruck. Es gab aber auch Hotels im maurischen Stil, die auch nicht weniger effektvoll unter den Palmen platziert waren.

Peter und Thomas breiteten sich an der Küste aus und mieteten zunächst an deren Zentrum ein großes Grundstück direkt am Meer. Auf diesem stand das Originalhaus, geprägt vom Charme der Kolonialzeit. Hier führten sie ein großes Haus, wobei die große, der ganzen Breitseite des Hauses vorgelagerte Terrasse eine große Rolle spielte. Sie führten einen gemeinsamen Haushalt, in dem anfangs auch die europäischen Surf- und Tauchlehrer aufgenommen wurden, die in einem, ebenfalls schon bestehenden, Cottage und in verstreut liegenden kleinen Angestelltenhäusern auf dem Grundstück wohnten. Später erwarben sie das Grundstück und bauten eine Appartmentanlage für diese, die immer zahlreicher wurden. Hier gab es nun eigenes Personal für sie, mit eigener Küche. Heute gibt es das alte Haus nicht mehr. Hier ragen jetzt zwei mächtige spitze Schirme in den Himmel, die Häuser von Peter und Thomas. Die Appartementanlage ist in ein stimmungsvolles Divers Village umgebaut worden, ein kleines exklusives Individualhotel für ebensolche Tauchreisen. Das umgebaute Cottage ist für private Besucher bestimmt, die europäischen Mitarbeiter wohnen in anderen angemieteten Häusern.

Die Schulen sind getrennt, wobei Peter die Surf- und Thomas die Tauschulen führt. Die erforderlichen Schiffe zum Tauchen und für Exkursionen baut Thomas selbst. Peter surfte als Individualist und später auch als Oldie dieser Szene, die sich jetzt weitgehend aufgelöst hat, im World Cup mit, in eigener Werkstatt, hergestellten Segeln.

Eine anfangs kometenhaft aufgestiegene „ Watersports Pro Wear"-Herstellung sollte an ihrem eigenen Erfolg scheitern. Sie schlug mit attraktiven „Surf-Quickdry", Hosen und Westen, deren äußerst geschmackvolle Designs von Peter stammten, auch auf deutschen Messen so sehr ein, daß die Herstellung in der eigenen Schneiderei mit immerhin 40 Schneidern nicht mehr gewährleistet war. Zudem ergaben sich unüberwindbare Export- und Zollprobleme. Die Weiterführung hätte eine zu große Konzentration erfordert, die beide nach Überlegungen ihren Wassersportunternehmen widmen wollten. Die Idee dazu war damals entstanden, am Anfang in dem Hotel mit dem ersten Vertrag, in dem sie noch selbst Surf- und Tauchlehrer gewesen waren und als solche arbeiteten. Sie fühlten sich in den Badehosen, die damals auf dem Markt waren und von denen viele und in allen Farben in meinem allerersten Weihnachtspaket waren zusammen mit dem Meerwasser nicht wohl. Hamisi, der Chef der Hotelschneiderei, der die Segel zusammengeflickt hatte - ein Vorkommnis, das ich später beschreibe - fing an, ihnen Baumwollshorts zu nähen. Die Baumwolle war zwar sehr hautverträglich, trocknete aber nur langsam. Aus diesen Erfahrungen fanden sie einen Stoff bei den Händlern in Mombasa, der hautverträglich war, sehr schnell trocknete und naß wie trocken einen guten Stand behielt. Eine Westenherstellung, die ich erst kürzlich noch auf einem Bild einer Strandszene von Hawaii erkennen konnte folgte auf die Herstellung der Hosen.

Ich kam für immer länger werdende Aufenthalte nach Kenia. Ich liebte es vom ersten Moment, spätestens von da, als ich das Hotel betreten hatte. Ich eröffnete mein Geschäft, eine Schneiderei im Anschluß an eine Modenschau, die ich eigentlich nur aus Spaß veranstaltet hatte.

Trotz meiner Aufgaben in Afrika verbrachte ich immer wieder lange Zeiten in Deutschland.

Unsere gemeinsame Sprache
würde der Wind sein
und die Seiten des Buches
würden die Segel der dahinfliegenden Schiffe sein
gehört von Peter

Kenia und die Fremden

Kenia bietet ein kosmopolitisches Ambiente und gerade dieses macht dieses Land interessant und liebenswert. Es ist zweimal so groß wie Deutschland, ist jedoch nur mit einem Viertel so vielen Menschen besiedelt.

Amerika ist das Paradebeispiel für Kosmopolitismus, es ist das Land der vielen Völker. Trotzdem ist die Vorstellung, die man von einem Amerikaner hat, ein weißer Mann. Als ich erst kürzlich durch New York ging, sah ich sie alle, Chinesen, Inder, Israelis, Indianer und Schwarze. Ich sah sie in den Trachten ihrer Abstammungsländer. Diese müssen mich irritiert haben, denn ich stellte mir in diesem Gemisch, das die Szene beherrschte, plötzlich die Frage „und wo sind die Amerikaner" und lachend gab ich mir selbst die Antwort „es sind sie alle, es sind sie alle". Wenn man in Amerika also von der Vorherrschaft der Indianer absieht, die es nicht mehr gibt dann braucht niemand von niemandem toleriert zu werden, denn „es sind sie alle". Das Gemisch an Kulturen in Kenia wird jedoch bewunderns- wert von den Afrikanern toleriert und sie leben beispielhaft eine Vielvölkerschaft vor, die allein auf deren Friedfertigkeit beruht.

Sie selbst setzen sich zusammen aus ehemaligen Nomadenstäm- men, die sich in dem fruchtbaren Land Kenias seßhaft machten. Der letzte umherziehende Hirtenstamm ist der der Massai, der zwar immer noch umherwandert, jedoch nur noch in Kenia. Natürlich gab es auch hier Urstämme und immer wieder welche, die hier einfielen und blieben, denn Wandern ist von jeher der Menschen Fluch oder

Segen. Es waren jedoch alle Afrikaner. Ein halbes Jahrtausend zurück hinterließen hier als erste weiße Portugiesen nicht nur ihre kulturellen Denkmäler, die heute noch vorhanden sind, nein es gibt auch noch exotisch gewordene Nachkommen von ihnen.

Hauptsächlich waren es jedoch Araber, die sich hier ansiedelten, deren Baustil heute noch die Küste von Sansibar bis Lamu beherrscht. Es war eine Hochzeit des osmanischen Reiches entstanden, von denen die Herrscherpaläste in Lamu, Malindi und Sansibar heute noch aussagen. Auch die in der Antike ausgegrabene Stadt Gedi zeigt von Glanz und Reichtum. Auch die Altstadt von Mombasa ist ihrem Stil nach keine afrikanische, sondern eine arabische. Aus der späteren Vermischung der Araber mit den Einheimischen entstand der Suaheli Tribe.

Im neunzehnten Jahrhundert setzten sich die Engländer diesem Land als Kolonialherrscher vor. Um die Jahrhundertwende holten sie Inder zum Bau der Eisenbahn von Tansania nach Uganda ins Land, was bereits eine Gastarbeiter-Politik war. Interessant ist, daß die handelstalentierten Inder die werdende Bahnstrecke mit kleinen Verkaufskiosken übersäten und dies die Anfänge des kaufmännischen Übergewichts dieser des Landes waren, das bis heute so besteht. Sie brachten dem Land entscheidende wirtschaftliche Vorteile, wovon auch die Kolonialherrschaft profitierte. Durch das Privileg der handelnden Oberklasse wurden die Inder weitgehend aus der Knechtschaft der afrikanischen Kenianer durch die Kolonialherren ausgeschlossen. Denn Kenianer waren die Inder in der Zwischenzeit auch geworden, die jedoch weise ihre Duldung mit ihren Geschäften nutzten und niemals versuchten, sich politisch zu bestätigen.

In dieser Zeit entwickelte sich die sogenannte Feudalherrschaft der Engländer in Kenia, die Tania Blixen in ihrem Buch „Jenseits von Afrika" so treffend beschreibt. Die Großwildjagd in Kenias unbeschreiblicher, atemberaubender Weite kam in Mode, das Golfspiel und die Pferderennen in Nairobi wurden legendär. Das Herrschaftsleben mit den einheimischen Bediensteten auf den Farmen im Hochland und in den Residenzen an der Küste erlebten ihren Höhepunkt.

Als es zu den Aufständen der Einheimischen gegen dieses System in den Fünfziger Jahren kam, nagte an der Kolonialherrschaft schon der Zerfall. Die afrikanischen Kenianer begannen mehr und mehr gegen den Kolonialismus zu rebellieren und 1963 gelang es ihnen die Freiheit und Unabhängigkeit in ihrem eigenen Land zu erlangen. Ihr Präsident Yomo Kenyatta erreichte große Beliebtheit und Popularität.

In unserem Haus verkehrten immer schon viele italienische Gäste, die alle interessant und schillernd waren, nicht zuletzt auch wegen Gabriela, Thomas italienischer Freundin. Sie liebte und kümmerte sich sehr um unsere 3 Hunde, die wir später hatten und band sich in unsere Aufmerksamkeit für sie mit ein, daß die Hunde regelmäßig ihr Fressen bekamen. Sie hörte in diesem Zusammen viel über „Fressen". Mit ihr sprachen wir alle englisch, da sie kein deutsch sprach.

Zu der Geburtstagsfeier des deutschen Konsuls, zu der wir eingeladen waren, hatte sie sich für uns alle eine besondere Überraschung ausgedacht, indem sie sich ganz für sich alleine den Dank für diese Einladung in deutscher Sprache zurechtgelegt hatte. Als wir uns nach der Feier verabschiedeten, sagte sie „Vielen Dank, ich habe sehr gut gefressen" und sie blickte süß zu dem großen, korpulenten Mann auf, vor dem sie so grazil stand. Natürlich löste diese reizende Aussage viel wohlwollendes Gelächter aus.

Das Glück kommt zu denen, die gern lachen
japanisches Sprichwort

Wie ich ins Paradies kam

Ich hatte in einen verregneten Sommer, es war 1981, hier in Bayern, wo ich jetzt wieder bin, angefangen zu nähen. Eigentlich setzte ich fort, was ich in Kenia angefangen hatte, als ich in der Regenzeit auf Urlaub im Haus meiner Söhne war und mich so sehr langweilte.

Zu diesem Zeitpunkt kreierten die Italiener eine bezaubernde Minimode, in den schönsten, zartesten Pastellfarben. Ich nähte und merkte zuerst gar nicht, daß ich nicht für mich nähte, sondern was mir gefiel. Ich nähte Bikinis, Kleider, Hosen, Jacken, Blusen, doch ich erkannte, daß nicht alles dieses für mich war. Es war wirklich eine sehr junge Mode. Ich nannte dann diese Dinge ganz einfach „Kollektion" und hängte sie an eine Stange und diese Stange wurde immer voller. Peters Freundin Isabella, die schöne Römerin und Mannequin eines bekannten italienischen Designers, die zu uns gekommen war, in Peters und Thomas Haus, besuchte mich in Deutschland. Sie war von der Kollektion begeistert, was mich beflügelte, im schönsten Hotel in Kenia eine Modenschau zu veranstalten.

Alles, was ich genäht hatte, waren meine ureigensten Ideen, nur Valentinos Ballonrock war kopiert an einem Kleid aus türkisfarbenem Taftmoire. Das Programm meiner Kollektion reichte von der Strandmode bis hin zur festlichen Abendgarderobe. Auch die Regenzeit hatte ich nicht vergessen und nicht das Lieblingskind der Afrikaurlauber, die Safarimode. Die Kollektion war von meiner Mutter, die zu meiner Abreise gekommen war, sorgfältig verpackt worden und übrig blieb nur die Stange, die heute noch in meinem Zimmer hängt und immer noch sehe ich an ihr meine allererste, unwiederbringliche Kollektion hängen, denn ich hatte keine Schnitte angefertigt. Wir flogen also los und der raschelnde, glitzernde und farbenprächtige Inhalt meiner Koffer, meine gute, zuverlässige Nähmaschine und Isabellas Schönheit gaben mir sehr viel Sicherheit.

Die Kulisse für meine Modenschau konnte nicht bezaubernder sein als auf dem Areal dieses tropischen Hotels am Indischen Ozean. Es war das Hotel für welches Peter und Thomas bei ihrem Aufenthalt in Florida die Zusage für die Eröffnung der Wassersportschulen erhalten hatten. Der volle Mond stand hinter den Palmen und eine exotische Kapelle produzierte Rhythmen, wie nur sie sie zustande bringt. Ein Steg war für meine Show über den Swimmingpool gebaut worden und auch die Beleuchtung war perfekt.

Am Rande des Pools, hinter einer Gruppe von Bäumen, war das Umkleidezelt aufgestellt. All die Schönen waren da, die ich gefunden hatte, um meine Mode darzustellen. Es waren Afrikanerinnen, Inderinnen und Europäerinnen und natürlich Isabella, die schönste Römerin, wie es später in der Süddeutschen Zeitung stand. Wochenlang hatte sie die Show mit den Mädchen auf der großen Terrasse einstudiert. Sie hatte die Musik auf Band geschnitten, sie hatte alle Schritte immer wieder geübt und die Generalprobe mit den Originalkleidern, Hüten und Accessoires hatte eigentlich ganz gut geklappt.

Um die Kollektion noch besser zur Geltung zu bringen und die Show noch interessanter zu gestalten, waren auch einige afrikanische Männer eingeplant worden, die gleichzeitig die PRO WEAR Mode von Peter und Thomas präsentierten und für die noch ergänzende Garderobe von Mohamed, meinem späteren Schneider, genäht worden war.

Der Abschluß der Show sollte nach alter klassischer Sitte das Hochzeitskleid sein, vorgetragen natürlich von Isabella und begleitet von Hamisi, der in der Surfschule arbeitete. Dem Hochzeitskleid Isabellas hatte meine ganze Hingabe gegolten. Es hatte einen halblangen, weiten, Chiffonballonrock, und das Oberteil bestand aus, aus der Taille kommenden, nach oben sich öffnenden Blütenblättern aus weißem Satin, die ihm das Aussehen eines halbgeöffneten Blütenkelches gaben. Nachdem dieses Werk daran zu scheitern drohte, daß es in Kenia für das Innenleben desselben zur Festigung keine Materialien gab, griff ich einfach zu einem Surfsegel, das eingearbeitet, dem Blütenkelch die erforderliche Stabilität gab. Dasselbe tat ich für den Stand des Rockes. Dies sollte meine erste Improvisation in Afrika sein. Ein Stück indische Spitze über den Kopf gelegt, deutete den Schleier an und den Kranz aus weißen Francipanen hatte ich auch selbst gebunden. Mein schönstes Kompliment für dieses spezielle Werk war, daß Isabella sagte „so möchte ich wirklich als Braut aussehen".

Wer sich den totalen Wahnsinn vorstellen möchte, der stelle sich das viel zu kleine Umkleidezelt einer Modenschau vor, die nicht professionell abläuft. Natürlich hatte ich alles nach meinen Vorstellungen koordiniert. So hatte jedes Modell einen eigenen Ständer, mit den nach der Reihe aufgehängten Kleidern und je einem Mädchen als Hilfe beim Umziehen. Auch Ann, Friseuse und Visagistin war überall.

Dennoch suchten wir Gürtel, Ketten, Tücher, Schuhe, die wir wieder verwenden mußten und die in dem Haufen der bereits vorgetragenen Modelle am Boden lagen, die Shaban tagelang gebügelt hatte. Ich mußte darauf achten, daß die richtigen Gruppen zum richtigen Zeitpunkt und Musikeinsatz mit der richtigen Kleidung und dem richtigen Beiwerk das Zelt verließen. Ich glaubte, noch nie so konzentriert gearbeitet zu haben. Ich wurde von allen Seiten angerufen und gefragt und überall hatte ich meine Hände dazwischen. Ich sah Ann kämmen, toupieren, Haare auftürmen, wieder öffnen und herunterfallen lassen, schminken, pudern und Hüte aufsetzen. In dem Zelt war eine unvorstellbare Hitze entstanden und zudem war ich so naiv gewesen, mir mein eigenes Galakleid schon vor dieser Prozedur anzuziehen, es war golden und von Mohamed genäht. Das Kleid und meine Frisur schienen sich an mir aufgelöst zu haben. Mein Wunsch war, daß draußen alles einigermaßen abliefe. Es war gar kein Gedanke, daß ich selbst hätte einen Blick auf meine Show werfen können, so wie ich mir das vorgestellt und weshalb ich das Kleid schon angezogen hatte. Ich hörte nur Peters Ansage in zwei Sprachen.

Ein positiver Impuls, den ich aber gar nicht in seiner Wichtigkeit aufnahm, war der lachende, klatschende Manager, der in unser Zelt kam und „wonderful" rief. Den laufenden Beifall des Publikums, der natürlich auch bis in unser Zelt drang, hatte ich bis dahin ebenfalls nicht wahrgenommen.

Das letzte Bild, das Hochzeitspaar, sah ich mir nun doch selbst von draußen an, denn es galt ja niemanden mehr anzuziehen. Wegen meiner demolierten Aufmachung stand ich unter einem Baum. Zu Flash Dance kamen die beiden und sie sahen hinreißend aus. Mein Gott, war Isabella schön. Ich bewunderte nicht nur mein Modell, ich bewunderte die Ganzheit, zu der auch der ebenholzfarbene Hamisi gehörte. Der Gegensatz der Rassen erhöhte den Effekt ganz entschieden. Hamisi trug ein weites, weißes Seidenhemd mit vielen, vielen kleinen Biesen und eine kornblaue Seidenschleife, sowie aus dem gleichen Material und der gleichen Farbe einen Kummerbund, zu einer weiten, schwarzen Bundfaltenhose. Während sie nach dieser Musik tanzend und übersprühend die Bühne betraten, schritten sie auch gemessenen Schrittes nach dem Hochzeitsmarsch, der plötzlich einsetzte.

Spätestens nach diesem Auftritt war ich mir sicher, meine Modenschau war ein Erfolg. Bevor Isabella und Hamisi mich hinter dem Baum hervorholten, hatte Ann noch versucht gehabt das Beste, zumindest aus meiner Frisur herauszuholen. Ich weiß bis heute nicht wirklich, ob ihr dies gelungen war. Ich fand mich an den Händen von Isabella und Hamisi auf dem Steg über dem Pool, ich wurde fotografiert und interviewt, denn auch Reporter waren hier. Boutiquenbesitzer wollten Bestellungen aufgeben und von einer

„nur Show" konnte keine Rede mehr sein. Wenn ich in dieser Zeit schon von Noris' Stern in meiner Hand gewußt hätte, dann hätte ich geglaubt, er würde übertreiben.

Nun stellte sich mir ein Herr mit seiner Frau vor, dies war ein Botschaftsangehöriger, der an der Küste Urlaub machte und mich allen Ernstes bat, nachdem ich bereits lachend abgewehrt hatte, Dinge für sie zu nähen.

„Ich arbeite schon so lange im Ausland und habe so schöne Sachen schon lange nicht gesehen", sagte er. Da er selbst sehr modebewußt schien, sprach er auch gleich von einem Hemd, das nur für ihn genäht werden sollte und prompt stellte ich es mir selbst schon in der Farbe seiner dominierenden blauen Augen vor. Er hatte also schon halb gewonnen und er sollte ganz gewinnen. Es wurde eine Bestellung, die mich noch in arge Bedrängnis bringen sollte nach dem Motto „wenn man jemand den kleinen Finger gibt .....". Erschwerend hinzu kamen noch seine französischen Freunde, die er von seinem langjährigen Aufenthalt in Peterreich her kannte, die auch dabei waren und auch „Einiges" haben wollten.

Nachdem ich tagelang in den indischen Bazaren nach Stoffen gesucht hatte, saß ich nun selbst, da ich so schnell keine Schneider finden konnte, jede Nacht in der Schneiderwerkstatt meiner Söhne an der Maschine. Die Zeit war jedoch zu kurz und als ich einsah, daß ich dies niemals schaffen konnten, gab ich zumindest Hosen und Röcke in eine indisches Schneiderwerkstatt zum nähen. Diese harte und noch dazu erste Terminarbeit war nach der Euphorie, die ich bei meiner Modenschau erlebt hatte, wie eine kalte Dusche.

Dieses Mal legte ich die fertigen Dinge in einen großen alten Safarikoffer ein Stück aus der Kolonialzeit und jetzt erst merkte ich, wieviel ich wirklich nähte denn der Koffer wurde immer voller. Mein äußerster Termin war ein Sonntagabend, zehn Uhr an der Poolbar des Hotels, in dem sie abgestiegen waren. Es sollte so kommen, daß ich meine Frist voll ausschöpfte. Ich hatte wahrlich mit der heißen Nadel gearbeitet. Da der Mond so hell schien und das Hotel über den Strand nur sieben entfernt war entschloß ich mich, den Weg zu Fuß zu gehen, zumal ich einige Kleider über dem Arm trug. Unser Nachtwächter begleitete mich und trug nach afrikanischer Sitte den Koffer auf dem Kopf, während ich mit den wehenden Kleidern hinter ihm herging.

Von weitem hörte man schon die Klänge der Band am Swimmingpool. Und tatsächlich da standen sie schon und noch viel mehr, auch die, denen sie davon erzählt hatten. Es wurde auch noch alles anprobiert und es entstand eine neue Modenschau die zur Folge hatte, daß am nächsten Morgen viele Leute in unser Haus kamen, um die Kollektion zu sehen und Bestellungen aufzugeben.

Nun stand für mich fest, ich eröffne eine Schneiderei. Ich bemühte mich, schnellstens Mohamed zu engagieren und auch noch mehr Schneider. Neben unserem Grundstück, direkt am Strand war ein geeignetes kleines Haus, das ich mieten konnte.

Dieses war das Njumba Ndogo.

„Nie hatte ich Afrika so schön gesehen"
Tania Blixen

Njumba Ndogo

Njumba heißt Haus und Ndogo heißt klein und in dem kleinen Haus, direkt am Strand war unsere Schneiderei untergebracht. Es war weiß angestrichen und hatte ein Makutidach, das Dach aus den getrockneten Palmenblättern und man betrat es über die vorgelagerte Terrasse. Unser Ausstellungsraum, in dem die Kollektion hing, die ich immer auf dem aktuellsten Stand hielt, war auch unser Verkaufs-, Anprobe- und Zuschneide Raum. Unsere Kunden waren in der Hauptsache Touristen, die in den Hotels Urlaub machten, wir hatten aber auch afrikanische und indische Kunden und natürlich auch englische. In dem anschließenden Raum nähten Shaban, Hifadhi, Rhama und Ali alles, was sich die Kunden gewünscht hatten. Zwei große Doppeltüren machten uns die Sicht zum Meer frei und der Wind brachte uns Kühlung. Eigentlich war unser Arbeitsplatz mehr zum Träumen als zum arbeiten geeignet.

Mohamed war der Star unseres Teams, der Chef des Zuschneidens und des Nähens. Josef kümmerte sich um alle anderen Dinge wie Einkaufen, das Haus, das Auto und die Terrasse zu pflegen und er bügelte und nähte auch Knöpfe an. Später kamen noch Mädchen für die Handarbeiten dazu, speziell auch für die Muschelarbeiten, Wir hatten aber auch noch eine kleine Küche und einen Koch und das war Juma. Juma ging am frühen Morgen schon vor unserem Haus im Meer zum Fischen, um dann von seinem Fang ein Mittagessen zu kochen. Eigentlich sollte er nur für die Schneider kochen, aber zu gern aß ich auch von seinen afrikanischen Kochkünsten. Es gab die verschiedenartigsten tropischen Fische und wenn er einen Oktopus brachte, gab es ein besonderes Hallo. Dazu kochte er Ugalli, den aus Mais zubereiteten Brei und exotische Salate aus Früchten und Gemüse, die er mit geheimnisvollen Gewürzen abschmeckte.

Er hatte eine Kappe mit einem langen Schild auf, was die bestehende liebenswerte Ähnlichkeit mit Goofy verstärkte, ebenso seine Reihe vorstehender Zähne. Dieses Aussehen paßte zu seinem schalkhaften Humor. Zwischendurch brachte er uns Tee und das Geheimnis dessen war absolut seines. Besonders stolz war er, wenn er diesen unseren Kunden anbot und dafür immer wieder und immer noch größeres Lob und auch Trinkgeld bekam. Ich selbst habe nie mehr so einen köstlichen Tee getrunken. Aber ich habe den Verdacht, daß der Tee die Kombination Indischer Ozean, weißer Sand, Sonne, Palmen und natürlich auch Njumba Ndogo braucht.

Wir hatten auch einen Nachtwächter. Er hieß Saruni und war ein Massai. Er sah sehr wirkungsvoll aus, wenn er hochbeinig, verhüllt mit einem leuchtenden Tuch, geschmückt mit vielen bunten Glasperlen mit einem langen Speer unser Haus umschritt und der helle Mond ihn beleuchtete. Es belustigte die Leute, die zu uns kamen, wenn ich gerade nicht da war und Juma oder Josef mich rufen mußten und ich mich irgendwo aus dem Sand erhob oder aus dem Meer kam, um mit ihnen zu sprechen und ihnen meine Sachen zu verkaufen.

Wir waren konfessionell ein gemischtes Team. Ich war die weiße Mama, eine Christin und Josef war ein schwarzer Christ, während alle Schneider und auch Juma Moslems waren und Saruni, der Nachtwächter glaubte an die Naturgötter der Massai. Wir waren uns jedoch alle einig darüber, daß unser aller Gott derselbe sei und sein muß, weil keine in Konkurrenz lebenden Wesen, auch wenn es Götter sind, die wunderbare Einheit und Vollkommenheit, die wir in unserer Natur erleben mit dem phantastisch ineinandergreifenden Gesamtbild Erde, dies zustandebringen könnten. Dies sei Aussage einer unumschränkten Einigkeit. Wir waren uns auch einig darüber, daß es Gott oder die einigen Götter verwundert, ja belustigt, mit welcher Vehemenz die Menschen sich nicht in dieser wunderbaren Eintracht wiegen wollen, sondern rechthaberische, sich bekämpfende Gruppen bilden, die sie Religionen nennen.

Ich bewunderte jedoch immer wieder die absolute Toleranz, die die Moslems den Touristinnen gegenüber entgegenbrachten, die im Bikini in unser Geschäft kamen, ja sich sogar Maß nehmen ließen, während sich ihre eigenen Frauen neue Kleider nach den Maßen alter Kleider anfertigen ließen, wenn der Schneider ein Mann war. Mohamed verstand es jedoch, diese Frauen aus Respektsgründen während des Maßnehmens nicht im geringsten zu berühren. Ich beobachtete also nicht nur äußerste Toleranz, sondern auch äußersten Respekt.

„Während sich die westlichen Frauen berufen fühlen, die uralten Sitten und Gebräuche, die uralte Kultur der Moslems zu stören, sie nicht zu respektieren, sie nicht zu tolerieren. und ihre eigene Freiheit im Besuch von Diskotheken, im Genuß von Alkohol und freizügigster Kleidung sehen, entgeht es ihnen, daß dies mit Glücklichsein nichts zu tun hat" sagte Fatuma, Thomas Sekretärin und sie erklärte mir auch was ein Bui Bui, der schwarze Schleier, sei. „In einem Bui Bui kann man leben und frei atmen, sagte sie. er ist dein Haus, wenn du nicht zu Hause bist und dein Schutz. zudem macht er dich äußerst geheimnisvoll, setzte sie verschmitzt hinzu. Wir hüllen uns in unser eigenes Geheimnis. Die europäischen Frauen zeigen jedem Alles, fuhr sie fort. Sie sind bereits nackt, sie können sich nichts mehr ausziehen Und hier fiel mir ein, was Mohamedi einmal sagte. „wenn du ein Geschenk bekommst, ist es dir lieber, es ist verpackt oder unverpackt?". und auch er lächelte tiefsinnig hierbei.

Juma war die Seele unseres Ladens und eines Tages kam er nicht und es hieß, er habe einen Unfall gehabt. Bevor ich jedoch nach ihm sehen konnte, sah ich eine Gruppe von Männern auf unser Haus zukommen, die einen, in ihrer Mitte, stützten. Es war Juma, der sich das Bein gebrochen hatte. Sie ließen ihn vor unserer Tür auf den Boden nieder und er strömte so viel unendliche Traurigkeit aus, daß es herzzerreißend war. Er hatte sich um sein geschwollenes Bein eine Holzkonstruktion gebaut, die wie ein Gitterzaun aussah. Seine

Mütze umschattete sein bekümmertes Gesicht und ich wünschte mir selbst nichts mehr, als daß er wieder fröhlich sei. Ich sah ihn im Geist mit der Mütze mit seinem glänzenden, drahtigen Körper, barfuß, die Harpune in der Hand auf das schwappende Meer zum Fischfang zugehen. Ich gab ihm was er brauchte um zum Medizinmann zu gehen und fuhr ihn nach Hause und all meine guten Wünsche waren bei ihm. Bald schon kam er wieder mit einem schlanken Bein, mit der Mütze und der Harpune und er kochte wieder, auch den wunderbaren Tee. Wir waren alle froh, daß er wieder da war, denn nicht nur er kam zurück, sondern auch seine immerwährende Fröhlichkeit.

Ich schnitt einmal etwas zu, als Naishi unser Hund in die Schneiderei kam. Dies liebten die Schneider ganz und gar nicht, die als Moslems Hunde und Schweine als unrein ablehnen. Ich lief ihm entgegen, um ihn davon abzuhalten, hereinzukommen. Naishi freute sich sprang mich freudig an Ich wollte die Schere, die ich noch in der Hand hielt, Mohamed geben, denn ich hatte vor, Naishi nach Hause zu bringen. Mohamed weigerte sich jedoch diese anzunehmen, da ich nun auch unrein sei und er von mir nichts mehr annehmen könne. Ich fragte ihn nun, was zu tun sei. Er überlegte zuerst, um dann zu sagen, ich müsse entweder einmal im Meer baden oder siebenmal duschen, um wieder rein zu sein.

Zu dieser Zeit wohnte ich im Johari House, dies war etwas erhaben zwar, aber hinter dem Njumba Ndogo und Naishi tanzte in dieser Zeit auf drei Hochzeiten, dem Wilsonhouse, das Haus meiner Söhne, dem Joharihouse und dem Njumba Ndogo.

Wegen dem frühen Hereinbrechen der Nacht in diesem Land war es meist dunkel, wenn wir das Njumba verließen. Dekorativ stand dann schon Saruni, der Nachtwächter am Hauseck um später jedoch, statt irgendwo auf dem Terrain, wie es die meisten Nachtwächter taten, einzuschlafen, im Njumba auf einer Matratze direkt hinter der Tür zu schlafen.

Das Leben besteht aus vielen kleinen Muscheln
und wer sie aufzuheben weiß, hat ein Vermögen (geändert)
Jean Amoisilh

Muscheln

Oft ging ich den Strand entlang immer wieder verzaubert von der stillen Show der Natur. Meine Zehen versanken entweder im Sand oder ich ging über den glatt gekräuselten, den die Flut bei Ebbe zurückgelassen hatte und die mich umwehenden Tücher brachten mir Kühlung. Ich hatte eine Tüte bei mir und sammelte Muscheln, die die Wogen des Meeres in Hülle und Fülle an Land gespült hatten. Vornehmlich suchte ich kleine, die von dem reinen Weiß der Lilie waren und leicht wie eine verwehte Feder. Ihre winzigen Bewohner hatten die zarten Gebilde des Meeres verlassen Sie waren leergespült und viele der zweischaligen Muscheln waren noch verbunden und jede Hälfte zierte die Zeichnung der anderen wie die Flügel eines Schmetterlings. Klein wie kleine milchige Schuppen aus Porzellan, bis in das kleinste Detail perfekt, jedes Äderchen deutlich und von vollkommener Form lagen sie da - für mich. Mit ihrem matten Glanz erinnerten sie an an den blauen afrikanischen Himmel getupfte Wolken. Sie waren schön wie am ersten Tag.

Ich hatte einer Kundin versprochen, den Overall, den wir für sie nähten, an den Schulterpartien mit Pailletten zu benähen. Ich hatte jedoch übersehen, daß in Kenia einem Feiertag immer ein zweiter folgte und somit die Geschäfte in Mombasa auch an zwei Tagen geschlossen waren und der Abreisetag der Kundin ließ mir keine Zeit. Es war, als ich sinnend über den Strand ging, als ich meine glänzenden rotlackierten Zehennägel im Sand sah neben den mattglänzenden Wundergebilden der Millionen Muscheln, als meine Idee geboren wurde. Mir die Muscheln mit kleinen Löchern vorzustellen, war nicht mehr schwer und wie sie aussähen, wenn sie mit Nagellack angestrichen wären, auch nicht. Das erste Werk, der Overall, übertraf alle Vorstellungen. Verliebt in das Spiel mit den roten Tönen meiner Nagellacke war meine erste Muschelkomposition wahrlich gelungen. Der Overall war aus schwarzem Seidenjersey und an den Schultern mit den Muscheln benäht, so ganz nach Paillettenart die eine deckt das Loch der anderen zu. Es kam dann zu den verschiedensten Praktiken.

So nähte ich die Muscheln auf Seidenkordel um Ketten herzustellen, ich nähte sie auf zurechtgeschnittene Muster für Kleider, Gürtel, Haarkämme oder Schuhdekorationen. Ich fertigte Abendtäschchen an. Ich beließ die Muscheln natur oder ich überhauchte sie mit matten Pastellfarben und zum Schluß noch mit Goldpuder. Diese Farben, die ich mir aus Deutschland mitbrachte, wechselten die derben der Frühzeit ab.

Später stellte ich auch Tischdekorationen oder solche für Bäder, für Wände her, ja ich fertigte sogar Weihnachtsschmuck an, denn es bedurfte gar nicht so großer Phantasie, wunderschöne Sterne aus Muscheln herzustellen. Mit „specials", das waren Unikate der Natur, die deformiert waren, an die die Zeit genagt hatte, die dadurch, daß sie zerbrochen waren oder verkalkt ihre eigene Schönheit erhalten hatten, setzte ich individuelle Akzente auf jedes Stück. Ich sammelte dann, wenn ich den Strand entlang ging nur noch diese, die anderen wurden mir zu Genüge zugetragen.

Niemand hatte je diesen, meinen äußerst attraktiven Muschelschmuck gesehen und somit ist er vielleicht einmalig auf der Welt.

Später standen in meiner Werkstatt viele Schachteln und Körbe in denen viele Muschelarten sortiert waren und es gab viele Farbentöpfe, sowie Gold, Silber und Kupferstaub. Es gab Perlen und Steine, die mitverarbeitet wurden. Es gab die verschiedensten Kleber, Fäden und Nadeln, sowie das jeweils erforderliche Werkzeug. Es gab Mädchen, die die Muscheln aufnähten, nur die Blickfänge, also die letzte Hand, legte ich selbst an. Ich liebte es, am Abend bei Musik diese Stücke zu vollenden, die mich jeweils zu Wunderbarem inspirierten. Mein einziges Problem war, mich von den Dingen zu trennen und ich merkte, daß es mir leichter fiel, sie zu verschenken, als sie zu verkaufen. Sie waren so schön und deshalb unbezahlbar und in jedem einzigen lag meine ganze Liebe und meine jeweilige ganz besondere Stimmung.

Niemals betrachtete ich die Beschäftigung mit den Muscheln als Arbeit, nein, es war eine beruhigende, beglückende Schöpfung wunderschöner, immer neuer Kreationen.

Der Strand wurde zur Ader meines Lebens in Kenia. Hier erlebte, erfuhr, erdachte, erträumte ich alles. Hier war ich eins mit Afrika und hier war immer wieder meine größte Konfrontation mit Land und Leuten. Hier traf ich den Hadernden, der am Strand vor dem großen luxuriösen Hotel stand, das er nicht einmal betreten durfte und er sagte zu mir „dies ist doch unser Land und nun gehört es ihm, dem Weißen„ und ich antwortete ihm „es gehört ihm nicht, es ist nur wo er jetzt ist, es gehört ihm jedoch nicht, es gehört Afrika, es gehört euch. Er kann es niemals mitnehmen dahin, wo er immer wieder hinfährt und wo sein Zuhause ist". Und er haderte nicht mehr, er lächelte und war zufrieden und in seiner Höflichkeit sagte er sogar „danke".

Ich hatte bei meinen Wanderungen, die oft so weit waren, daß sich meine Spuren im nirgendwo zu verlaufen schienen, die unterschiedlichsten Erlebnisse. Mich kannten die Händler am Strand und die Beachboys und zu jedem hatte ich ein nettes Verhältnis und zu jedem ein anderes.

Doch eines Tages verfolgte mich einer, der mich nicht kannte. Es gab so viele allein reisende Damen, die solche Bekanntschaften suchten und sich den jungen Männern gegenüber auch recht großzügig erwiesen. Ich wollte nun diesen Jungen freundlich abschütteln, was mir nicht gelang. Hartnäckig verfolgte er mich und wir waren schon an der Schwelle der Unendlichkeit. Ich wollte hier in dieser Einsamkeit mit ihm nicht mehr allein sein und ich fing an, ihm nicht mehr zu antworten in der Hoffnung, er würde weggehen. Doch plötzlich wurde er böse und sarkastisch und sagte „ah, du bist so eine, die mit Schwarzen nicht spricht, die sie hasst". Daß er dies glaubte, wollte ich nicht, denn ich hätte keinem, der mich so eisern verfolgt hätte, mehr geantwortet. Ich wollte ihn nicht verletzen, ja ich fürchtete seinen Hass und deshalb suchte ich nach einer Erklärung, die ihn nicht kränken sollte. „Weißt Du", fing ich wieder zu reden an, „ich bin eine Radiosprecherin in Deutschland und muß den ganzen Tag reden und nun riet mir mein Arzt, zu reisen, um schweigend am Strand spazieren zu gehen".

Mit der Höflichkeit und dem Respekt der Afrikaner entschuldigte er sich und verschwand und bald hatte ihn die Weite verschluckt. Dann war die Flut wieder gekommen und auch ich ging zurück und ich wunderte mich, daß die glatten, makellosen Gebilde der vielen, vielen Muscheln die Brecher auf dem Strand überstehen konnten.

Doch immer wieder war der Strand mit diesen Wundern übersät und niemals brachte ich es über mich, sie unbeachtet zu lassen. Es kam vor, daß ich beim Gehen nicht einmal den Kopf hob, um auf das Meer zu schauen aus Angst, ich könnte etwas Kostbares zu meinen Füßen übersehen. Die Muscheln erinnerten daran, daß das Meer ewig verebbte und daß es ewig flutete.

Zu Gast in einem arabischen Palast

Es war ein wunderschöner Tag. Aus den Bäumen hinter unserem Haus hatte sich ein schwarzer Schatten gelöst, der ein Bote wurde. Der Brief in seiner Hand leuchtete wie eine kleine, weiße Fahne. Auch Briefe sind in Afrika etwas geheimnisvolles, so wie das Land und so wie die Leute. Es steht etwas gutes oder etwas schlechtes darinnen, denn nebensächliche Dinge werden nicht aufgeschrieben. Das Gute wird so gut, wie es ist mitgeteilt, das schlechte wird abgemildert. Wenn zum Beispiel der Vater schon tot ist, dann steht in der Nachricht an den entfernten Sohn, daß es besser wäre, er käme nach Hause, da der Vater krank sei. Das Unerklärliche daran ist, daß der Sohn sofort und ohne Rückfrage losfährt. So ist die ebenso geheimnisvolle afrikanische Mentalität.

Als er meinen Laden betrat, schluckte die laute Flut vor der Tür seinen Gruß. Er übergab mir den Brief in seiner Hand und wartete. Dieses Warten bedeutet die unausgesprochene Mitteilung, daß er die Antwort mitnehmen müsse.

Der Brief war von einer arabischen Dame, die von meiner Mode gehört hatte und mich in diesem bat, sie in ihrem Haus in Mombasa aufzusuchen, da es ihr selbst nicht möglich wäre, zu mir zu kommen. Geschickt erklärte mir der Wartende, wo ich das Haus finden würde und zusammen mit meiner Zusicherung verschwand er wieder zwischen den Bäumen, deren Laub sich wie ein grüner Vorhang hinter ihm schloß.

Unsere nächste Einkaufsfahrt nach Mombasa verbanden wir nun mit diesem Besuch. Selbstverständlich nahm ich Mohamed mit, der maßnehmen sollte. Es hatte sich erwiesen, daß er mit den von ihm genommenen Maßen präziser umgehen konnte, zumal er ja selbst der Zuschneider war. Ich zog mich an diesem Vormittag besonders chic an, denn der Designer selbst sollte ja seinen beste Werbung sein. Es war etwas naturfarben Seidiges mit einem kupferfarbenen Gürtel und ebensolchen Schuhen, wie man sie in den indischen Geschäften in der Altstadt kaufen konnte. Orientalische Frauen lieben Glanz und Glitter und ich bin zwischenzeitlich der Meinung, daß auch unsere Männer uns so lieben würden, so absolut weiblich. Ich hatte mein dickes Buch mitgenommen, in dem ich alle meine Modelle mit dem Bleistift festhalte und auch einige Stücke meiner Kollektion, sowie verschiedene Stoffmuster.

Mombasa war wie immer an diesem Morgen, eine unaufhörliche Bewegung in verschwommenen Bildern und Lauten. Die in der Tiefe eines weiten Parks gelegene Residenz fanden wir in einer vornehmen Straße. Der Park war umgeben von hohen Eisengittern. Das große Tor war verschlossen und von einem Wächter bewacht, dessen Gesicht in der Sonne wie dunkler Marmor glänzte. Nachdem dieser mit meinem Anliegen im Haus verschwunden und wieder gekommen war, wurde uns Einlaß gewährt. Wir gingen vorbei an einer Reihe schlanker Eukalyptusbäume, deren erfrischender Duft sich mit dem verschwenderischen der Francipanen vermengte. Große Hibiskusblüten standen stumm dazwischen. Stumm ihrer Unfähigkeit zu duften wegen. Die Zinnen des maurischen Palastes ragten wie gewaltige Zähne in den silbrigen Himmel. Über eine Treppe, deren Überdachung von dicken Säulen getragen wurde, gelangten wir in eine große Halle. Man ging nur über eine Schwelle, um im Orient zu sein. Auf einem gestickten Lederkissen nahm ich Platz, auf dem Ungewohnte nicht wissen, ihre Beine zu arrangieren. Im Raum dominierten unzählige kostbare Teppiche, die auf dem Boden lagen und an den Wänden hingen. Die vielen, vielen Lederkissen gingen wie große Kappen golddurchwirkter, bunter Pilze im Raum auf. Nur matt schimmerte der viele Zierrat aus Messing. Die gleißende Vormittagssonne konnte zwar durch die kleinen, vergitterten Fenster dringen, wurde aber abgeschirmt durch Vorhänge. Diese Maßnahme war erforderlich, um der sengenden Hitzeglocke über der Stadt zu trotzen. Am Ende der hohen Halle waren zwei gewaltige Stoßzähne von Elefanten aufgehängt.

Ein Boy erschien lautlos mit einer Karaffe tiefroten Fruchtsafts, viele bunte Perlen hingen am Ende eines kleinen Gazedeckchens herunter, das zum Schutz gegen Insekten über dieser lag. Ich merkte, daß Mohamed nicht mehr da war, war jedoch schon lange genug im Land, um nicht die unnütze Frage nach seinem Verbleib zu stellen. Zudem war mir eingefallen, daß er niemals an dieser Frau Maße nehmen, ihre Räume betreten, ja daß er sie nicht einmal sehen dürfe. Es war naiv und unüberlegt von mir gewesen, ihn mitzunehmen. Geheimnisvoll wie alles, war auch dieses Haus und es drängte mich, die Bewohnerin zu sehen. Plötzlich schien ein großer, weinroter Fes, dessen goldene Quaste rhythmisch schwang, auf mich zuzukommen. So dominierend war dieses Relikt des Trägers, der mich als Hausherr begrüßte.

Diese Kultur ist nicht die vieler Worte und schon gar nicht von einem Mann an eine Frau und erst recht nicht an eine, die im Begriff war, eine Dienstleistung auszuführen. Durch einen schmucklosen Gang, der über eine schmale Treppe nur zu diesem führte, gelangten wir in ein kostbar ausgestattetes Boudoir, daß jedoch ausgefüllt schien von ihr. Eine wunderschöne Frau, ein ganz klein wenig, jedoch auf sinnesberauschende Art üppig, so ganz nach dem Geschmack orientalischer Männer, kam auf mich zu. Diese Frauen sind schön und anmutig und vordergründig und reizvoll benützen sie diese Attribute und noch dazu auf unschuldige Art. Den Charme oder den oftmals sogenannten Charme westlicher Frauen dürfen sie niemals versprühen, da ihnen dieser von ihren Männern und auch von der Kultur dieser Länder als Anbiederung angelastet werden würde. Ich bin jedoch nicht sicher, welcher Kampf der erfolgreichere ist, der stille, anmutig Unschuldige oder der laute, oft schrill wirkende westlicher Frauen und ob orientalische Männer nicht doch letzten Endes schlechter beraten sind. Aber gerade deshalb werden sie auch von ihren Männern verborgen gehalten wie kostbare Juwelen und der Grund,warum die Hausfrau mich nicht in der Halle begrüßte war Mohamed, der fremde Mann, obwohl er diskret und ohne Worte entfernt worden war.

Sie hatte schwarzes, glänzendes Haar, das schwer und glatt zu einem Knoten im Nacken verschlungen war. Sie hatte trotz der irritierenden Formen eine sehr schlanke Taille und ich war sofort sicher, daß in keinem anderen Modestil, als dem ihren, ihre umwerfende Persönlichkeit besser zur Geltung kam. Die europäische Mode konnte nur eine Abwertung ihrer Schönheit bedeuten.

Meine Aufmachung verblaßte neben der resedagrünen Chiffonrobe, die sie bereits am Morgen trug. Sie hatte kleine, kräftige Hände mit gepflegten, gelackten Nägeln, in der Farbe der Rubine, die sie schmückten.

Sie bat mich, auch hier, auf einem Lederkissen Platz zu nehmen, nachdem ihr Mann das Zimmer verlassen hatte. Sie selbst hatte sich anmutig auf einem Teppich niedergelassen. Eine Frau, mit den unverkennbar schönen Zügen einer Somalierin brachte in klitzekleinen Schalen Tee, der je kleiner die Gefäße, um so aromatischer ist und ganz kleine Stückchen von süßem Gebäck.

Die Hausfrau hatte mich umarmt und hielt meine Hand, bedankte sich für mein Kommen und bat mich gleichzeitig, immer wieder in ihr Haus zurückzukehren. Dies ist eine überschwengliche Art der orientalischen Gastfreundschaft. Es ist eine Sitte, die nicht so ernst zu nehmen ist. Sie saß vor einem Ölgemälde, das sie selbst darstellte und der Künstler hatte all ihre Grazie und ihre Ausstrahlung eingefangen. Es stellte sie in verführerischer Pose mit einem tiefen Ausschnitt dar. Ich fragte mich, ob dem Maler die Augen verbunden gewesen waren. Es konnte also nur eine Frau gewesen sein, die dieses Kunstwerk gemalt hatte, das aufbewahrt war an einem Ort, den niemals ein anderer Mann, als ihrer, betreten würde. Ein großes, wuchtiges Bett, geschnitzt in kunstvoller Lamu Technik, über dem ein duftiges Moskitonetz schwebte, war der Mittelpunkt des Raumes. Kleine bunte Teppiche lagen auf dem Boden verstreut und wie ein großer Schmetterling hielt sich die zarte, undurchsichtige Musselin Gardine an dem vergitterten Fenster fest. Viele herumstehende Hochglanz polierte Messinggefäße verursachten feines Glitzern. Der Raum war anheimelnd und in ein sanftes Licht getaucht. Doch wie leer mußte er wirken ohne sie.

Sie erzählte mir in ihrer liebenswürdigen, unaufdringlichen Art so viele Dinge, als würde sie mich schon lange kennen. Sie erzählte, daß sie die dritte Frau ihres Mannes sei und daß die erste Frau auch in diesem Hause wohne. Die zweite Frau, die von der ersten nicht akzeptiert würde, residiere unweit in einem Gebäude am Rande der Stadt.

Sie selbst hatte mit ihrem Liebreiz nicht nur den Mann gewonnen, sondern auch das Herz der ersten Frau, deren Tochter und Freundin sie war. Daß sie selbst die Lieblingsfrau ihres Mannes war, war selbstverständlich. Es hört sich nun für uns Europäerinnen so beneidenswert an, die Lieblingsfrau eines Mannes zu sein. Hier drückt sich dieser Status in noch mehr Isolation aus. Niemals durfte sie das Haus verlassen, es sei denn, mit ihrem Mann. Es war ihr sogar verwehrt, mit seinen Schwestern wenigstens einkaufen zu gehen, was er seinen beiden anderen Frauen gestattete. Sie durfte nur an verwandtschaftlichen Ereignissen teilnehmen. Von persönlichen Freunden oder Geschäftsfreunden hielt er sie fern. „I am so lonely" sagte sie „ich bin so einsam".
Umsomehr erstaunte es mich, als meine Augen an einem zweiten Gemälde im Raum hängenblieben, das einen dunkelhaarigen Mann, mit einem ebenmäßigen, sympathischen Gesicht darstellte, der jedoch unverkennbar nicht ihr Mann war. Sie war meinem Blick gefolgt und

brach in Tränen aus. Dann erzählte sie mir die Geschichte. Dieser Mann stellte ihren Vater, der ein Grieche war, dar. Er hatte sich in jungen Jahren als Handelsmann in Aden niedergelassen und Fatimah geheiratet, die Tochter eines reichen Kaufmanns. Mit ihrem ausgeprägten Sinn für wichtige Details gelang es ihr auch mich sehr schnell mit ihren sehnsuchtsvollen Erinnerungen zu berauschen. „Als Grieche hatte er nur eine Frau" fuhr sie fort und auch, als ihren Eltern Kinder offenbar versagt blieben, konnte er sich nicht dazu entschließen, was ihm die Landessitte gewährt hätte, eine zweite Frau zu nehmen. Als Fatimah vierzig Jahre alt war und bereits die verwelkende Schönheit einer Rose hatte, wurde sie schwanger. Fatimah starb bei der Geburt ihrer Tochter, der der Vater den Namen Preis gab. Um den Preis dieser Tochter, war Fatimah gestorben. Die bildhaften Erinnerungen trieben ihr immer wieder Tränen in die Augen. „Er suchte eine Amme für mich und fand eine Somalin, mit ihrem Baby, die er in seinem Haus aufnahm", erzählte sie weiter. Rukia war der Name des Kindes und sie wuchsen viele Jahre wie Schwestern auf. Als es jedoch an der Zeit war, Preis eine höhere Bildung zukommen zu lassen, trennte er die Mädchen. Durch diese Trennung stürzte er sie in tiefste Verzweiflung und Einsamkeit, obwohl er seine ganze Liebe auf seine Tochter konzentrierte. Als sie achtzehn Jahre alt war, traf sie die große Liebe ihres Lebens, den Kapitän eines spanischen Schiffes. Die Mutter Rukias, die immer noch ihre Bedienerin war, half ihr, ihn noch ein paar Mal zu sehen. Sie sprach voller Verlangen, das sie aus dieser hell erleuchteten Vergangenheit heraufbeschwor. Alles wurde jedoch dem Vater zugetragen, der sie sofort mit einem Adener verheiraten wollte. Dies lehnte sie jedoch strikt ab. Der späteren Heirat mit diesem alten Mann aus Kenia stimmte sie zu. Sie lebt in Erinnerung an Juan, diesem schönen Spanier, der ihre Liebe geweckt hatte, obwohl sie unerfüllt geblieben war. Entzückende Röte stand jetzt in ihrem Gesicht. Als Entschädigung sieht sie ihr Kind und Rukia, die nun, nach ihrer Mutter Tod, deren Position einnimmt und niemand ahnt, daß dies ihre Schwester und Freundin ist. Nicht nur Rukias Mutter die Preis wie eine eigene Tochter geliebt hatte ist tot, auch ihr Vater ist gestorben. Zeit spielt in Afrika keine Rolle. Ich merkte es, als sie mit dieser faszinierenden Geschichte geendet hatte und ich erschrocken auf die Uhr sah. Preis hatte mich mit dieser Geschichte in Tausend und eine Nacht geführt und ich bereute es nicht. Nun schlug ich vorsichtig mein Buch auf, denn ich mußte ja noch mit meiner großen Einkaufsliste und mit Mohamed mein Gott, wo war Mohamed, einkaufen gehen. Gleich war sie von meinen Modellen gefangen, obwohl es mir so schwer fiel, mich sie in europäischer Kleidung vorzustellen. Gleichsam als erriete sie meine Gedanken, überblätterte sie strenge, klassische Modelle, während ihr Blick länger an einem weiten Overall mit Pluderhosen, den orientalischen gleich, hängenblieb. Ich hatte diesen für meine erste Modenschau genäht und die reizende Inderin Ashiana hatte ihn vorgeführt. Ich wußte nun, zu was ich ihr raten würde, zu diesem und ganz nach meinem Wunsch wählte sie aus den Stoffmustern einen weichfließenden sektfarbenen Seidenjersey. Ich schlug ihr vor, einen in meiner eigenen Technik hergestellten Muschelgürtel dazu anzufertigen, den ich mit Goldpuder überhauchen wollte. Zu schildern, wie sie ihre Freude hierüber ausdrückte, könnte übertrieben klingen.

Die Zeit klopfte bohrend an meinem Verstand.

Ich hielt mein Maßband in der Hand und sie sprang auf, um eine große Tür der prächtigen Schrankwand zu öffnen, die eine ganze Seite des Zimmers einnahm. Sie forderte mich auf, ihr zu folgen und ging mir leichtfüßig durch die geöffnete Tür voran, in ein Bad. Dieses war eine weiße Marmorwolke mit irisierenden Goldeffekten, mit Teppichen, die samtig darin schwebten und mit einer Badewanne, die einem kleinen, wertvollen Pool gleich, über goldeingefaßte Marmorstufen zu erreichen war. Das Wasser darin glänzte wie Kristall und das künstliche Licht verschaffte auf diesem Atem beraubendes Flimmern. Unzähligen bunten Flakons entströmten betäubende,

exotische Düfte. Zudem hatte mit dem Öffnen der Tür eine sin-
nesbetörende orientalische Musik eingesetzt. Vor einer Wand, die
ein großer Spiegel war, blieb sie stehen. Sie wollte mit ihren eigenen Vorstellungen und Wünschen über Weite und Länge des zu
nähenden Stückes mein Maßnehmen beeinflussen. „You know" sagte
sie, als ser faszinierenden Geschichte geendet hatte und ich erschrocken auf die Uhr sah. Preis hatte mich mit dieser wir wieder
vor dem Prunkbett standen und sie mit dem Schließen der Schrankwand, das soeben erlebte Traumbild wieder verwischte „weißt Du,
ich war noch nie in Griechenland".

Wie in Trance setzte ich mich wieder auf das Kissen und öffnete,
die Zeit vergessend und den auf mich wartenden, meine Ohren für
ihre Träume und ihr Verlangen. Sie holte eine auf dem Tischchen
aus Kaschmirholz neben ihrem Bett liegende Landkarte und zeigte mir, das Land ihrer Ahnen. Larissa war die Geburtsstadt ihres
Vaters und wehmütig blieb ihr suchender Finger an diesem Namen
hängen. „Ich möchte nach dort" sagte sie „und ich weiß, mein Mann
schlägt mir diesen Wunsch nicht ab. Er wird mich begleiten und ich
werde, verschleiert zwar, die Spuren meiner Familie suchen. Ich
werde diesen Overall tragen, wenn ich nach Larissa komme", beschloß sie in entzückendem Eifer.

Ich erzählte ihr von meinen vielen Griechenlandreisen und von
meiner besonderen Liebe zu diesem Land und auch, daß ich Larissa kenne, was sie freudig erregte. Sie hing an meinen Lippen und
folgte den Schilderungen, die sich verwirrend mit ihrer Phantasie
vermischten. Sie erlebte einen Wechsel von Irrealität und Wirklichkeit, wobei sich beide so glichen. Denn auch in ihren Träumen
können die Kykladen nicht anders ausgesehen haben, die ich ihr wie
ockerfarbene Halbkugeln malerisch in der smaragdgrünen Ägäis
schwimmend beschrieb. „Lediglich die in der Sonne gleißend weißen
Häuser recken sich aus der kargen Vegetation der Inseln in den
Himmel" fuhr ich fort. Eingetaucht im Vergangenen, daß mit diesem
Gespräch Gegenwart wurde, zog ich mich in eine Welt zurück, in der

nur noch sie und ich waren. Ich erzählte ihr von der mächtigen Akropolis, deren Gemäuer die geheimnisvollen Sagen der griechischen Antike umhüllt. „Athen, die Stadt zu Füßen dieses Monuments läuft über sieben Hügel" fuhr ich fort. „Du zauberst mit Worten Bilder" rief sie begeistert und ich sprach von dem Stolz ihrer Ahnen, deren Freundschaft ein Gewinn eines jeden Menschen sei. „Durchflutet ist das Land von dem unvergleichlichen Zauber der griechischen Musik" schloß ich schwärmerisch und mich selbst nur zu gern erinnernd, meine Erzählungen.

„Oh könnte ich meine Ohren verschließen, um sie nie mehr anderem zu öffnen" bedauerte sie und auch, daß ich mich nun endgültig verabschieden wollte. Doch daran wurde ich nun resolut von der Autorität im Haus, von der ersten Frau gehindert, unter deren Allgewalt ein Mahl in der entfernten Küche entstanden war, nämlich das späte Lunch dieser Kultur.
Die Herren des Hauses saßen bereits an einem wuchtigen Tisch mit den größeren Söhnen, während die Frauen sich mit den kleinen Kindern auf die Matten am Boden setzten. Als Gast und noch dazu als europäischer, wurde mir ein Platz am Tisch angeboten. Natürlich lag es mir fern, diese Regeln zu stören und ich setzte mich zu den Frauen, was ich bereits aufgrund der Einladungen bei meinen indischen, auch moslemischen Freunden, geschickt beherrschte. Hier scheint schon bloßes Essen die Sinne anzuregen, es war exotisch und köstlich und der Geschmack der Speisen war durch die gekonnte Anwendung von Gewürzen, Trockenfrüchten und Kräutern, feiner und vielfältiger, als Mund und Zunge je für möglich hielten. Nach dem anschließenden Zelebrieren des Genusses des aromatischen, arabischen Kaffees, verabschiedete ich mich nun wirklich, nachdem ich versprochen hatte, recht bald mit dem ausgeführten Auftrag zurückzukommen. Kindlich süß sagte Preis zum Abschied „you are my Mama now", wahrscheinlich der offenbarten Geheimnisse wegen.

Tief atmete ich den kühlen Garten ein und als ich auf mein Auto zuging, kam auch Mohamed und wir hatten keine Zeit über andere Dinge, als über unsere Einkäufe zu sprechen, die wir noch alle auf unserer langen Liste abstreichen konnten. Als wir endlich auf der Fähre standen, die den direkten Weg zur Südküste unterbrach, mitten in dem babylonischen Menschenstrom der vielen Rassen, der hier zwischen der Insel Mombasa und dem Festland hin und her pendelt, kicherte ich plötzlich in mich hinein. Ich hatte mich dabei ertappt, Mohamed fragen zu wollen, wo er sich den ganzen Tag aufgehalten und ob er etwas zum Essen bekommen hätte. Mich jedoch der afrikanischen Mentalität erinnernd, unterließ ich es, Unnützes zu fragen, Mohamedi wiederum, selbst die Mentalität praktizierend, wollte auch nicht wissen, warum ich gelacht hatte.

Ich legte meine ganze persönliche Liebe in die Herstellung dieses Auftrages. Den Gürtel fertigte ich sogar selbst an aus kleinen Muscheln, der nach der Fertigstellung einem goldschimmernden Kunstwerk glich. Bildlich konnte ich mir die süße Preis vorstellen, die angekleidet mit diesen Dingen nach Larissa kam. Bald kam der Tag, an dem ich beides in eine Schachtel packte und dieses Mal alleine nach Mombasa fuhr.

Als ich mich der Anlage näherte, bemerkte ich, daß das Tor offenstand, vor dem viele Wächter in weißen, langen Kleidern standen. Viele, viele Autos standen im Hof. Irritiert ging ich an den Askaris vorbei, die mich nicht nach meinem Vorhaben fragten. Ich hörte Geräusche, wie lautes, monotones Wehklagen. Intuitiv klammerte ich mich an die Schachtel, als ich die Treppe hinaufging und die offene Halle betrat, wobei sich niemand um mich kümmerte. Diese stand voller Menschen. Die Frauen hoben die Arme zum Himmel und weinten und klagten und die Männer taten, verhaltener zwar, das gleiche. Dazwischen hörte man eine männliche Stimme, die wehmütig singende Gebete vortrug. Es gelang mir, durch einen Spalt der Menschen einen Blick in das Innere der Halle zu werfen und ein Schrei entrang sich meiner Lippen. Wie eine kleine weiße Rose lag Preis in der Mitte der Halle und den mächtigen Stoßzähnen der

Elefanten, in ihrer Starre um so zerbrechlicher wirkend auf einem bunten Teppich. Sie war wunderschön und tot. Niemals habe ich gefragt warum und niemand hat mir je gesagt warum. Das Wehgeschrei hallte noch lange in meinen Ohren, auch nachdem ich mich, fest an den Pappkarton gepreßt, schon weit entfernt hatte mit den Dingen, mit denen Preis nach Larissa reisen wollte und ich haderte mit dem Wort, das ausgerechnet von einem griechischen Philosophen stammt „früh stirbt, wen die Götter lieben ....".

Meine Gedanken sind
meine Abenteuer
Leonardo da Vinci

Noris Stern in meiner Hand

Ramba Ramba kannte ich schon lange, er war ein Massai und ich
kaufte immer Perlengürtel und Ketten von ihm, mit denen er handelte. Er konnte nur in seiner Sprache sprechen. Er machte jedoch mit
seiner gewandten Art lebhafte Geschäfte. Eines Tages, er hatte
wieder besonders schöne Ketten mitgebracht, kündigte er mir das
Ankommen eines Massai an, der Noris hieße und aus der Hand lesen
könne.

Sie waren aus dem Hochland zur Küste gekommen und lebten hier,
um Speere, Schmuck und andere Dinge an die Touristen zu verkaufen. Auch führten sie in den Hotels ihre traditionellen Tänze auf.

Sie kamen wie die Natur selbst. Und wenn sie mit dem Wind am
Strand entlang kamen, dann roch man schon von weitem ihr Kommen.
Sie erstreben durch Einreibungen den Geruch der wilden Tiere zu
erzielen, als Schutz gegen diese im Busch. Sie ernähren sich von
Blut, warmer Milch und Rindfleisch. Sie sind eine grazile, hochge-
wachsene, stolze Rasse mit einem besonders weitausholenden, fe-
dernden Gang. Die Köpfe tragen sie in einer nur ihnen eigenen Weise
mit hochgeschobenem, vorgezogenem Kinn. Dies macht ihre Haltung
noch stolzer. So wie man in der Tierwelt in den meisten Fällen beobachten kann, daß die männlichen Tiere schöner sind und prachtvoller
als die weiblichen, so schmücken sich bei diesem Stamm die Männer weitaus prächtiger als die Frauen. Sie haben eine farbenfrohe
Bemalung im Gesicht, tragen Stirnbänder und Ketten aus bunten
Perlen, färben sich die Haare, tragen Perücken oder Haarteile und
Kenner sehen an dem Arrangieren von Arm- und Fußbändern, wie
viele und welche Tiere sie schon erlegt haben. Das Ziel eines jeden
Massai ist natürlich mindestens der erfolgreiche Kampf mit einem

Löwen, erzählte man mir. Auf der Brust und an den Armen haben sie runde, längliche oder schnittförmige Brandzeichen. Die Ohrläppchen werden durch Erschweren solange nach unten gezogen, bis sie Knoten daraus machen können. Leuchtend bunte Tücher runden dieses farbenfrohe Bild ab. Ramba Ramba kam mit einem ganz Schönen. Er trug an einer Kette Löwenkrallen und sein Haar war mit Henna gefärbt. Er trug zwei glänzende Tücher, ein rotes und ein blaues, die ineinander verschlungen waren und er hatte einen Fußschmuck aus Perlen, wie ich ihn noch nie gesehen hatte. Dies war Noris. Er war der Sohn der jüngsten Frau seines alten Vaters. Noris hatte seinen Vater auf eine Reise an die Küste begleitet und stellte ihn mir auch später vor. Es war ein ganz großer, dünner, vorgebeugter alter Mann, der zahnlos war, einen kahlen Kopf hatte und an einem Stock ging. Er strahlte jedoch in seiner Haltung und angetan mit seinem ganzen Schmuck Würde aus und er verbreitete um sich die Aura eines bedeutenden Mannes. Er hatte eine unbewegte Miene, nur als Noris zu ihm sagte, er hätte mich ihm deshalb vorgestellt, weil ich ihn an seine Mutter erinnern würde, lächelte er. Die Erinnerung an sein spätes Glück machte ihn lächeln. Noris sah einen Stern in meiner Hand, der sehr selten zu sehen sei und der großes Glück bedeute. Ich lachte dazu, doch immer, wenn ich besonders glücklich war und bin, denke ich an Noris' Stern in meiner Hand, der mir dieses bringt. Noris unterrichtete mich nicht nur in der Massai Sprache, die für uns Deutsche sehr schwer auszusprechen ist, er lehrte mich auch, daß es das Wort Meer zum Beispiel nicht gäbe, weil sie als Nomaden sich im fruchtbaren Hochland aufhielten und gar nicht wußten, daß es ein solches gäbe.

Er erzählte mir von seiner Familie, von der Bewährungsprobe der jungen Männer im Busch, von der anschließenden Feier, die am Fluß beim Mondschein beginne, von der Mannwerdung und von der total freien Liebe und wann nur der Massai seinen Speer aus der Hand gibt. Dies war eine interessante Geschichte und ich hörte ihm begeistert zu. Wenn die Knaben alt genug seien um Mann zu werden, fing er an zu reden, dann geht eine Gruppe dieser mit den Älteren in den Busch um zu lernen, sich selbst zu erhalten. Sie erlegen Tiere, deren Fleisch sie essen und deren Blut sie trinken. Hier lernen sie auch sich einzureiben, um den Geruch des geheimnisvollen Busches anzunehmen zu ihrem eigenen Schutz. Sie lernen Löwen zu töten und es ist eine Besonderheit, eine Kugel, die ein sterbender Löwe ausspuckt in dieser Sekunde zu erhaschen, was einem selten gelänge. Dieser Mensch bekäme dadurch eine Weisheit und die besondere Aura, so wie mein Vater, der so eine Kugel besitzt, sagte er. Diese Mannwerdung kann bis zu einem Jahr dauern, fuhr er fort. In dieser Zeit haben sie keine Verbindung zu den Familien. Natürlich ist es ganz normal, daß es Krankheiten gibt oder Unfälle mit tödlichem Ausgang. Nach den Fehlenden wird jedoch bei der Heimkehr der Gruppe nicht gefragt. Dies ist wieder eine sehr typische afrikanische Lebensweisheit, deren Grundtenor, kein unnützes Fragestellen ist. Es ist nicht nur, daß die Frage nach dem Verbleib des fehlenden jungen Mannes unnütz ist, es bleibt auch eine Hoffnung, daß der Verlorene später einmal wieder vielleicht an einem anderen Ort zu ihnen stoße.

Die Massai sind immer noch ein mit ihren Kühen herumziehendes Nomadenvolk, die nach dem Abgrasen der Weiden, den Verbleibenden nachgehen entlang den Seen und Flüssen im Hochland. Die Massai glauben, daß ihnen Gott Ngai alle Rinder der Erde vermacht habe. Rinder bilden den Reichtum der Familien und werden nur zu Festen geschlachtet.

Er erzählte weiter, daß die Mannwerdung nach der Heimkehr mit einem Fest ende, das der absolut freien Liebe fröne. Es beginnt bei Mondenschein am Fluß mit den Mädchen, mit den jungen Mädchen des Stammes, wobei sich keiner an keine bindet. Ungestört durch die Alten, die dieses Fest nicht aufsuchen, kann es Wochen dauern, fuhr er mit träumenden Augen fort. Nun erst ist der Massai ein Mann und zum Schluß sucht er sich eine von den vielen aus. Dies ist nun seine Frau, die sich selbst ihre eigene runde Hütte aus

Kuhdung auf das Areal der Frauen baut. Will nun der Massai seine Frau in ihrer Hütte aufsuchen und es lehnt bereits ein Speer an dieser, weiß er, daß ein Jahrgangsteilnehmer, einer, der mit ihm zusammen Mann geworden ist, bei dieser weilt, was ihn auch dazu berechtigt. Er sucht dann die Frau eines anderen Jahrgangsteilnehmers auf, vor derer Hütte noch kein Speer lehnt. Dies ist der einzige Ort, an dem der Massai seinen Speer aus der Hand gibt, schloß er seine Geschichte und wenn die Kinder überhand nähmen, dann würden die Kühe durch diese gehetzt werden, wobei die Bastarde vernichtet und die echten übrigblieben, setzte er noch hinzu. Ich erfuhr jedoch nicht, ob dies nicht eine Mär aus uralten Tagen war.

Einmal war ich mit einem Roller in den Busch gefahren um nach Shaban, der krank war, zu sehen. Auf der Rückfahrt blieb das Fahrzeug jedoch plötzlich stehen. Es ging nicht mehr und ich hatte bereits die schlimmsten Befürchtungen bezüglich meines Nachhausekommens. So sinnlos, wie nur eine Frau zum Beispiel bei einer Autopanne unter die Kühlerhaube nachsieht, so sinnlos visitierte ich den Roller. Ich blickte mich hilfesuchend um, doch der mich umgebende Busch war wie ein großer, stiller See. Eine Vision, die ich zu sehen glaubte, wurde Wirklichkeit. Ich sah von weitem einen hochaufgeschossenen Mann mit dem unverkennbaren Gang der Massai kommen und es war Noris. Er bot sich an, in den nächsten Ort zu gehen, um die einzige Werkstatt im ganzen Umkreis anzurufen. Ich hatte nun zwischenzeitlich doch tatsächlich herausfinden können, daß das Gasseil gerissen war. Der Roller war ein Leihroller, da mein Auto in Reparatur war. Die Telefonnummer dieser Firma stand auf diesem und da wir weder Bleistift noch Papier hatten, mußte sich diese Noris im Kopf merken. Er mußte auch noch Geld wechseln, da ich kein Kleingeld bei mir hatte und er mußte meinen Standpunkt klarmachen, was nicht durch Angabe einer Straße und Hausnummer möglich war. Diese Erklärung überließ ich voll und ganz Noris. Hinzu kam, daß die Werkstatt selbst ein gangbares Fahrzeug und einen Monteur parat haben mußte. Daß der nächste

Ort mit dem Telefon noch weit entfernt war, war zudem eine bestehende Selbstverständlichkeit. Noris entfernte sich mit mit weitausholenden Schritten und ich wußte, daß Massai es gewohnt waren, große Strecken schnell zurückzulegen. Zu einer Zeit, als ich noch nicht damit gerechnet hatte, wenn überhaupt, hörte ich plötzlich ein Motorengeräusch, das sich näherte. Es war ein Motorrad, ein Monteur und eine Werkzeugtasche. Es fiel mir ein, daß es ja Noris selbst war, der mir von meinem Stern und von meinem Glück erzählt hatte.

Noris war eigentlich überall, zumal es bekannt wurde, daß er aus der Hand lesen könne. Es war da eine deutsche Touristin, Helga, mit der ich Kontakt hatte. Sie wollte Kenia am nächsten Tag verlassen. Wir lagen auf einer Liege in einem Hotel und Noris hielt ihre Hand bedeutungsvoll in seiner während er mit dem Zeigefinger der anderen Hand die Linien ihrer Hand nachfuhr. Er sah die große Safari, die große Reise eindeutig voraus und dann murmelte er noch etwas von Veränderungen. Helga war etwas enttäuscht, sie hatte selbst damit gerechnet, daß ihre Reise auch Veränderungen mit sich bringen würde. Helga reiste dann ab und als ich Noriswieder traf, sagte er „weißt Du, ich sah in Helgas Hand, daß sie einen Unfall haben werde, aber so etwas darf man nicht aussprechen und deshalb habe ich nur von Veränderungen gesprochen". Ich erschrak und dachte immer daran und es gelang mir erst nach Jahren zu Helga wieder Kontakt zu bekommen, als ich wieder einmal in Deutschland war. Sie erzählte mir von einem Autounfall, den sie damals nach ihrer Heimkehr, noch bevor sie ihren geplanten Job in Spanien antreten konnte, erlitten hatte.

Noris blieb an der Küste eine schillernde Figur.

Die Massai traten immer in Gruppen auf. Es passierte, als Flut war, daß einer von ihnen, bei einem Manöver mit einem Boot, bei dem er helfen wollte, unter dieses kam, welches umschlug. Als sie zu mir gelaufen kamen, um mir dies mitzuteilen, lag er reglos am Strand, sagten sie. Das Meer ist ihnen suspekt und unheimlich, denn sie sind mit ihm nicht aufgewachsen. Ich empfahl ihnen, den indischen Arzt an der Küste zu holen. Mein Auftrag bekräftigte den Entschluß des Arztes, Soitt in seinem eigenen Sanka in ein Krankenhaus nach Mombasa fahren zu lassen, was ich gar nicht wußte. Erst als am nächsten Morgen die aufgebrachten Massai vor mir standen und Soitt von mir zurückforderten, „der nicht sterben dürfe", erfuhr ich dies. Der Arzt hatte meines Namens wegen Soitt nicht in das nahegelegene kostenfreie Hospital der Einheimischen gebracht, sondern in ein Privatkrankenhaus nach Mombasa. Dies stellte sich als Folge meines Rates, den indischen Arzt zu holen, heraus. Nun fuhr ich mit Noris nach Mombasa, um Soitt zu suchen. Im dritten Krankenhaus, in dem wir nach ihm fragten, war er. Es war eines der lichten, luftigen Tropenkrankenhäuser, deren Türen nur Vorhänge sind und deren Krankenzimmer man von Laubengängen aus betritt. Eine freundliche, afrikanische Schwester ging uns voran und hielt einen der Vorhänge zurück. Gleichzeitig hörte ich ein erlösendes „Mama", dies kam von Soitt, der in einem weißen Bett lag, bekleidet mit einem hellblauen Schlafanzug. Soitt hatte mit Sicherheit noch nie unter solchen Umständen geschlafen und war noch nie bekleidet gewesen mit einem Schlafanzug und noch dazu mit einem hellblauen. Es hatte sich nach der Untersuchung nach der Einlieferung herausgestellt gehabt, daß Soitt nichts fehle, es sei ein Schock in ungewohnter Umgebung gewesen, sagte der Arzt, der sogleich gerufen wurde. Soitt hätte bereits nach der Untersuchung nach Hause gehen können, es war jedoch niemand da, der die Rechnung beglichen hätte. So wurde er stationär aufgenommen und wegen des klingenden Namens „Mama Christa" noch dazu auf Klasse gelegt, was der hellblaue Schlafanzug bekräftigte. Dank Noris war nun Mama Christa auch da, um die Rechnung zu bezahlen. Er hüllte sich sogleich in seine Tücher und wir fuhren" Njumbani", nach hause. Ich sah Soitt in der Folgezeit wieder jeden Tag unten am Strand vorbeigehen.

Ich saß eines abends mit Bekannten auf der Terrasse eines Hotels.

Ich hatte mich schon verabschiedet, als die Massai gerade als folkloristische Darbietung am Swimmingpool zu tanzen begannen. Ramba Ramba, den ich schon lange nicht mehr gesehen hatte, war auch unter ihnen. Am traditionell hohen Springen war er jedoch gehindert durch eine Verletzung, die durch einen großen Verband am Schienbein zu erkennen war.

Ich hatte mich noch einmal an einen Tisch gesetzt und ein Getränk bestellt, als Ramba Ramba, der mich gesehen hatte, kam, um mich zu begrüßen. Ich fragte ihn nach seiner Verletzung, worauf er sofort den Verband entfernte und eine sehr große, unschöne Wunde zum Vorschein kam. Er sagte, ein Löwe habe ihm mit seiner Tatze verletzt und es würde nicht heilen. Ein Arzt, ein deutscher Tourist, der am Tisch saß, untersuchte das Bein und sagte, die Wunde müsse unbedingt und dringend behandelt werden, er hätte zwar alles notwendige dafür dabei, reise jedoch am nächsten Morgen ab. Ich bot mich an, dies zu tun. Der Arzt gab mir verschiedene Salben, zum Reinigen und zum Heilen und auch Verbandzeug und ordnete an, daß das Bein zweimal wöchentlich verbunden werden müsse. Ich vereinbarte sogleich mit Ramba Ramba den nächsten Termin, weil er den ersten, fachgerechten Verband anschließend noch von dem Arzt erhalten sollte.

Auf dem Nachhauseweg kam aus einer tropischen Wolke, ein plötzlicher, tropischer Regen. Es liegt im Instinkt des Menschen, sich schnellstens vor diesem zu schützen, indem er einen Platz sucht, um sich unterzustellen. Der Guß hatte jedoch so heftig und plötzlich eingesetzt, daß ich bereits ganz naß war, als ich zum nächsten Baum gelaufen kam und ich merkte mehr und mehr, wie angenehm und schön dieser Schauer war. Es war, als würde man unter einer warmen, weichen Brause stehen. Meine Kleider hingen an mir herab, naß und schwer und es war schön.

Die Sprache ermangelt oft der Worte. Der heftige Schauer klärte die Luft. Die Wonne und das Entrücken ist das Erlebnis. Ramba Ramba kam wie vereinbart, zweimal wöchentlich und nahm seine

Verabredungen sehr ernst. Ich konnte feststellen, daß der Verband jeweils in der Zwischenzeit nicht berührt worden war. Wir freuten uns alle, er, seine ihn immer begleitenden Freunde und ich, über den Erfolg. Das Bein heilte zusehends und bei seinem letzten Besuch sagte Ramba ich könne mir etwas von ihm wünschen. Ich wünschte mir den Perlenschmuck für die Füße, den Noris getragen hatte, als ich ihn zum ersten Mal sah. Mit einem Faden nahm er Maß an meinen Füßen. Ich war in Kenia dafür bekannt, daß ich barfuß lief und immer wenn mir Leute die Frage stellten, warum ich in Kenia sei, dann antwortete ich, weil ich hier barfuß laufen kann. Ich hatte zwar oft, wenn es gar nicht anders ging meine silbernen, indischen Sandalen unter dem Arm dabei, aber wenn nicht, dann meinten manchesmal die Leute, es passe nicht, zu meinen schönen Kleidern barfuß zu gehen. Für diese Leute trug ich nun den Fußschmuck. Er sah aus, als hätte ich Sandalen aus Perlen an, diese hatten aber keine Solen. Ramba Ramba hatte mir später noch eine Kette dazu angefertigt.

Es hatte sich nun natürlich herumgesprochen, daß ich Wunden heilen könne und viele kamen zu mir. Ich half ihnen, bis die Salbe zu Ende war.
Ich unterhielt mich gerne mit Massai, man konnte so viel von ihrem Leben in und mit der Natur lernen. Sie boten mir öfter für Caroline Kühe an, wobei sie vor dem Angebot in einer hohen Anzahl von Kühen nicht zurück schreckten.
Es fällt mir hier noch eine Geschichte ein, die ganz am Anfang geschah. Sie handelt jedoch auch von Massai.

Meine Söhne hatten damals, als sie nach Kenia gingen ganz kunterbunte Segel in ihrem Gepäck, mit denen sie ihre erste Wassersportschule eröffneten. Erstmals wurden diese damals, nach dem nie anders gewesenen klassischem Weiß für Segel, auch in bunt angeboten. Während weiße Segel schon unzählige Male besungen wurden und diese ein absolut majestätisches Bild auf den Meeren abgeben, setzten die farbigen nun auf diesen bunte Akzente. Ich lernte sie besonders lieben, denn während so ein kleines, weißes Surfsegel durch die Ferne leichter verwischt wurde, sah ich das knallrote von Peter und das pinkfarbene von Thomas immer noch rasend über das Meer fegen, wenn zum Beispiel Peter und Thomas weit in die Unendlichkeit hinter das Riff hinaussurften.

In ihrer Surfschule im allerersten Hotel stand schon bald hochaufgerichtet die bunte Palette dieser Segelpracht in einem großen Ständer. Der Attraktivität wegen hatte der Besitzer des Hotels Massai als Nachtwächter für den ganzen Hotelkomplex gewählt und es gab wirklich ein malerisches Bild ab, wenn die hochgewachsenen Krieger in der Dämmerung von ihren bunten Tüchern umhüllt, in farbenprächtiger Bemalung und angetan mit leuchtendem Schmuck ankamen, um ihren Dienst zu tun. Die langen Speere und die langen hohen Beine, rundeten das stilvolle Bild ab, das diese besonders im Vordergrund der untergehenden Sonne abgaben.

Nun waren die Stämme an der Küste jedoch verärgert, daß die des Hochlandes, woher die Massai kamen, ihnen die Arbeit hier wegnahmen und es stellte sich als ein Racheakt heraus, daß einen wunderschönen Morgens, die ganzen, farbenprächtigen Segel, aufgeschlitzt waren. Sie wollten demonstrieren, daß die Massai schlechte Wächter seien. So jedenfalls stellte sich die Angelegenheit bei einer anschließenden Ahndung durch die Polizei dar. Peter und Thomas waren zutiefst bestürzt, ebenso die Massai und eigentlich das ganze Hotel. Die Massai versprachen, nie mehr die Segel aus ihren Augen zu lassen und das Hotel stellte seine Schneiderei für die Reparaturen zur Verfügung. Es stellte sich heraus, daß Hamisi, der Chef der Schneiderei, auf seiner Maschine ein einfühlsamer, zaubernder Künstler war, der den Segeln ihre Pracht wieder zurückgab. Die langen Schlitze wurden mit Bändern in anderen Farben zugedeckt und sie wurden kunstvoll darauf genäht. Es war ihm gelungen, durch seine präzise Arbeiten, annehmen zu lassen, die Bänder seien eine gewollte, geschwungene Dekoration.

Peter und Thomas sahen dies jedoch offenbar nicht so, denn bei ihrer nächsten Reise nach Deutschland, kauften sie neue.

Malaria

Peter und Thomas waren aus Kenia in Deutschland angekommen, um weiterzufliegen zu einer Surfweltmeisterschaft in Florida, an der sie teilnehmen wollten. Es war Winter hier und Peter erreichte uns bereits krank. Wir behandelten die Symptome, die denen einer Grippe oder Erkältung gleichkamen, doch sein Zustand verschlechterte sich. Er lehnte es, wie immer ab, einen Arzt aufzusuchen, auch obwohl er so krank wurde, wie ich ihn noch nie vorher gesehen hatte.

Ausgestattet mit einer Packung Penicillin flog er am nächsten Morgen nach Florida. Um nichts war er von der Reise abzubringen, da die Veranstaltung für ihn sehr wichtig sei und er sich mit hartem Training darauf vorbereitet hätte. Er verspüre auch an diesem Morgen eine Besserung versicherte er, was man ihm aber nicht anmerkte.

Als ich die beiden zum Flughafen fuhr, hatte Peter einen dicken Daunenanorak an und eine ebensolche Mütze, die er an diesem Tag zum ersten Mal trug und beides konnte nicht seinen fiebergeschüttelten Körper kaschieren und wer hier glaubt, dies hätte ihn von der Reise abgehalten, der kennt meinen Sohn Peter nicht, der unter anderem schon einmal mit einem, am Morgen, gebrochenen Sprunggelenk den ganzen Tag noch Ski gefahren war, oder der seine Aufnahmeprüfung als Sportlehrer im Olympiastadion nach der verfrühten Abnahme des Verbandes nach einer entsetzlichen Fußverletzung absolvierte.

Er hatte sich als Beifahrer bei einem Auffahrunfall mit dem Auto einen Schaden zugezogen, bei dem alle Zehen in den Full geschoben waren und bei einer kunstvollen Operation wieder einzeln fixiert worden waren. Damals hatte er nur Bedenken gehabt, den Lauf in der geforderten Zeit nicht zu schaffen, denn er konnte den Fuß nicht abrollen. Doch er hatte auch dies geschafft.

Ein Freund hatte etappenweise seine Zeiten gestoppt und ihm diese mitgeteilt beziehungsweise Zeichen gegeben.

Alle, ich glaube, europäische Surfer, die an der Veranstaltung in Florida teilnahmen, hatten sich in München zusammengefunden mit ihren Mengen an Gepäck, das zusammen mit ihnen in einem eigens gecharterten Flugzeug verstaut wurde.

Mein Gott war ich in Sorge, als Peter sich mit seinen fieberglänzenden Augen verabschiedete, obwohl er den Rest der Tabletten in der Tasche hatte, zusammen mit der ärztlichen Versicherung, daß diese auf jeden Fall anschlagen würden.

Es war Mittwoch, als sie abgeflogen waren und am Samstag rief Thomas an und teilte mir mit, daß Peters Zustand sich verschlechtert habe. Auch, daß es ihm, Thomas, gelungen war, auf Peters Drängen hin, noch einmal Penicillin zu besorgen, daß sich jedoch auch nach diesem das Krankheitsbild nur verschlechtert habe. Peter läge im Hotelzimmer und lehne es ab, einen Arzt aufzusuchen oder ein Krankenhaus. Erst während dieses Gesprächs wurde Thomas und mir klar, daß es sich bei Peters Krankheit um eine Malaria handelt. Ich bat nun Thomas inständig, einen Krankenwagen zu holen und Peter, wenn es sein muß mit Zwang in ein Krankenhaus zu bringen. Natürlich sollte er unseren Verdacht aussprechen, damit die Untersuchungen gleich gezielt stattfinden könnten. Ich bat ihn genauso inständig, mich sofort wieder anzurufen, was er auch nach kurzer Zeit schon tat. Es war diagnostiziert worden, daß es Malaria war, jedoch nicht welche der drei Formen. Sein Blutbild war durch die Übermengen an Penicillin verwischt und ein Herausfinden sehr erschwert. Da sein Zustand jedoch schon so schlecht war, wollten die Ärzte die sehr schwere Medikation im Falle einer Malaria Tropica vermeiden, falls es eine der beiden anderen Formen war. Er sagte, Peter hinge an einem kreislaufstärkenden Tropf und im Labor arbeite man an der Feststellung. Ich verbrachte eine nie zu vergessende Nacht.

Sonntag mittag war Sonntag morgen in Florida und Thomas rief mich an. Der Erreger war noch nicht gefunden worden, Peters Zustand verschlechterte sich und obwohl ein Blutspezialist hinzugezogen worden war, schlug Thomas vor, ein deutsches Rettungsflugzeug zu senden und Peter nach Deutschland zu holen, denn er sah kein Weiterkommen. Ich war fassungslos und außerstande irgend etwas Zusammenhängendes zu denken, noch irgend etwas zu sagen. Ich konnte ihn lediglich erstickt bitten, mich in zwei Stunden wieder anzurufen. Das erste, was ich tun mußte, das wurde mir klar, war, mit mir selbst zu sprechen. Ich sagte zu mir, wenn Du Peter helfen willst, wirklich helfen, soweit Du das kannst, wenn Du also alles tun willst, was in Deiner Möglichkeit steht, dann reiße Dich zusammen. Hör auf zu schreien, zu weinen und zu lamentieren, sondern überlege, was kann ich tun, wie kann ich ihm helfen und es gelang mir wirklich, mich zu beruhigen. Ich saß da und dachte nach. Es war mir klar, daß ich so ein Flugzeug schicken könnte. Uns gehörte das halbe Haus, in dem wir wohnten und das könnten wir verkaufen. Was ist ein halbes, was ein ganzes, was sind tausend Häuser gegen das Leben von Peter. Doch ob diese Entscheidung richtig sei, dies zu beurteilen, maßte ich mir nicht an. Nach meiner Meinung benötigte sie allein schon viel zu viel Zeit.

Wen kann ich fragen?

Ich mußte einen Arzt finden, der schon mit Malaria zu tun gehabt hatte, nein, ich mußte den Arzt finden, der in Deutschland am meisten über Malaria wußte. Es war Sonntag nachmittag und es gelang mir, nicht nur ihn zu finden, sondern ihn in seinem Wohnzimmer zu finden. Ich hatte ihn nicht nur gefunden, er hörte mir auch zu, er nahm Anteil an meinem schrecklichen Problem. Peter nach Deutschland zu holen, verwarf er spontan, nicht nur wegen des Zeitverlustes, er meinte auch, das Flugzeug sei keine fliegende Malariastation. Er sagte, holen Sie ihren Sohn nicht aus dem Land Nummer eins der Medizin weg. Auf meine Frage, ob er bereit wäre, nach Florida zu fliegen, antwortete er, ich würde es tun, wenn ich der richtige Mann wäre, aber der bin ich nicht. Falls es die Malaria

Tropica ist, kenne ich sie selbst nur aus dem Lehrbuch, denn ich habe sie noch nie behandelt. Mein Gott, er konnte mir nicht helfen. Nun fiel mir ein zu fragen, „bitte, was würden Sie tun. wenn es Ihr Sohn wäre, bitte, was soll ich tun, ich bin bereit alles zu tun, was ich kann'. Und er überlegte, es war still in der Leitung. Ich spürte, er wollte mir helfen, denn er überlegte immer noch und plötzlich sagte er, „Sie haben das große Glück, daß ihr zweiter Sohn bei ihm ist und dieser Sohn muß das, was Sie jetzt hier versucht haben, den Arzt zu finden, drüben tun. Er muß den richtigen Arzt finden, der ihm helfen kann. Es gibt in Florida noch Sümpfe, es gibt dort Malaria, es gibt dort Malariaärzte. Er muß den besten finden, sagen sie ihm das. Das ist mein Rat, dies würde ich tun, wenn es mein Sohn wäre. Rufen Sie mich jedoch bitte an und sagen Sie mir, wie es ihrem Sohn geht. Ich werde meiner Sekretärin Anweisung geben, Sie immer zu mir durchzustellen". Thomas rief wieder an, früher als verabredet, es war jedoch nicht zu früh und ich sagte ihm alles. Er fuhr nun zum Chefarzt des Krankenhauses, der auch an diesem Sonntag in seinem Wohnzimmer saß, er sprach mit ihm und Thomas erzählte mir später, daß er den Knoten seiner Krawatte löste und anfing zu telefonieren. Nun erst wurde ein Apparat in Gang gesetzt. Es kam ein Arzt mit einem Hubschrauber und es wurde festgestellt, daß es die Malaria Tropica war. Wegen der bereits stark eingeschränkten Nierenfunktion, kam auch ein Nierenspezialist von außerhalb. Der Blutspezialist hatte festgestellt, noch nie mit speziell so einem Blutbild konfrontiert worden zu sein. Alle Hilfe hatte jetzt eingesetzt, sagte mir Thomas und er hatte schon längst seine Beteiligung an der Weltmeisterschaft in den Wind gesteckt, denn er war bei seinem Bruder.

In dieser Nacht rief mich Thomas wieder an und sagte, heute nacht, die jetzt dort anfing, ist die Krise. Wenn er diese Nacht übersteht, hat er die Krankheit bezwungen, da die eingesetzten Medikamente, wenn der Körper sie noch annimmt, wirken müssen.
In dieser Nacht rief auch Sabrina aus Kenia an, die sich dort um die Geschäfte kümmerte. Sie wußte bis jetzt gar nichts, sie war

mir Hilfe, sie liebte Peter auch. Ihr Anruf galt der Mitteilung, daß einer der beiden sofort nach Kenia zurückkehren müsse. Es war in Kenia das schönste und größte Hotel gebaut worden und sie hatten sich rechtzeitig um die Wassersportschulen darin beworben. Es war der schriftliche Zuschlag eingetroffen. Der Vertrag sollte in Nairobi unterzeichnet werden, wofür eine Frist gesetzt war. Sabrina hatte um Aufschub gebeten, angesichts der Ausnahmesituation, daß beide an der Weltmeisterschaft in Florida teilnähmen. Diesem Antrag war jedoch nicht stattgegeben worden, da ein wichtiger Vertragsteilnehmer einen dringenden Termin im Ausland habe und er alle Verträge, betreffend dieses Hotels abschließen müsse. Nach nochmaliger Rücksprache und der Darstellung der Situation Peters erklärte man sich bereit, daß nur Thomas zum Unterzeichnen erscheinen brauche.

Obwohl es Peters und Thomas innigster Wunsch gewesen war, diese Verträge abzuschließen, es war nicht nur ein geschäftlicher, sondern auch ein Prestigeerfolg, war dies nun so unwichtig geworden, jetzt, wo Peter um sein Leben kämpfte, heute, in dieser Nacht. Wie stark war er noch. Es war ein unheimlicher Trost, Thomas bei ihm zu wissen. Peter hatte drei schwere Erkrankungen zusammen. Eine akute Anämie, wobei sich das Blutbild, das heißt, die weißen Blutkörperchen nicht etwas nur von 1 auf 2 auf 3 und so weiter vermehren, sondern von 1 auf 2 auf 4 auf 8, auf 16 etc. Er hatte eine akute Hepatitis, wobei Galle ins Blut tritt und Lebergewebe zerstört wird und eine akute Gehirnhautentzündung, was das Absterben von Gehirnzellen bedeutet. Dies alles zusammen ist Malaria Tropica.

Ich hatte in dieser Nacht auch einen Flug nach Florida gebucht und nach den restlichen, schlaflosen Stunden fuhr ich auch zum Flugplatz. Ich wollte zu ihm, ich wollte ihn sehen, ich wollte nicht nur neben dem Telefon sitzen. Ich war jedoch unfähig, abzufliegen, unfähig in das Flugzeug einzusteigen. Ich wollte plötzlich doch das Telefon neben mir haben. Der Flug hätte zu lange gedauert und ich fürchtete, wenn ich ausstiege, sei er tot.

Ich rief den Arzt an, den ich am Sonntag am Telefon kennengelernt hatte und gab ihm die Blutwerte durch, die ich von Thomas erhalten hatte. Um diese Information hatte mich der Arzt auch gebeten. Er konnte sein Entsetzen hierüber nicht verbergen. Nahezu erleichtert war er bei einem weiteren Wert, zu dem er sagte, hier haben Sie sich verhört, mit diesem Wert lebt ein Mensch nicht mehr. Er war deshalb erleichtert, weil er dachte, alle Werte würden nicht stimmen. Ich wußte jedoch genau, daß ich alle so aufgeschrieben hatte, wie Thomas sie mir mitgeteilt hatte. Es dauerte zu lange, bis zu Thomas' nächsten Anruf, den ich ersehnte und vor dem ich Angst hatte. Niemand, der so etwas nicht selbst erlebt hat und speziell eine Mutter nicht, um deren Kind es geht, weiß, wie lange Stunden und Minuten dauern können und wie lang das Tal ist, durch das man wandern muß. Man erfährt bei diesem Marsch wie unwichtig alles ist außer Gesundheit. Den Telefonhörer abzunehmen, nachdem es geläutet hatte, war eine Qual. Doch Peter lebte und er hatte nach Tagen zum ersten Mal mit Thomas gesprochen. Daß er Thomas mit Sollacher angesprochen hatte, war eine besondere Lässigkeit, die mich beruhigte. Er wollte jedoch schon wieder beschönigen, wozu er auch mit Sicherheit um eine Zeitung bat, die er nicht lesen konnte. Auch ließ er mich grüßen. Gleichzeitig teilte mir Thomas jedoch mit, daß Peters Zustand sehr schlecht sei, daß sein Kopf wie eine kleine Orange aussähe, daß die Augen tief im Kopf lägen, daß seine Nierenfunktion nach wie vor Sorgen mache, das eventuelle Schäden der Meningitis nicht erhofft würden, daß der Killer im Blut jedoch besiegt sei. Dieser ist der ärgste und akuteste Feind bei dieser Krankheit. Thomas hatte viel für seinen Bruder getan, er hatte ihm das Leben gerettet und mein Trost in diesen schlimmen Tagen war „Gott und Thomas lassen ihn nicht sterben".

Thomas brachte später das Protokoll der Blutwerte mit und sie hatten gestimmt. Er sagte auch, daß dasselbe wie der Arzt in München der Blutspezialist in Amerika gesagt habe. Er hatte dafür keine Erklärung gehabt, beziehungsweise die, daß Peter so jung war und in einer sehr guten körperlichen Verfassung, da er trainiert war für die Weltmeisterschaft. Hinzu kam noch ein Wunder, Peter lebte.

Thomas blieb bei Peter, bis alle Gefahr vorbei war. Die Vertragspartner in Nairobi hatten nun angesichts Peters Krankheit doch Nachsicht geübt. Thomas hatte später Peter in die Obhut unseres Freundes gegeben, der auch dabei war und der sich um Peter rührend kümmerte. Peter verließ auf eigene Verantwortung verfrüht das Krankenhaus. Er ließ sich von Ted, seinem Freund, zur Surfszene bringen. Alle waren entsetzt über sein Aussehen und über seinen Zustand. Seine bis dahin gehabte Hoffnung doch noch surfen zu können, mußte er natürlich aufgeben. Er behielt kein Essen bei sich und Ted kochte heimlich für ihn auf einem kleinen Kocher im Hotelzimmer Nudeln und Reis. Und nun kam er nach Hause. Mit dem gleichen Charter, mit dem er abgeflogen war. Er hatte keine feste Ankunftzeit. Caroline und ich standen ab sieben Uhr am Morgen an der Glastür in der Ankunftshalle in München-Riem. Zuhause hatte ich ihm sein Lieblingsessen, Hühnerfriccasée und Reis vorbereitet. Wir warteten Stunden, bis die Nachricht durchdrang, daß das Flugzeug wegen verweigerter Zwischenlandung auf den Bahamas über Neuseeland fliegen mußte und jetzt erst auf dem Weg nach Peterfurt sei. Die nächste Nachricht war, daß sich der Charter bereits in Peterfurt aufgelöst habe. Peter war mit Ted zusammen und sie brauchten jetzt einen Anschlußflug nach München. Wir konnten jedoch auch von München aus feststellen, daß alle Flüge ausgebucht und auch bereits mit Wartelisten bestückt waren. Wir ließen die beiden in Peterfurt ausrufen und dann hörten wir seine Stimme.

Er trug jedoch seine vollgepackte Tasche und duldete nicht, daß ich sie ihm abnahm. Schweißperlen standen auf seiner Stirn und ich hatte gemerkt, daß seine Hände zitterten. Braungebrannt, schön und wunderbar muskulös war er weggefahren trotz seines Fiebers; fahl, gelblich-orange bis in das weiß der Augen mit hängender Kleidung war er zurückgekommen. Aber er lebte.

Als wir endlich zu Hause ankamen, konnte er den Reis und das Hühnerfricassee nicht mehr essen, zu sehr hatte ihn die Reise angestrengt. Am nächsten Morgen kam Andreas. Peters Freund, als Peter noch schlief. Er weckte ihn und er erschrak so sehr über sein Aussehen, daß er zu folgendem Dialog kam, dessen Aussage Andreas mit dem absoluten Dialekt kaschierte, „ja Bäda, di hods ganz sche zsamm-griss'n". „Ja', sagte Peter, dem nach dem lässigen bairisch gar nicht so zumute war, „ich habe acht Kilo abgenommen". „Ja, und sechse am Kopf oder", war Andreas' Feststellung.

Trotzdem überredete er ihn, mit ihm auf dem Hochfelln Ski zu fahren an diesem Morgen, da so herrliches Wetter sei. Und Peter ging mit ihm! Andreas hatte jedoch Mühe, ihn wieder runter zu bringen. Es war für ihn unglaublich, daß Peter, mit dem er zusammen schon so vieles unternommen hatte, sei es als unbefahrbar geltende Wildwasser zu befahren, sei es Bergwände zu bezwingen, sei es ihre Teilnahme an Profiskirennen in Amerika, wobei sie mit einem Auto quer durch das ganze Land hin und her rasten und über Almhütten sprangen, seien es ihre Surf- und Bootseskapaden oder ihre Autorennen mit ihren Porsches speziell bei Nässe, Schnee und Eis. Und dieser, sein Peter und Freund war nun zu schwach den Hochfeiln herunterzufahren, der zwar wirklich auch extrem ist, auf dem sie jedoch aufgewachsen waren sind.

Peter sah nie mehr danach so aus, wie er aussah, als er nach Florida geflogen war, er ließ nie danach sein Blut untersuchen, worum mich der deutsche Malariaarzt geradezu gebeten hatte.

Später fing er an, im Worldcup zu surfen.

Die Regenzeit

Im Februar fing das Land an, heißer zu werden, was im März darin gipfelte, daß es dem großen Regen unweigerlich und ausgetrocknet entgegendürstete. Die Einheimischen legten Feuer, um das ausgedörrte Gras und Gestrüpp abzubrennen, damit das neue Grün Platz habe. Feuer und Rauch wälzten sich durch die Landschaft und es war immer wieder erstaunlich und interessant zu beobachten, wie aus dem schwarz verkohlten Teppich das frische Gras sproß.

Es verengte sich der Lebensraum, die Sonne verschwand und das Blau des Himmels machte dem drohenden Grau der prallen Wolken Platz, die sich zusammenballten, um sich letztlich zu öffnen, zu dem großen Trunk der fiebernden Natur. Die Luft war schwer, voll des gewaltigen Nass und die Sterne verschwanden. Wer niemals einen tropischen Regen erlebt hat, weiß nichts von der enormen Kraft, die ihn begleitet. Der große Himmel berührt die Erde und tränkt sie mit seinen Fluten und in der Luft liegt der befreiende Duft von Gras und Erde.

Ich erinnere mich sehr gut daran, wie ich die Regenzeit zum ersten Mal erlebte. Ich war besuchsweise im Haus meiner Söhne und sollte über diese Zeit dort bleiben, da sie in dem europäischen Sommer an Surfregatten teilnehmen wollten. Osmani war damals der Koch und Jane das Hausmädchen und ich war allein mit ihnen. Im Cottage wohnten jedoch noch zwei Surflehrer. Der Regen kroch zuerst auf die Terrasse über die ihn der von der Küste herkommende Wind peitschte und er bewegte sich weiter ins Haus. Ich weiß, wie hilflos ich war, als die Bettdecken klamm wurden, als der Fußboden naß war und sämtliche Ledersachen aussahen, als seien sie aus grünem Samt. Zu diesem Aussehen hatte diesen Dingen ein dichter Pilzbelag verholfen. Die meisten Häuser, wie auch das damalige meiner Söhne, stammten aus der Kolonialzeit und hatten eine natürliche Ventilation. Das heißt, sie hatten offene Wabenfenster und Wände. Dies galt sowohl für die

Außenmauern, als auch für die Trennwände im Hausinnern und die so entstehende, natürliche Luftzirkulation machte das Leben dort so angenehm. Allerdings waren die offenen Wände auch ein willkommener Einlaß für die Nässe und Feuchtigkeit in der Regenzeit. Nachdem man in Deutschland jedoch die meiste Zeit des Jahres hinter geschlossenen Fenstern und Türen verbringt, war es nicht unsere Vorstellung, ausgerechnet in Afrika, auch so zu leben, indem man Klimaanlagen installiert und Fenster, Türen und Wände verschließt. Zudem ist es erwiesenermaßen ungesund, sich den dauernden, enormen Temperaturschwankungen auszusetzen, allein schon beim Verlassen und Betreten des Hauses. Und wir lebten gut so, wie wir es von den Engländern übernommen hatten. Lediglich die allererste Regenzeit hatte mich vollkommen unvorbereitet getroffen und durch seine Gewalt entsetzt. Doch wir lernten es in der Zukunft auch mit dieser sehr gut auszukommen. Ich persönlich liebte sie später geradezu, weil sie eine Abwechslung in die Monotonie des afrikanischen Klimas brachte. Ich empfand es als Wohlbehagen auch warme Pullover und Hosen zu tragen und mich nachts warm zuzudecken. Ich merkte bald, daß brennende Kerzen und das warme Licht von Glühlampen allein schon Gemütlichkeit schafften und die Luftfeuchtigkeit erheblich herabsetzten. Nur auf den Parkplatz zu gehen war bereits die Bereitschaft, komplett zu durchnässen. Regenschirme waren so nutzlos, als hielte man sich ein Taschentuch über den Kopf. Mombasa war ein viereckiger, nasser Kasten. Graues Naß, das durch graue Häuserzeilen begrenzt wurde.

Wir spielten viel in dieser Zeit, damals war es Back Gammon und hielten auch Turniere ab, wozu viele unserer Freunde ins Haus kamen. Oft war auch ein Engländer, der König der Gambler, an der Küste um Urlaub zu machen, der in unser Haus zum Spielen kam. Die Straßen waren je nach Bodenbeschaffenheit tiefe Sumpflandschaften oder aber sie waren total überschwemmt. Sie hatten große Löcher und ganze Teile waren einfach weg oder lange

Seitenstreifen abgerissen. Der Regen tobte sich in einem gewaltigen Naturschauspiel aus. Doch in seinen Atempausen, wenn die Wolken auseinanderwichen und der Sonne Durchlaß gewährten, dann sah man bereits den atemberaubenden Effekt desselben, nämlich großblütige, prachtvolle Lilienarten, die über Nacht in verschwenderischen Farben aufgegangen waren. Das Grün der Wiesen war dann irritierend und durchdringend und die Bäume standen da in ihrer großzügigen Pracht, bespickt mit dicken Knospen, jeder einzelne ein Wunder der Natur. Die Luft dampfte und man befand sich in einem der gewaltigen Treibhäuser der Erde.

Doch dann machte der Himmel wieder zu und als hätten sich Schleusen geöffnet, fiel wieder das große Naß und die schweren Tropfen sangen ihre Lieder, um in dem sie unermüdlich aufsaugenden Sand zu verstummen. Der Monsun tobte und das Meer wogte in gewaltigen Wellen hoch auf und peitschte an den gequälten Strand und der weiße Sand verschwand in den Fluten. Ängstlich verfolgte ich dieses Vorgehen, doch immer wieder hat das Meer den Sand zurückgebracht, gereinigt und in strahlend weißer Frische und Sauberkeit.
Nach diesem Wechselspiel von Regen und Sonne spiegelten Zauberer malerische Regenbogen an den Himmel, die wieder verschwanden, um an anderer Stelle hell und strahlend aufzuleuchten. Es war viel später, als Caroline und ich einmal im Cottage saßen. Es regnete fürchterlich und zudem war es zu einem Stromausfall gekommen. Es war so finster, daß man sich an nichts, aber auch an gar nichts orientieren konnte und wir fanden weder eine Kerze, noch Streichhölzer. Rauszugehen hätte bedeutet, in ein tiefschwarzes Meer einzutauchen. So saßen wir auf unserer Couch in dem luftigen Wohnraum, deren zwei der drei Wände nach draußen durchbrochen waren, die nur durch herabgerollte Grasmatten abgedichtet waren. Die Finsternis wurde auch nicht nach einiger Zeit heller. Laut trommelte der Regen auf unser Dach, als er abrupt auf hörte. Sofort sahen wir ein kleines, flackerndes Licht auf unser Haus zukommen „are you here"? Es war Gabrielas, Thomas italie-

nischer Freundin heisere Stimme. „Yes", war die Antwort und zu der ihr eigenen Heiserkeit in ihrer Stimme erschien sie noch dazu vollkommen tonlos, als sie „oh my God" sagte. Diese Aussage in bestmöglicher Nachahmung der Akustik oder besser der fast fehlenden, ist bei uns ein geflügeltes Wort geworden. Ich glaube aber, man muß gewisse Situationen selbst erlebt haben, um sie nachzuempfinden und zu verstehen. Man könnten meinen, es war nur sehr finster, es regnete zuerst, hörte dann auf und ein Mädchen kam und sagte „oh my God" und doch lag in der ganzen Situation viel, viel mehr.

Später waren wir zu Bett gegangen und der Strom war immer noch nicht da und wir hatten in weiser Voraussicht an den Lichtschaltern gedreht, damit uns das Licht bei zurückkehrendem Strom in unserem Schlaf nicht stören würde. Wir waren im Halbschlaf, als uns Carmens „La Habanera" in eine wunderbare Wirklichkeit zurückholte. Zuerst dachte man, man träume einen wunderschönen Traum. Thomas hatte dieses Lied aufgelegt und der Gesang wurde unter dem hohen, spitzen Makutidach in einmaliger Akustik laut, klar und wundersam. Die Arie, die hier Maria Callas sang, die die Carmen jedoch nie spielte, des kurzen Rockes der Zigeunerin wegen, der ihre angeblich nicht makellosen Beine gezeigt hätte, hörte ich nie so eindrucksvoll, wie in der überwältigenden Stimmung dieser Tropennacht. Die Regenzeit brachte Abwechslung, Abkühlung und ein näheres Zusammenrücken, was sich niederschlug, auf gemütliche Zeiten zusammen. Wie passend war hier das Wort Gemütlichkeit, daß doch eigentlich ein Ausdruck deutscher Lebensweise ist. In der englischen Sprache, auch in der italienischen, gibt es dieses Wort nicht und wenn Peter mir sagte, es gäbe in der deutschen Sprache das englische Wort fair nicht, was nicht für uns spräche, dann hielt ich ihm entgegen, daß es jedoch Gemütlichkeit gibt, was wiederum für uns spricht.

Der große Regen war erst vorbei, wenn der Geruch die Süße und Frische des Frühlings in sich hatte. Die Erde war grün, es gab keine Staubwolken mehr und die Feuer waren gelöscht und jeder Morgen war eine neue, großartige Schöpfung.

Wer Freude schenkt
der wird auch Freude ernten

Naishi

Er war über Nacht zu uns gekommen an einem Morgen, an dem er
fertig war, Thomas nannte es so, nun sei er groß genug, um mit uns
zu leben, sagte er, als er ihn ins Haus brachte.

Er war ein kleines, ungestümes Knäuel, das sich Thomas zu seinem
Herrchen ausgesucht hatte, nachdem er aus dem quirligen Nest seiner Wollgeschwister auf seinen wackeligen Beinchen auf Thomas
zugegangen war. Es war also nicht so gewesen, daß sich das Herrchen seinen Hund, sondern der Hund hatte sich sein Herrchen ausgesucht gehabt. Und das kam so: Eine an der Küste Kenias lebende
deutsche Schäferhündin hatte sechs Junge und davon hatte Thomas erfahren. Da er schon längst einen Hund haben wollte, suchte
er die junge Hundefamilie auf. Als er sich ihr näherte, kam ihm
zunächst Matata, die Mutter entgegen. Ihr leerer Bauch mit den
großen Zitzen hing schwer an ihr herab und Thomas beobachtete,
daß sie auffallend bestrebt war zu gehen oder zu stehen, denn so
wie sie sich hinlegte, drangen die sechs Jungen zu ihr, um sich zu
laben. Natürlich sah das immer wieder niedlich aus, wie die Kleinen
sich balgten, um die besten Plätze zu ergattern und wie die Mutter
sie sanft mit der Schnauze in die Reihe stupste. Matata machte jedoch einen deutlich angegriffenen Eindruck, ob dieses großen Mut-
terglücks. Doch nun war Thomas zu ihnen gekommen. Die Mutter
lief auf ihn zu und die Kleinen folgten ihr. Da ihnen jedoch der Abstand von ihrem weichen Lager zu groß wurde, kehrten sie zögernd
um. Nur einer und nicht der größte, wagte sich vor bis zu Thomas
Schuhspitzen, an denen er sofort zu kratzen versuchte.
Thomas war seiner Auswahl enthoben, dieser hatte sich ihn
ausgesucht und er hätte sich die besondere Maserung diesen kleinen Rüden gar nicht zu merken müssen, denn jedes Mal,

wenn Thomas zu ihnen kam, um ihre Entwicklung zu beobachten, kam der Kleine auf ihn zu, er hatte sich bereits Thomas gemerkt. Er tat seiner Mutter und seinen Geschwistern kund, seht her, dies ist mein Herrchen, als hätte er schon gewußt, daß dies eine besondere Beziehung werden würde und als hätte er geahnt, daß ein besonders heiteres und fröhliches Leben vor ihm liegen würde, das jedoch viel zu kurz war. Unter Thomas Hemd fest an seine Brust gepreßt, kam er zu uns nach Hause.

Als Hund des Hauses der Surfer, wurde er Naishi genannt, nach dem ihrem Idol, Robby Naishi und es war geplant, daß noch ein Robby dazu käme. Naishi war ein ungebärdiger, äußerst süßer kleiner Hund, der es mit seiner zutraulichen, liebenswerten Art fertigbrachte, daß er nicht erzogen wurde. Naishi stand nicht nur das Paradies an der Küste Kenias offen, sondern auch die Bettdecken der ganzen Familie. Seine Ohren, die in einem besonderen Stadium seinem Körper vorausgewachsen schienen und ihm in dieser Zeit das Aussehen eines Hasen gaben, fingen niemals das Wort gehorchen auf und hätten wir jemals versucht, ihn zu erziehen, wäre dieser Vorsatz mit Sicherheit an seinem wilden Stolz zerbrochen.

Ein heller Klang war mit ihm in unser Haus gezogen und es war nicht mehr wie vorher. Neugierig war er durch die vielen Räume gelaufen und er fand überall, was er suchte, die Liebe, wofür er uns Treue und Anhänglichkeit schenkte. Er wuchs heran zu einem schönen, blaß gezeichneten, grazilen Schäferhund, der uns auf unserer eigenen Mayflowerfahrt in Kenia begleitete mit seinem ritterlichen Charakter und seinen violett-blauen Augen. Seine Ohren waren weich wie Seide und unsagbar ausdrucksvoll und seine kühle Nase war schwarz wie ein Trüffel. Er war hineingeboren in den Rhythmus der Küste und alles, was er tat, war, als wäre es immer schon geschehen. Er lehrte uns, was ein Hund so alles tut oder zu tun habe. So beherrschte und verteidigte er das Grundstück, er bellte nur die an, die nicht unsere Freunde waren.

Mit seinem Wachsen verlängerten sich auch seine Wege. Er jagte nun den Strand entlang und stob die Seemöven auseinander, so daß es aussah, als stürmten alle Sterne entfesselt durchs Firmament. Er kam auch nach Hause, quer durch das Maul einen Fisch hängend, der noch zappelte und er lief über die Terrasse ins Haus mit hoch erhobenen Kopf nach vorne blickend, obwohl, wie bei einem Picasso Gemälde auch beide Augen auf die Seite zu uns blickten.

Nach diesen wilden Attacken konnte es sein, daß er seine Milch mit höflich gezierter Schnauze trank, als hätte eine übereifrige Gastgeberin sie ihm aufgezwungen. Alles was er tat, tat er aus Intuition; nichts wurde ihm geboten, er fühlte sich wohl bei uns. Er schaffte es, daß alle die ihn kennenlernten auch liebten. Man konnte ihn auch unter dem ruhelosen, geschwätzigen Volk der Affen stehen sehen, die wie wilde Früchte auf den Ästen der hohen Bäume des Gartens saßen und sein Kläffen, dessen Gefährlichkeit er mit hohen Sprüngen unterstrich, provokant erwiderten. Sie waren dunkel oder grau, je nach dem wie die Sonne sie beschien und er schaffte es immer wieder sie zu verjagen, indem sie in den Baumwipfeln verschwanden, wie ein Schwarm von Vögeln in den Wolken. Es war, als hätte das Erscheinen Einheimischer die Wirkung einer schwarzen Gefahr auf ihn, er glaubte immer, sie angreifen zu müssen, was er auch tat. Weißen gegenüber verhielt er sich höflich und zurückhaltend. Seine Freunde waren Hugo, ein rotweißer Kater, der sogar neben und auf ihm auf seinem großen weißen Kissen schlafen durfte. Auch Emma schlief mit ihnen, das gelbe, weiche Küken das für kurze Zeit ihre Gefährtin war. Zeit seines Lebens gab es auch Matata, die schwarze Nachbarhündin mit dem glatten Fell, die ihn das Fischen gelehrt hatte.

Dazwischen kamen seine Europareisen, denn Thomas wollte ihn immer bei sich wissen. Bei seiner ersten Reise war er erst halbhoch und es war die witzige Phase mit den großen Ohren. Zunächst wurde der ungebärdige, halbwilde Hund, dem jegliche Technik und Zivilisation fremd war, ganz zahm bei diesen Reisen. Er ließ sich durch all das

Fremde, was zum Beispiel nur ein Flugplatz für ihn bedeutete, tragen und nichts erinnerte an den wilden, affenjagenden mit Matata um Fische balgenden. Zuhause in Bayern gelangte er jedoch schnell zu seiner Form zurück. Er sprang durch Fenster und über sämtliche Zäune, er lag auf den Sofas in den Nachbarhäusern. Er kam nach Hause frisch gesielt auf gedüngten Wiesen und genoß es in der Badewanne gebadet zu werden. Um aus dieser jedoch zu entkommen und sich im Wohnzimmer abzuschütteln. Er saß und schlief in Autos und mit Thomas auch im Bett, in dem dieser ohnehin nicht alleine schlief. So liebenswert Naishi war und so sehr ihn alle Kinder liebten, denn es gab kein Hindernis für ihn, sie nicht überall und zu jeder Zeit aufzusuchen, so sehr atmete letztlich doch die Nachbarschaft jeweils auf, wenn er wieder abreiste. Naishi genoß es dann wieder in seinem wirklichen Zuhause zu sein, in dem Land, wo es keine Zäune und keine geschlossenen Türen gab und wo er in seiner eigenen Badewanne, dem großen Indischen Ozean jederzeit baden konnte und aus der er sich gleichzeitig noch so manche Gaumenfreude holen konnte.

Thomas hatte zu dieser Zeit immer noch einen kleinen Mercedes laster, der einmal von Deutschland nach Afrika geschifft wurde und wenn er selbst mit diesem fuhr, dann war Naishis Platz auf der Ladefläche. Es war für ihn ein leichtes, über die geschlossenen Bordwände des bereits anfahrenden Autos zu springen, wenn Thomas es ihm vorher nicht gestattet hatte, mitzufahren. Intuitiv sprang er zu seinem Herrchen und in Wirklichkeit liebte es Thomas so.

Einmal folgte ich einer lautstarken Auseinandersetzung in der Tiefe unseres Gartens. Ein schillernder Leguan war Naishi sein bereits kampfunfähiges Gegenüber. Ich sah sie immer im Garten liegen, still, wie bunte Figuren, die sich vom sonnenbeschienenen grünen Hintergrund abhoben. Nun entwich die prächtige Farbe dem sterbenden Tier und mit einem allerletzten Seufzer entfärbte es sich und wurde grau und stumpf wie ein Stein. Auch

Naishi sah dem letzten Schauspiel dieses Tieres fassungslos zu. Sein Atem hatte dem Tier diese Pracht und Herrlichkeit gegeben und nun war der Glanz gelöscht. Dies erinnerte mich an einen Vorfall, als ich eine Kette aus vielen kleinen Glasperlen, auf einem Leder streifen genäht an einem Massai sah. Sie lebte an seiner Haut in vielen Schattierungen von braun, kupfer, orange bis rubinrot. Der frappierende Schimmer ließ den spontanen Wunsch in mir wachsen, diese Kette zu besitzen. Doch an mir war die Kette nichts mehr als ein billiges Schmuckstück. Es fehlte ihm das Spiel der Farben, das Duett zwischen dem bronzerot mit dem negre, dem lebendigen Samt, dem irdenen, bräunlichen Schwarz der Negerhaut.

Naishi und ich standen vor dem erschlafften Grau, das er gejagt und erlegt hatte.

Einmal wurde Naishi krank. Er fraß nichts mehr, er fraß wirklich nichts mehr. Er sah uns mit traurigen Augen an, er spielte nicht, er badete nicht, er fischte nicht, er jagte nicht. Er sprang jedoch auf die Ladefläche, als Thomas sich anschickte, mit ihm zum Tierarzt zu fahren. Dieser stellte fest, daß Naishi in seiner ganzen Fressens- liebe eine Plastiktüte mitverschluckt hatte. Der erste Versuch des Tierarztes, ihm ein starkes Abführmittel zu geben, hatte Erfolg. Der zweite wäre die Operation gewesen. Naishi war wieder gesund und wirbelte zwischen unser Leben.

Doch Naishi wurde wieder krank mit denselben Symptomen, doch dieses Mal, als er wieder willig auf der Ladefläche mit Thomas zum Arzt fuhr, konnte dieser nichts feststellen. Was wir ihm auch hin- stellten, er fraß es nicht und wurde dabei dünn und dünner. Tho- mas brachte ihn zum Schluß in eine Tierklinik und Naishi wurde an einem Tropf künstlich ernährt. Immer wieder angestellte Unter- suchungen brachten kein Ergebnis. Und so wie Thomas ihn immer besucht hatte, als er noch nicht fertig war, so besuchte er ihn jetzt und genauso kratzte Naishi an seinen Schuhspitzen. Naishi sprach mit den Augen zu Thomas. Thomas kämpfte den Kampf um seinen Hund. Bei einem seiner Gespräche mit Ärzten hatte ihm einer geraten, den Hund zumindest vor dem Verhungern zu bewahren, indem er Astronautenkost erhielte, nachdem schon die Diagnose fehle. Thomas bestellte in Deutschland diese Kost und das nächste Flugzeug sollte sie bringen. Naishi war bedrohlich abgemagert und er war nicht mehr stark genug auf das Auto zu springen. An dem Tag, an dem die Astronautenkost ankam, war Naishi tot.

Die schöne Isabella

Isabella war wunderschön und ich verdanke ihr, ihrer Anmut und ihrer Liebenswürdigkeit, sowie ihrem Können so Vieles, eigentlich alles.

Es war in der Zeit, als Peter und Thomas noch so jung waren und so ungestüm und sie zusammen mit Antonio dem smarten Italiener Abend für Abend die Küste „checkten". So nannten sie es, wenn sie perfekt gestylt nur den Duft von Lagerfeld hinterlassend, das Haus verließen, um sich in das aufregende Nachtleben an der Küste zu stürzen. Dies spielte sich damals in der Banda ab, der einzigen Diskothek.

Isabella war nach Kenia gekommen für Werbeaufnahmen eines italienischen Reiseveranstalters. Die Gruppe reiste nach acht Tagen wieder ab, nur sie blieb. Sie kam in unser Haus, wohin sie Peter mitbrachte. Er hielt sie an der Hand, in der anderen trug er ihren Koffer. Sie bat Peter, mich zu fragen, ob sie in unserem Hause wohnen dürfe. Sie sprach nur italienisch. Dies war eine reizende Farce, denn das Haus gehörte ihm selbst und seinem Bruder. Ich bejahte jedoch Peters Übersetzung und hieß sie willkommen. Nun erst betrat sie das Haus und eine liebliche Melodie schlug ihre zarten Töne an.

Am nächsten Morgen saßen wir alle schon auf der Terrasse beim Frühstück und unser Freund Sultan war auch schon da. Peter und Thomas hatten an diesem Vormittag einen Termin zu einem Interview mit einem Reporter der Süddeutschen Zeitung. Es sollte ein Bericht werden, der „zwei Bayern in Afrika" heißen sollte und sie hatten sich schon auf dieses Treffen vorbereitet und sich über ihre Popularität gefreut.

Nun kam Peter jedoch auf die Terrasse und er hatte wieder dieses reizende Geschöpf an der Hand. Es trug ein Chiffonkleid in der

Farbe des Indischen Ozeans. An der herrlichen, lockig langen Haarpracht war nichts anders und sie war barfuß. Peter teilte uns allen mit, daß er nach Mombasa fahren werde, um sie zu heiraten. Obwohl Isabella nach dieser kurzen Zeit bereits bei mir gewonnen hatte, traf es mich, daß diese Hochzeit meines ältesten Sohnes nun so unvorbereitet stattfinden sollte. Sultan sollte der Trauzeuge sein und er fuhr auch sogleich nach Hause, um sich einen Anzug anzuziehen und dann fuhren sie los zur Heirat in Mombasa. Es war erstaunlich, wie schnell sich diese Botschaft an der Küste verbreitete und alle kamen sie, um sich von der Richtigkeit zu vergewissern. Sie trafen mich an, ein Büffet vorbereitend, das Haus schmückend und ein langes Spalier vom Haus bis zum Parkplatz aus Surfbrettern aufstellend und gleichzeitig wurden sie alle eingeladen.

Thomas war allein zu dem Interview gefahren, das toll geworden war und am Schluß des Artikels über die zwei Bayern in Afrika stand in der Süddeutschen Zeitung „zu dem Interview war Thomas allein erschienen, weil Peter nach Mombasa gefahren war, um Isabella, eine schöne Römerin, zu heiraten". Nun glaubten in Deutschland alle, Peter sei verheiratet und selbst unsere Verwandten lasen diesen Bericht. Es war jedoch anders gekommen. Sie hatten nicht geheiratet, weil notwendige Papiere gefehlt hatten und es blieb dies bis heute der einzige Tag in Peters Leben, an dem er heiraten wollte.

Liebreizend kauderwelschte Isabella bald in einer reizenden Sprachmixtur aus italienisch, deutsch, englisch und swaheli und alle verstanden sie und Naishi wuchs auf in ihren Armen.

Einmal holte ich sie in Rosenheim am Bahnhof ab. Wie eine Königin war sie einem braunen IC aus Rom kommend entstiegen. Wie immer bestach sie in ihrer Eleganz, sie trug ein schwarzes Kostüm und einen großrandigen Hut der ihr majestätisches Auftreten betonte. Tausend Hände reichten ihr das italienische Designergepäck nach. Als wir durch die Bahnhofshalle gingen, die am Samstag Mittag

voller Menschen war, öffnete die Masse sich vor ihr wie von Geis-
terhand. Sie war betörend schön. Leider hatte das spontan wech-
selvolle Leben meiner Söhne auch in diesem Fall zur Folge, daß auch
diese Melodie in unserem Haus wieder verstummte.

Die indische Hochzeit

Als die letzten Tropfen aus den schwarzen Wolken des großen Regens gefallen waren, kam die Zeit, in der Yasmin, die schönste und älteste Tochter von Yussuf heiraten wollte. So jedenfalls hatte er es mit dem Vater von Ali, dem Bräutigam vereinbart. Ich saß in der großen Hollywoodschaukel mit zwei von Yussufs Töchtern, die mir die Neuigkeit erzählt hatten.

Es war erstaunlich, daß die Schaukel, das attraktive Attribut des großen Westens Yussuf erobert hatte. Offenbar sah er so gerne seine Töchter wispernd und kichernd und wie bunte Blumen duftend, darin schaukeln.

Wenn ich zum einkaufen fuhr, dann zog es mich immer wieder wie magisch in den heimeligen Innenhof dieser Familie. War man bereits in diesem afrikanischen Ort, dann waren es nur noch ein paar Schritte nach Indien mit all seinen Farben, seinen Düften, seiner Musik, seiner Sprache und seinem Zauber. Es war das nächste Dorf von der Küste her landeinwärts. Zwischen den vielen ockerbraunen Lehmhütten mit den Makutidächern, wirbelten wie Konfetti, die vielen, farbenfroh gekleideten Kinder der Einheimischen. Blau, rot, gelb oder grün waren auch die Fenster und Türen unzähliger, winziger Geschäfte angestrichen, die dieses friedliche Idyll belebten. Im hier noch ankommenden Wind von der Küste, flatterten an langen Schnüren gebunden die Kangas, die bunten Tücher, und hoch auf getürmte Stapel von Kikoy standen da. Auf dem Marktplatz dieses kleinen, malerischen Dorfes reihten sich die Stände der vielen Obstverkäufer aneinander. Hier war es ein Erlebnis, einzukaufen. Hochglänzend polierte Tomaten waren zu Pyramiden aufgebaut und der absolute Blickfang dieser Szenerie. Hier gab es Ananas, Papayas, Mangos und auch Kartoffeln, Kasawa und Kohl. Die Farmer brachten von ihren Shambas die ganze Palette der exotischen Früchte, Gemüse und Salate. Sie hatten Körbe voll Eier an den

Lenkstangen ihrer Fahrräder hängen und in ideenreich gefertigten Reisiggehegen gackerten Hühner auf den Gepäckträgern. Frauen, die die Zeit des Zusammensitzens mit eifrigem Schwatzen nutzten, boten Mandasi feil, ein kugelrundes, in Fett gebackenes Gebäck. Intensive Düfte zeigten Gewürzstände an. Aus großen Säcken wurde Reis und Hirse in flache Schalen geschüttet und von alten Frauen, die auf dem Boden saßen, verlesen. Laute Musik aus krächzenden Lautsprechern, veranlaßte Vorbeigehende zu rhythmischen Bewegungen. Von einer aufgehängten, geschlachteten Kuh wurde Fleisch verkauft, das vorsorglich in Zeitungspapier verpackt wurde. Dazwischen gab es kleine Kioske mit knalligem Zuckerwerk. Auch in der Sonne glitzernder Schmuck, der auf Matten am Boden lag, wurde angeboten und Gummisandalen in vielen Farben.

Ein langes Steingebäude grenzte auf der einen Seite den Marktplatz ab. In diesem gab es ein Baugeschäft, eine Arztpraxis, vor deren Tür sich die Patienten häuften, auch einen Friseurladen, vor dessen Eingang Männern die Haare geschnitten wurden, während sich die Frauen im Laden tausend kleine Zöpfchen flechten lassen konnten. Auch eine Schneiderei war hier, vor der Safarianzüge und bunte Kleider hingen. Aus einem Radioreparaturladen tönte laute Musik. Es war auch ein Fahrradreparaturladen hier. Wenn man das Baugeschäft, in dem man auch Farben und Werkzeuge kaufen konnte, durchquerte, gelangte man in den Innenhof der Kaufmannsfamilie, der das ganze Gebäude gehörte.

Das Oberhaupt dieser Familie, die hier in Kenia in der dritten Generation lebte, war Yussuf. Es wohnten hier auch sein ältester Sohn Sultan mit seiner Frau und deren Söhne. Auch Yussufs zweiter Sohn mit seiner Frau und zwei Söhnen und sein jüngster, unverheirateter Sohn waren hier. Auch Yussufs Bruder mit seiner Frau und deren erwachsene Kinder. Dieses Haus war das Zuhause aller Brüder und Schwestern und Onkel und Tanten und es war ein großes und groß geführtes Haus und es machte mich glücklich und ehrte mich, zu den Freunden derer zu gehören. Wie durch ein Wunder war von dem nahen Hexenkessel vor dem Haus nichts zu sehen, nichts nichts zu hören und nichts zu riechen. Hier war man in Indien.

Yussuf hatte sehr gut auf seine Tochter Yasmin aufgepaßt. Sie war wohl erzogen worden. Yasmin hatte gelernt, sich keusch zu verhalten. Nur mit niedergeschlagenen Augen durfte sie, wenn überhaupt, mit einem Mann sprechen. Sie wußte, daß sie sich bunt und glitzernd mit all ihrem Schmuck nur für ihren Mann anzuziehen hatte oder zur Repräsentation der ganzen Familie. Sie wußte, daß sie das Essen zusammen mit den Frauen und den kleineren Kindern auf den Matten am Boden einzunehmen hatte, während die Jungen, sobald sie ihre bloßen Finger selbst so geschickt zum Essen benutzen konnten, daß sie keine fremde Hilfe mehr benötigten, an der großen Tafel der Männer des Hauses sitzen durften. Es war diesen selbstverständlich nicht zuzumuten, den Kindern beim Essen zu helfen. Sie war es gewohnt, nur mit ihrer Mutter, ihren verheirateten Schwägerinnen oder ihren Tanten das Haus zu verlassen.
Yasmin konnte selbständig den köstlichen Tee zubereiten, der nach jedem Essen, gleich einem Zeremoniell, eingenommen wurde. In der Regel lernen diese Mädchen jedoch nicht, die Nähnadel zu benutzen, nicht einmal, um einen Knopf anzunähen. Sie hatte bei ihrer Mutter und den Tanten Kochen gelernt und hatte mit allen zusammen auf dem Küchenboden gesessen, wo vor jeder eine eigene Kochstelle loderte. Sie hatte gelernt, zuerst das Fleisch der Kokosnüsse zu raspeln, es dann mit wenig Wasser gut zu vermengen und dann die Masse durch eine Tüte aus feinem Gräsergeflecht zu drücken. In diesem Sud gekocht, schmeckte der Reis am köstlichsten, hatte sie erfahren. Sie hatte gelernt, Curry Powder zu mischen, genau wie ihn ihre Mutter und Großmutter, Yussufs Mutter schon gemischt hatten. Diese Gewürzmischung war ein familieneigenes Rezept und auch ein Familiengeheimnis. Diese Familie war bekannt für eine sehr gute Küche, was auch einen positiven Einfluß auf die Verheiratung ihrer Töchter hatte. Sie konnte alle Arten Curries aus Geflügel,

Fisch, Beef oder Gemüse delikat zubereiten. Eiercurry war eine ebenso besondere Spezialität. Sie kochte exotische Chutneys als delikate Beilage zu allen Gerichten. Sie buk hohe Stapel von knusprigen Tschapatis und der selbst angesetzte Joghurt erzielte, vermischt mit Papayas einen lieblichen Kontrast zu den scharfen Speisen. Kuchen zu backen oblag nur Yussufs Frau. Dies waren verschiedene Arten zu verschiedenen Festen genauso wie wir Weihnachtsbäckerei, Faschingskrapfen, Osterfladen etc. backen. Ich glaube, zum Fest am Ende des Ramadan gab es den köstlichsten. Da lagen verheißungsvoll safrangelb leuchtende, in Kokosraspeln gewälzte Bällchen in den Schalen oder Schnitten aus Nüssen, die nach Nelken, Ingwer und Kardamon schmeckten. Es gab auch die zunächst suspekt schmeckenden kleinen weißlich gelblichen Würfel. Hierzu wurde durch stundenlanges Kochen Milch eingedickt, was ein ständiges Umrühren verlangte. Wenn die Milch zu einer dickflüssigen, zähen Masse geworden war, wurde sie in ein flaches Gefäß geschüttet zum erkalten, um dann in ganz kleine Würfel geschnitten zu werden. Diese schmeckten milchig-käsig-süßlich und meinen allerersten schob ich bei unserer ersten Einladung in diesem Haus stundenlang von der einen Seite im Mund auf die andere. Später jedoch liebte ich gerade dieses Gebäck, das wirklich nur zu außergewöhnlichen Festlichkeiten hergestellt wurde, so auch zu Yasmins Hochzeit.

Es kam nun die Zeit, daß Yasmin das Haus nicht mehr verlassen durfte, damit ihr Teint blaß und ihre Haut weich werde. Nur nach Sonnenuntergang sah man sie noch auf der Schaukel sitzen. Tagsüber war sie im Zimmer der Mädchen, ihres und dem ihrer Schwestern. Obwohl es ihr zuwider war wegen des Teints im abgeschirmten Zimmer zu verbringen, ließ sie sich jedoch mit großem Genuß mit einer wohlriechenden Paste einreiben. Diese bestand aus Milch, fein zerstoßenen, duftenden Kräutern, sowie pulverisiertem Sandelholz und köstlichen Parfums. Sie wurde mit zarten, sanften Händen von den Zehen bis zu dem Haaransatz kräftig eingerieben, bis jeder

Millimeter ihrer Haut zart wie Satin wurde und ihren Poren ein himmlischer Duft entströmte. Das lange Haar wurde mit Rosenöl gebürstet, ebenso die Fußsolen und die Handinnenflächen. Im Schneidersitz saßen dann die Mädchen zusammen im Zimmer vor dem Bett mit der bunten Decke, kauten Paan und vertrieben ihr die Zeit. Wie sollte sie die langen Tage bis zu ihrer Hochzeit sonst ertragen.

Sie redete auch über ihre Ängste und Hoffnungen und von all ihren Zweifeln und die Älteren taten ihr ihre Erfahrungen kund. Dann machte sie wieder der bloße Gedanke, Alis Gattin zu werden zum glücklichsten Mädchen der Welt. Es konnte jedoch auch sein, daß sie ärgerlich wurde, unter diese Geschwätzigen verbannt zu sein, wenn sie träumen wollte. Nur am Abend, wenn sie im Kreise ihrer Familie auf der Schaukel saß und die schwarze, samtige Nacht einatmete, konnte sie alles andere vergessen. Doch es kamen auch Stunden, in denen sie wehmütig an den Abschied von ihrer Familie dachte. Yasmins Weg ging in dieser Zeit durch viele Täler und über viele Höhen. Inder sind sehr familienbewußte Menschen und die Geburt eines Sohnes bedeutet ihnen alles. Diese verlassen niemals das Elternhaus, sie holen sich ihre Frauen nach Hause und ihre Kinder wachsen in der Obhut der ganzen Familie auf. Wahrscheinlich entstammt dieser Brauch auch aus der Überzeugung der Männer, die ihre Frauen am sichersten im Kreis ihrer eigenen Familie wägen. Das heißt, daß die Schwiegermutter der beste und härteste Leibgardist für eine Schwiegertochter ist. Auch die Schwägerinnen betrachten die Neue, die nun mehr Privilegien hat, wie sie selbst, mit äußerster Kritik. Die Praxis zeigt jedoch, daß hier enge Freundschaften entstehen können.

Nun wurde es an der Zeit, den Hochzeitssari, sowie Saris für alle weiblichen Familienangehörigen zu kaufen. Die Mutter, die Tanten und Hahni, die nach Yasmin älteste Schwester fuhren in die Stadt um die Geschäfte in der Biashara Street aufzusuchen, in denen mit

diesen gehandelt wurde. Es galt bei der Hochzeit der neuen Verwandtschaft Reichtum zu zeigen und Glanz und Yussuf hatte mit
Geld nicht gespart, das er seiner Frau mitgegeben hatte. Wahrscheinlich hatte er auch vor, gleich bei diesem Fest Hahnis Hochzeit zu arrangieren. Dieser Einkauf war also eine Frage des Presti-
ges und es wurden verwirrend schöne, bunte Dinge mit viel Glitter
eingekauft. Für Yasmin hatte man einen goldenen Sari ausgesucht,
mit ebensolchen Schuhen. Es wurde seidene Unterwäsche ausgewählt.

Bei dem Parfummischer in der Altstadt entstand ein betörender
Duft für Yasmin, der sie kannte, und all sein Einfühlungsvermögen
in diese individuelle Mischung für ihr Hochzeitsparfum legte. Sie
kauften noch Bade- und Haaröle, sie kauften Puder und Schminke und sie besorgten Henna. Den Hochzeitsschmuck wollte Yussuf
selbst kaufen, denn hier galt es hart zu handeln. Später fuhren sie
noch auf den Fisch-, Fleisch- und Gemüsemarkt, sowie auf den Gewürzmarkt und in die Lebensmittelgeschäfte.

Nun verging die Zeit bis zur Hochzeit sehr schnell, denn sie stand
mehr und mehr im Zeichen der Vorbereitungen. Es mußten noch alle
Saris genäht werden, wozu eine Tante aus Nairobi anreiste. Sie war
Witwe und lebte wieder im Hause ihres Bruders. Nach dem Tod
ihres Mannes hatte sie vier Monate in ihrem Schlafzimmer verbracht, um sicher zu machen, daß eine eventuelle Schwangerschaft
noch von ihrem verstorbenen Mann herführe. Kein Mann durfte
in dieser Zeit diesen Raum betreten, außer ihrem Sohn und ihren
Brüdern. Ihr Sohn blieb in der Familie des verstorbenen Mannes
und mit den Töchtern kehrte sie in ihre eigene zurück. Sie betete
täglich zu Allah, daß diese möglichst bald passende und gute Männer finden würden, da ihr Leben im Haushalt ihres Bruders nicht
sehr glücklich war. Es kam fast einem Makel gleich zurückzukehren,
in das Haus der Familie. Diese Tante hieß Shewa und sie sonnte
sich nun darin, daß sie hier eine so wichtige Rolle spielen durfte.

Sie hatte auch ihre Nähmaschine mitgebracht, da es nicht üblich war, daß zu einem normalen indischen Haushalt eine solche gehörte. Tanti, wie sie genannt wurde, nähte nun den ganzen Tag und immer wieder wollten die Mädchen ihre Saris anprobieren. Tanti war es auch, die noch einmal letzte Hand an Yasmins vollkommene Schönheit legte. So ölte sie nun noch intensiver morgens und abends Yasmins Haut ein, kämmte das Haar noch sorgfältiger, feilte die Nägel, puderte die Augenlider und bürstete Augenbrauen und Lidhaare. Und tatsächlich schien sie noch schöner zu werden und Yussuf betrachtete sie mit unverhohlenem Stolz. Es schien, als käme sie ihm in der Phase des Abschieds so nah wie nie. Er sah ihren Liebreiz und ihren Sanftmut und bewunderte ihre stille Fröhlichkeit und er bemerkte Trauer darüber, daß diese, seine schönste Blume nun seinen Garten verlassen werde.

Und nun war der Hochzeitstag da. Die nahen Verwandten hatten beim Kochen des Hochzeitsmahles geholfen, wozu in der Küche noch mehr Kochstellen angerichtet wurden. Tagelang vorher war der Reis schon gesäubert und die Bohnen und Erbsen verlesen worden. Es wurden hohe Stöße von Tschapatis gebacken und große Gefäße mit den verschiedensten Curries zubereitet. Wochenlang hatte die Mutter schon Kuchen gebacken. Als Sultan, der große Bruder geheiratet hatte, betrug die Zahl der eingeladenen Gäste tausend. Die Zahl der Gäste für die Tochter mußte weit darunter liegen und sie betrug dreihundertsechzig. Es war ein großes Zeltdach aufgebaut worden und viele Stühle wurden darunter aufgestellt. Der Mittelgang trennte die Männer, die auf der rechten Seite Platz nahmen, von den Frauen, auf der linken Seite. Langsam füllte sich eindrucksvoll die Szenerie. Sie wurde bestimmt von den vielen Inderinnen, deren vielfältige, kostbare Aufmachungen zu einem bunten, schimmernden Bild verschwammen, während auf der anderen Seite wie farbenfrohe, glänzende Tupfer die vielen Turbane der palavernden Männer auf und ab hüpften. Yussuf kam zusammen mit seinen ältesten Söhnen, seinen Brüdern und den Vertretern der Religion um ganz vorne Platz zu nehmen. Sie hatten bestsitzende, europäische Anzüge an.

Strahlend wie ein Schmetterling, der nach langsamer Wandlung aus seinem Kokon geschlüpft war, war Yasmin an diesem Morgen ihrem Bad entstiegen. Als letztes hatte sie noch Hände und Füße der Tante und den Mädchen überlassen müssen, damit diese mit Henna alle Zeichen des Glücks darauf drücken konnten. Sie malten rote Arabesken und Ornamente auf Handinnenflächen und Fußsohlen, was äußerst sorgfältig zu geschehen hatte. Alle halfen dann bei der anschließenden Toilette, gleichsam, um ihr gemeinsames Werk zu vollenden. Nachdem zum Schluß der prächtige goldene Sari drapiert worden war, setzte ihr die Tante den Brautschleier, das Zeichen der Jungfräulichkeit auf den Kopf, damit er auch das Gesicht verhülle. Er war geschmückt mit einem Geflecht aus goldenen Bändern, Rosen und Yasmin. Obwohl sie darunter kaum zu atmen vermochte, mußte sie ihn während der ganzen Zeremonie tragen.

Hier kam sie nun als goldenes Bündel verhüllter Grazie an, geführt von der Mutter, den Tanten und umringt von den Schwestern. Nachdem auch Ali mit den Vertretern seiner Familie Platz genommen hatte, begann die offizielle Hochzeitszeremonie, an der die Braut nicht teilnahm. Es wurde auf den Knien gen Mekka gebetet, es wurden mit hoch erhobenen Händen Wünsche und Bitten ausgesprochen. Es wurden Papiere ausgebreitet und es wurde palavert. Wichtig war hier auch der Eintrag, daß die Braut Jungfrau sei und wichtig war der Eintrag über die Höhe der Morgengabe, die der Bräutigam zu entrichten hatte.

Nachdem nach einiger Zeit offensichtlich Einigkeit über alles Besprochene herrschte, wurden die Papiere unterschrieben. Ali streifte Yasmin, zu der er gegangen war, einen Ring mit einem leuchten blauen Tansanit über den Finger und endlich durfte er den Schleier lüften und seine Braut sehen, die bis jetzt nur seine Mutter und seine Schwester bei einem Besuch im Haus von Yussuf gesehen und begutachtet hatten. Er war jedoch sichtlich irritiert von soviel Schönheit und Grazie. Die mit so viel Langmut und Gekonntheit angewendeten indischen Geheimrezepte konnte er nicht ahnen. Er war bezaubert von dem Duft, der ihm entgegenströmte und er nahm sich nahm sich vor, sie zu lieben und zu beschützen, sie fernzuhalten von seinen Geschäften, sie zu halten zu seiner Freude und als Mutter seiner Kinder. Er wollte sie verwöhnen mit Schmuck, mit Perlen und bunten Stoffen, damit ihre Fröhlichkeit ihn aufheitere. Befangen sah er sich um, gleichsam als wolle er sich vergewissern, daß er nicht allein mit ihr sei. Er konnte seinen Gefühlen nicht nachgeben, wie zum Beispiel ein europäischer Mann, um sie hier, in der Öffentlichkeit zu umarmen und es fiel ihm offensichtlich schwer, noch bis zum Abend damit zu warten.

Zu dieser Hochzeit war ich eingeladen zusammen mit Caroline. Wir hatten unsere schönsten Kleider an, doch wir verblaßten neben der Pracht der anderen Kultur. Wir waren wie Darsteller in einem großen Monumentarfilm, wenn auch nur Nebendarsteller. Erstmals und sprachlos verfolgten wir den uns so fremden Ablauf und der uns so fremden Zeremonie der Hochzeit. Langsam hatte sich die große überdachte Fläche unter dem Schutz gegen die gnadenlose Sonne gefüllt gehabt. Es waren gleich uns, noch mehr Europäer eingeladen und afrikanische Honoratioren. Die Familie war bedeutend und bekannt. Wir erlebten eine große exotische Feier in einem großen exotischen Land.

Wie die Leute ein Buffet stürmen, dürfte sich jedoch auf der ganzen Welt in gleicher Weise abspielen. Dies zeigte sich auch bei dieser Hochzeit. Gleich einer Verachtung jedoch, war auch für die Weißen Besteck, bzw. nur Löffel vorbereitet. Wie kann man sich nur einer so großen und stolzen Kultur widersetzen und statt mit den Fingern, wie es der Prophet schon tat, mit Hilfsmitteln essen. Diese Feststellung schien wie ein großer, stiller Vorwurf über den bereitgelegten Löffeln zu hängen, derer wir uns trotzdem bedienten.

Mein Turm

Ich wechselte in der Zeit meines Lebens in Afrika öfter meine Do-
mizile. Dies hatte verschiedene Gründe. Teils lagen bereits, meistens noch weit entfernte Buchungen auf dem Haus, das ich mietete,
so daß ich für kurze Zeit in ein anderes ziehen mußte, teils gefiel
mir das neue Haus besser, so daß ich in diesem blieb, auf diesem
jedoch auch wieder Buchungen lagen und ich wieder ganz woan-
ders hinzog. Jedes einzelne hatte einen grundverschiedenen, nicht
nachzuvollziehendem Charme. Mir machte das Umziehen Spaß und
es veränderte und bereicherte mein Leben. Immer wieder jedoch
wohnte ich in dem Cottage auf dem Grundstück meiner Söhne, in
dem ich die letzten Jahre ganz verbrachte.

Und eines Tages wohnte ich im Turm. Dieses war ein sehr lustiges
Haus und wurde auch Baumhaus genannt, weil der dicke Ast eines
gewaltigen Baobabs durch dieses wuchs. Es befand sich also inmitten dieses monumentalen Baumes, auf dem sich ganz besonders gern
Affen aufhielten.

Das Haus gehörte einer älteren englischen Dame, die mir erzählte,
daß sie sich diesen Traum, dieses Haus, einmal nach einer Krankheit
verwirklicht hatte. Sie war von einem Pferd gestürzt und tagelang
ohne Bewußtsein gewesen. In der Zeit ihrer langsamen Genesung
hatte sie geglaubt, es in ihrem Haus, das zwischen sehr hohen
Palmen, Casurinas und Francipanen stand, nicht mehr auszuhalten.
Sie glaubte, sie würde erdrückt werden und sie verschaffte sich
durch den Bau des Turmes die Freiheit, nicht über den Wolken,
jedoch zumindest über den Bäumen zu leben, was sie als Erhaben-
heit empfand. Dieses Gefühl hatte ihr geholfen, ihre Krankheit zu
überstehen und zu überwinden. Der oberste, der übereinanderlie-
genden Räume war das Schlafzimmer, in dem sie sich solange aufhalten mußte und von dem aus sie einen freien Blick auf das Meer
und die aufgehende Sonne hatte. Später war sie wieder zurückge-

zogen in ihr Haus, das viel größer und komfortabler war. Endlich war es mir möglich gewesen, dieses Haus zu mieten, von dem ich schon so viel gehört hatte, wenn es auch hieß „ja, aber über Weihnachten, für drei Wochen ... und so". Ich wußte schon, da kamen wieder andere. Aber Weihnachten war ja noch so lange weg und ich nahm es, beziehungsweise ihn, den Turm nach dem afrikanischen Motto „nur Gott Mungu weiß, was morgen ist". Auf dem enorm großen Grundstück der Dame standen insgesamt elf Häuser, die sie vermietete, wobei jedes nicht nur ein Unikat war, sondern ein Juwel und noch dazu in seinem vollkommen abgeschirmten Umfeld bzw. großen, großen Stückchen verwilderten Parks stand, das man in jedem dachte, ganz allein auf der Welt zu sein. Über allem lag der Charme der Kolonialzeit und zu jedem gehörte noch Personal aus dieser Zeit. Hier war die Zeit stehengeblieben, was zu glauben, die stilvolle Möblierung und Ausstattung einem nicht schwer machte. Ich bewunderte immer wieder den einzigartigen Geschmack dieser Dame, die alle diese Häuser in Eigenregie gebaut hatte und mit einer Vielfalt architektonischer Raffinessen und Einfälle jedem einzelnen eine so besondere Note gegeben hatte. Sie erzählte mir, daß sie jedes Haus aus einer besonderen Stimmung heraus gebaut und somit jedes seine eigene Geschichte habe. Sie war eine emotionale Frau. Den Abschluß unten am Meer bildete ein Haus auf den Klippen, die sich just vor ihrem Grundstück zu formieren begannen. In einzigartiger Romantik hatte sie dieses in die Felsen integriert, wobei sie diese auch nach Erfordernis als Wände für unheimlich interessante Räume verwendet hatte. Bestechend war jedoch in jedem Haus der strikte, edle, viktorianische Stil.

Den Turm betrat man, um direkt in das Wohnzimmer zu gelangen. Nach hinten schloß sich die Küche an, von welcher man noch in ein Gästezimmer gelangte. Ich muß hier erwähnen, daß der Turm nicht den viktorianischen Atem hatte. Es fehlte ihm zum Beispiel der normalerweise niemals fehlende Wirtschaftstrakt. Das mag daran gelegen haben, daß während ihres eigenen Aufenthaltes in diesem, die Wirtschaft in ihrem eigenen Haus weiterlief. Der Turm war also eine

Ausnahme, man genoß in ihm einen einmalig originellen, kindlich naiven, märchenhaften Aufenthalt. Vom Wohnraum führte eine eiserne Schiffstreppe in den ersten Stock. Auf diese Treppe war Carol besonders stolz, weil sie aus einem englischen Schiff stammte, das einst vor der Küste gestrandet war. Im ersten Stock wurde man als erstes mit einem dicken, silbrig glänzenden Ast des Baobabs konfrontiert, der als Unikum den Raum beherrschte. Immer hatte dieser viele junge Triebe, mit hellgrünen Blättern, die dem ganzen Raum frühlingshaften Zauber verliehen, was ganz duftige Gardinen noch unterstrichen. Dieser Raum diente dem sich Zurückziehen aus dem Wohnzimmer, das auch Speisezimmer war. Da man von hier ein erstaunlich komfortables Bad erreichte, erkor ich diese Ebene zu meiner Luxusetage. Ich hängte meine schönsten Kleider und Seidentücher über den Stamm und an den Ästchen bewahrte ich meinen Schmuck auf. Meine so vielen Seidenrosen prangten an allem und überall gaben schöne Muscheldekorationen dem ganzen exotischen Flair. Hier bewahrte ich auch kostbare Stoffe auf und es standen meine glitzernden Schuhe dort. Über all dem schwebten exotische Düfte. Es war die Ebene der Schönheit, wobei auch das Bad mitspielte, in dem unter anderem eine Fächerpalme stand. Das Bad hatte jedoch den Nachteil, daß in der Trockenzeit infolge zu wenig Drucks, es nicht mit genügend Wasser versorgt wurde. Eine Badewanne hinter dem Haus sollte helfen, diese Zeit zu überbrücken.

Eine Holztreppe führte aus diesem Stockwerk in das Schlafzimmer, das ebenfalls den ganzen Raum einnahm und in dem rundherum große Fenster installiert waren. Hier oben dominierte der Blick zum Meer, das sich hinter dem Riff in eine unendliche Weite verlor. Dieses war der einzige Raum in diesem Haus, der kolonialen Duft ausströmte. Ich weiß nicht, warum ich es in diesem Haus so sehr liebte, ganz einfach die Treppen rauf und runter zu laufen, um mich oben angekommen immer ganz weit weg von den Dingen zu wähnen. Wenn der Baobab kahl war, sah man das majestätische Meer, in dem die Sonne aufging. Man erlebte in ihm jedoch auch auf der anderen Seite die warme Abendsonne und wie sie sich farbenprächtig hinter den bizarren Bäumen der Weite mehr und mehr verbarg. Man überblickte die bebaute Küste, die zugedeckt war von dem Grün der vielfältigen, üppigen Vegetation, aus dem lediglich die spitzen Makutitüen der Dächer ragten. Dekorativ hingen die großen braunen, samtigen Früchte von den Ästen rund um das Haus, die spielende Affen zum Schwingen bringen konnten. War der Baobab jedoch voll Laub, war das Schlafzimmer eine stilvolle Oase in einem grünen, grünen Blättermeer, was eine atemberaubende Belichtung bewirkte.

Bedingt durch die englisch geschulten Köche, erlebte ich hier eine sehr nahe Konfrontation mit der Küche Englands. Diese ist ja nun nicht, im Gegensatz zu der englischen Höflichkeit, weltberühmt. Während das Frühstück mit seinen Ham und Eggs jedoch absolut vertretbar ist, was ja auch gerade bei diesem der international Anklang bestätigt, fängt jedoch die fehlende Begeisterung beim Mittagessen schon an. Mit Sicherheit denken die Engländer „dies ist ein schmackhaftes Essen", uns fällt es jedoch schwer, diese Meinung zu teilen. Doch dann holen sie wieder auf. Am Nachmittag wird feiner englischer Tee gereicht mit feinem englischen Kuchen um jedoch die Punkte für das Dinner mit der Qualität des Mittagessens wieder zu verlieren. Über allem schwebte der Dunst von Whiskey und die Melancholie einer vergangenen Zeit.

Carol war alt geworden in ihrer Welt und nur noch wenig erinnerte an die blonde, hochaufgeschossene Reiterin, die man auf Bildern, die in ihrem Wohnzimmer standen, sah, zusammen mit dem jungen englischen Springreiter, der sie geheiratet und im Laufe des Lebens wieder verlassen hatte. Die Eltern, die auf anderen Bildern vor ihrer Kaffeefarm im Hochland zu sehen waren, waren tot und der junge Mann, der ihr Bruder war, lebte erblindet in Australien. Kinder hatte sie nicht. Oft lud sie mich ein, wenn bereits ihre Terrasse voller anderen Damen saß, die alle noch in gleichen Oasen wohnten, aus denen sie nur herauskamen, um sich zusammen mit anderen zu treffen. Sie sprachen von früheren

Zeiten, von dem Glanz und der Hochzeit des Kolonialismus. Sie lachten viel und redeten über Bridgeturniere und Pferderennen in Nairobi lebhaft durcheinander und sie erwähnten die Hüte der Damen, die diese jedoch vor vierzig Jahren getragen hatten. Sie bewegten und benahmen sich, als säßen sie im legendären Muthaiga Club in Nairobi der damaligen Zeit. Sie tranken zuerst englischen Tee und aßen ebensolchen Kuchen, deren Herstellung das Hauspersonal perfekt beherrschte. Mit spitzen Fingern nahmen sie davon und graziös tranken sie aus den feinen Porzellantassen zwischen den Zügen aus ihren langen Zigaretten. Sie nannten sich Sweet, Love, Dear, was sich noch in Heart, Sugar und Dream steigern konnte. Laut spielte das alte Grammophon zuerst Beethovens Adagio aus dem ES-Dur Klavierkonzert und mit zunehmender Zeit hörte man Polkas. Die aufmerksamen Boys drehten an der Kurbel des Kuriosums, wenn die Töne aus dem großen Trichter immer langgezogener kamen oder sie drehten die großen Platten um. Die Damen lachten und amüsierten sich köstlich und später wurden auf silbernen Tabletts Sandwiches gereicht.

Noch später verstummte dann das Lachen wieder, die Lichter waren gelöscht und sie hatten sich alle wieder in der Dunkelheit verloren. Nur der Dunst von Whisky lag noch lange über der Szene dieser Gesellschaft. Sie waren wieder alle zurückgekehrt in ihre eigenen verwunschenen Gärten und der Phantasie der Vergangenheit, wo sie umgeben waren von Scharen von Hunden und sahen am nächsten Morgen wieder von den schattigen Terrassen auf das smaragdgrüne Meer, das sich als einziges nicht verändert hatte.

Mein frühzeitiges Weggehen war niemandem aufgefallen. Nach einiger Zeit bemerkte ich, daß auch die Angestellten der sinnlichen Stimulierung des Trinkens frönten. So fiel mir auf, daß der wortkarge Hamisi, der Koch des Turms, im Laufe des Tages immer gesprächiger wurde und abends hatte er mir des öfteren schon recht wunderliche Dinge zubereitet, die ich fairerweise nicht der englischen Küche zuschreiben wollte.

Ich war von einem Deutschlandbesuch zurückgekommen und hatte gerade ein üppiges Bad, ob des großen Wasserüberflusses nach der Regenzeit, genossen, als ich meinen Namen rufen hörte, es war unverkennbar die Stimme von Sabrina.

Sabrina war das Mädchen, das vor Isabella im Wilsonhouse mit Peter zusammen gewesen war. Sie war das Mädchen der ersten Stunde des späteren großen Unternehmens und es gibt einige die sagen, sie sei die schönste gewesen. Sie war zumindest ein sehr kapriziöses Mädchen, der die Sonne in ihr lockiges schwarzes Haar, natürliche hellblonde Strähnen gezaubert hatte, bereits nach kurzem Keniaaufenthalt. Sie hatte einen auffallenden Geschäftssinn. Zudem hatte sie Sinn und Talent zu Kreativität und einen äußerst geschmackvollen, eigenwilligen Stil, was bestimmt gute Voraussetzungen waren und sie dazu veranlaßt hatten, Grafik und Design zu studieren.

Es war ein anmutiger Anblick, wenn sie in der Regenzeit sich unter das große Moskitonetz des breiten Bettes zurückzog und Dinge ihrer kreativen Phantasie skizzierte.

Sie war Peter bei einem Flug von München nach Wien begegnet, wo sie zu Hause war. Dies hatte sie jedoch nicht daran gehindert, ihm noch im selben Flieger nach Kenia zu folgen. Es wurde eine großartige Partnerschaft, die ein romantischer Rahmen für diese beiden attraktiven Menschen war.

Sie war es wirklich, die mich nach Jahren gerufen hatte und ich wickelte mich in mein großes Handtuch, das der Talisman auf all meinen Reisen war.

Zu diesem Handtuch eine kleine Episode. Wir waren alle zusammen zu einer Surfregatta am Gardasee gewesen. Peter und Thomas hatten erfolgreich abgeschnitten und so kam es in der ausgelassenen Stimmung dazu, daß wir uns am Abend gegenseitig vollkommen angezogen in den Swimmingpool des Hotels stießen, in dem wir wohnten.

Wir bekräftigten dieses Fehlverhalten, indem wir auch dem Hund des Hauses einen Schubs gaben, worauf dieser triefendnaß in das Hotel lief, um sich, leider erstmals, just vor dem Empfang in der Halle auf einem Teppich abzuschütteln. Er war der Vorbote, dem wir Triefenden folgten. Ob dieses Eklats beschlossen wir, sofort abzureisen, wozu sich Sabrina ein großes Handtuch, dieses Handtuch, in das ich mich jetzt gewickelt hatte, um ihre üppige Lockenpracht schlang, denn es war schon Herbst. Dieses Handtuch war in unserem Haus in Oberbayern geblieben und wurde mein Talisman.

Es wurde eine große Begrüßungsfreude. Ich wußte, daß sie nun in New York lebte und daß sie mit Jesse, einem amerikanischen Model verheiratet war, den Zulaika später in einer in meinem Geschäft liegenden Vogue erkannt hatte. Ich wußte auch, daß sie eine Tochter Undine hatten, denn wir telefonierten öfter zusammen. Nun standen Jesse und sie vor der Tür, während Undine bei ihrer Oma in Wien geblieben war.

Ich lud sie ein, in meinem Gästezimmer, hinter der Küche zwar, zu wohnen. Wir erlebten hier zusammen eine stimmungsvolle Zeit zu der der englische Rahmen sein Besonderes gab. Wir waren wie die Mitspieler in einem großen Film, in dem Carol mit ihrem Großherrenstil die Regie führte. Es gelang ihr jedoch immer weniger, den abbröckelnden Glanz vergangener Tage festzuhalten, was sie zwar krampfhaft versuchte.

Edel fand ich stets den Schwarzen
und schal den Fremden
Tania Blixen

Mohamed

Mohamed war ein ganz besonders begabter, junger Schneider, nein, er war ein Genie. Er besaß Fähigkeiten, von denen Schneider nur träumen können, insofern, als sein geniales Können jeglicher Ausbildung und Theorie entbehrte, es war angeborene Kunst.

Nachdem Isabella und ich angekommen waren mit den vielen Koffern, hatte ich beschlossen, bei der geplanten Modenschau auch Männer mitwirken zu lassen. Gut, daß ich meine Nähmaschine mitgenommen hatte, so galt es nur noch einen Schneider zu finden, der mir die fehlenden Dinge für Männer anfertigte. Es war auch schon einer dagewesen, Salim, den ich mitsamt der von ihm zugeschnittenen und genähten Hose und dem Hemd wieder nach Hause schicken mußte. Es war unglaublich anzunehmen, es sei sein Ernst, als er mir die fertige Hose zeigte, die schiefe Nähte, ausgefranste Tascheneingriffe und einen ebensolchen Hosenschlitz hatte. Es war auch unmöglich aus dem, von ihm zugeschnittenen Hemd, noch etwas Brauchbares zu machen. Darauf versprachen mir Peters und Thomas Angestellte, einen Schneider zu bringen, der Mzuri Sana, sei „ sehr gut."

Als ich am nächsten Morgen auf die Terrasse kam, um zu frühstücken, sagten sie mir, er sei da und auf einem Stein hinter dem Haus sah ich Mohamed sitzen und dieser Stein und diese Begegnung wurde symbolisch zu meinem Meilenstein für meine Zeit in Kenia.

Ich rief Harry, den jungen Tauchlehrer, der auch als Model mitwirken und an dem Mohamed maßnehmen sollte. Ich beobachtete ihn mit Herzklopfen, nachdem mich Salim so sehr mit seiner Schneiderkunst enttäuscht hatte und die Zeit bis zur Show immer kürzer wurde. Als erstes verblüffte mich sein Maßnehmen. Er nahm ganz sicher, schnell und zielstrebig viele Maße, die er jedoch erst am Schluß in einer langen Reihe aufschrieb. Dann nahm er den Stoff, es sollte eine Herrenhose mit Bundfalten werden, die Kreide und die Schere und was ich jetzt sah, hatte ich noch nie gesehen. Mit einer ihm eigenen, einmaligen Sicherheit und Schnelligkeit hatte er den maßgerechten Schnitt auf den Stoff gezeichnet, ihn mit einer Präzision zugeschnitten, als sei der Stoff herausgestanzt worden und sich sofort an die Maschine gesetzt. Diese mit all ihren Funktionen behandelte und handhabte er, wie ein Geigenvirtuose sein Instrument. Später stellte sich noch heraus, daß er alle Maße treffsicher schätzen konnte und daß er sie nicht hätte aufschreiben brauchen, weil er sie sich merkte. Wenn ihm die europäischen Namen Schwierigkeiten machten, sprach er mit mir über die Kunden mit deren Maßen. Ein weiteres Wunder war, daß nichts, aber auch gar nichts, probiert werden mußte, da es paßte. Er war ein strenger Moslem und trug auf seinem Kopf immer eine feingestickte Kappe. Mehrmals am Tag betete er auf einer ausgebreiteten Matte gen Mekka und er hielt sich streng an die Regeln des Koran. Der größte Wunsch und das größte Erlebnis wäre für ihn, wie für jeden Moslem, einmal nach Mekka pilgern zu dürfen.

Mohameds junge Frau hieß Fatuma und sie hatten drei Kinder. Sie wohnten zusammen in dem Haus von Fatumas Vater, der in seinem Bezirk Kanzler war. Er fuhr mit einem roten Motorrad in sein Amt und seinen Kanzlerstab hatte er immer bei diesen Fahrten dabei, der quer über dem Rücksitz befestigt war. Dieses Relikt gehörte gleich einem Zepter zur Ausstattung eines hohen Beamten, wobei der Präsident den prunkvollsten hatte. Sie hoben sich von ihrer Umgebung dadurch ab, daß sie in einem Steinhaus wohnten, in dessen Wohnzimmer sogar ein Plastiksofa stand. Anzunehmen, daß sie wegen dieses Status von irgendeinem falschen Stolz behaftet waren, wäre falsch. Sie saßen alle einträchtig zusammen mit ihren

Nachbarn und das Miteinander ist ganz besonders auffällig in diesem Land. Harambee nennen sie dies, „alle zusammen".

Fatumas Vater hatte zwei Frauen. Die erste, war Fatumas Mutter, mit der er nur diese eine Tochter hatte. Es lebten jedoch noch zwei Kinder aus der Verwandtschaft mit in der Familie. Es ist üblich, daß Familien mit vielen Kindern diese in der Verwandtschaft verteilen, miteinander zogen sie die Kinder auf.

Nun hatte der Vater noch eine zweite Frau. Diese hatte zwar vier Kinder aus erster Ehe, auf die jedoch deren Vater Anspruch erhoben hatte. Sie häkelte immer für diese Kinder, die nicht bei ihr sein durften, viele schöne Dinge und einmal überraschte sie mich mit einer besonders kunstvollen, breiten, gehäkelten Spitze, die heute noch an dem Abschluß des Moskitonetzes über meinem Bett hängt. Ich beobachtete, daß diese Art des Zusammenlebens friedlich war, daß die Frauen dadurch eine Freundin, oder mehrere Freundinnen um sich hatten. Die Arbeit wurde zusammen verrichtet und das Leben dadurch leichter.
Eines Morgens, als ich selbst in Tiwi wohnte und dieses Haus auf meinem Weg lag, wollte ich Mohamed abholen. Er kam sonst immer mit einem Matatu in unser Geschäft. Dies sind kleine, unregelmäßig die Straßen abfahrende Verkehrsmittel, die vollkommen überladen und mit offenen Türen, aus denen noch Passagiere hängen, rasend schnell fahrend, daß Straßenbild beherrschen.
Es war früher Morgen, als ich zu ihnen kam und die ganze Familie saß beim Frühstück. Der Schwiegervater, Mohamed und sein ältester Sohn saßen am Tisch und die Frauen mit den kleinen Kindern auf den Matten. Gastfreundlich luden sie mich ein, an ihrem Frühstück teilzuhaben. Ich setzte mich zu den Frauen und aß von dem süßen Reisbrot, daß Fatumas Mutter an diesem Morgen schon frisch zubereitet hatte.

Die durch das Haus laufenden Hühner mit ihren Küken liefen auch über die Matten und setzten sich auf die Lehnen des Plastiksofas und die Ziegen sahen durch die Tür.

Ich machte mir oft Gedanken darüber, wie alt Mohamed wohl sei. Befragt danach, wußte er es nämlich nicht, da seine Mutter dies bei seiner Geburt nicht aufgezeichnet hatte. Sie konnte sich nur daran erinnern, daß zur Zeit seiner Geburt die letzte große Elefantenherde durch das Dorf gezogen war und sehr viel Unheil angerichtet hatte. Die Elefanten hatten sich dann von der mehr und mehr bevölkerten Küste zurückgezogen. Wann dies war, war jedoch offenbar nicht mehr genau nachzuvollziehen.

Einmal nähten wir einen Safarianzug für einen europäischen Hotelier, der ihn auch in seinem Hotel zu Hause tragen wollte. Er hatte darum gebeten, entgegen unserer Gewohnheit und Erfordernis, ihn vor der Fertigstellung zu probieren. Bei der Anprobe war bereits zu erkennen, wie gut er saß und wie schön er werden würde. Es war vereinbart, daß er ihn am Nachmittag desselben Tages abholen würde, da am nächsten Morgen sein Abflug war. Am Vormittag strich Josef auf unserer Terrasse eine Bank mit schwarzer Farbe und hiermit kündigte sich ein Unheil an. Es blieb ein Geheimnis, wie der schwarze Fleck auf die Vorderseite der Jacke, zwischen zwei Knopflöchern kam. Bevor ich jedoch davon erfuhr, hatten sich die Schneider Juma anvertraut und dieser hatte bereits „einfühlend" mit Chlor gearbeitet, was zur Folge hatte, daß um den schwarzen Fleck, der sich nicht verändert hatte, ein weißer Rand zu sehen war, dadurch entstanden, daß das Chlor dem beigen Stoff rundherum die Farbe entzogen hatte. Nur die schwarze Ölfarbe hatte dem Chlor getrotzt.

Blitzschnell erörterte ich in meinem Kopf die Chancen, es gab keine. Wir hatten den Stoff nicht vorrätig. Um ein neues Teil zuzuschneiden, wäre erforderlich gewesen, nach Mombasa zu fahren, um neuen zu kaufen. Dazu war es zu spät und es gab keine Möglichkeit einer

Veränderung. Ich konnte und wollte dem Mann, der sich so sehr auf diesen Anzug gefreut hatte, nicht die Erklärung geben müssen, warum dieser Auftrag nun nicht zustande gekommen sei und entschied, an diesem Nachmittag eine Bekannte zu besuchen, die mich schon so oft darum gebeten hatte. Der Nachmittag tat mir, speziell nach diesem Event sehr gut. Wir hatten jedoch auch viel gearbeitet in letzter Zeit und es gelang mir, nicht an das Geschäft und auch nicht an den Fleck zu denken.

Als ich in das Geschäft zurückkam, gab mir Mohamed wortlos und wie selbstverständlich das Geld für den Anzug. Ebenso wortlos steckte ich es ein, obwohl ich mir nicht erklären konnte, was geschehen war. Dank der wunderbaren Mentalität der Afrikaner fragte ich nie danach, was er getan hatte. Die wirklich einzige Möglichkeit, die es meiner Ansicht nach gegeben hatte, war eine Leiste aufzusetzen, was jedoch bei dem klassischen Modell dieses Anzugs, mit dem taillierten Sakko und dem ausgeschlagenen Revers, ein so gewaltiger Stilbruch gewesen wäre, daß ich diese Bestätigung nicht ertragen hätte. Aber natürlich bewunderte ich ihn ob seiner eigenen Ideen.

Ein anderes Mal hatte eine sehr sportlich aussehende junge Dame eine Kombination bestellt, aus hellgrauer, leichter, ganz besonders schöner Baumwolle. Es war eine enge Hose und ein sehr weites Hemd. Beides war mit sehr viel Aufwand, mit vielen Doppelnähten, Patten, Schlaufen und aufgesetzten Taschen genäht. Das Hemd hatte einen bestechenden Stehkragen. Die junge Dame kam und meistens spielten sich auch solche Dinge am letzten Tag des Aufenthaltes der Kunden ab, die Hose war zu eng. Wahrscheinlich hatte sie in den drei Wochen ihres Aufenthaltes dem Büfett zu sehr zugesprochen, denn Mohameds Maße hatten gestimmt, da war ich sicher. Schlagfertig sagte ich sofort „Sie glückliche", worauf sie mich irritiert ansah. Ich erklärte ihr, sie sehe ja selbst, daß die Kombination sehr viele Spielereien hätte und deshalb hätten wir eine, an den Seiten schräg endende gesteppte Ein- oder Aufsätze eingefügt, was ihr sehr gefiel. Zu Mohamed sagte ich, „we do it like original" und Mohamed sagte „O yes" und er setzte die sehr gut kaschierten Keile ein.

Es hatten sich zwei Freundinnen zwei schwarze Jerseyhosen bestellt, dazu grüne Seidenblusen. Es waren sehr hübsche, weite Modelle, mit ebensolchen weiten Ärmeln. Wir hatten wunderschöne Gürtel dazu angefertigt. In dem einen Vorderseitenteil der einen Bluse fanden sich kleine Ölflecke. Obwohl die Tatsache etwas Positives hatte, nämlich, daß die Nähmaschinen geölt worden waren, blieb es ein Desaster. Aber was half es, darüber auch nur zu sprechen. Ich erklärte Mohamed eine Vorstellung von vielen kleinen Biesen, die an diese Stelle gezaubert werden könnten, um die Flecken zu verwischen, die er meisterhaft verwirklichte. Als die Dinge abgeholt wurden, machte uns die eine der Freundinnen enttäuscht darauf aufmerksam, daß an ihrer Bluse dieses hübsche Detail vergessen worden war, wofür ich mich entschuldigte und gleichzeitig Mohamed bat, für kurze Zeit sein Zuschneiden zu unterbrechen, denn er war der Meister für alle Fälle.

Eine junge, schöne Afrikanerin, ein Model aus Nairobi, die Leila hieß, war zu uns gekommen. Sie war einmal bei unserer Sylvester-Show nicht erschienen, hatte jedoch an späteren Modenschauen öfter mitgewirkt. Sie wollte nach England fliegen, zu einer Agentur und für diese Reise besprachen wir für sie einen wunderschönen Overall aus grau/rosa Seide. Diese Farben kamen bei ihrer Hautfarbe jedoch wie alle Farben sehr gut zur Geltung. Sie hatte sehr wenig Zeit und der Overall mußte noch am gleichen Tag fertig sein. Mohamed erledigte sofort den perfekten Zuschnitt und beauftragte Shaban seine Arbeit zu unterbrechen und diesen Overall zu nähen, als plötzlich und dies kam öfter vor, der Strom an der Küste abgeschaltet wurde. Wir hatten nur elektrische Maschinen. Das Mädchen wartete drei Stunden am Strand. Wir hätten theoretisch noch zwei Stunden Zeit gehabt, wenn der

Strom gekommen wäre und er kam. Mohamed hatte sich mit mit zunehmendem Zeitverlust immer engere und präzisere Pläne ausgedacht, ihn fertigzustellen. Jeder Schneider bekam einen Teil, Josef stand am Bügeleisen und er selbst stellte die fertigen Teile zusammen. Am Schluß wurde die Maschine von Shaban neben die von Mohamed gerückt und sie nähten beide an einem Stück. Die seidenüberzogenen Knöpfe hatte er schon vorher fertiggestellt und wir hatten es wieder einmal geschafft.

Mohamed und ich, das war eine wunderbare Kombination. Er wußte Bescheid über die oft komplizierte Technik des Zuschneidens und Nähens. Er wußte, daß ein Schneider selbst mit dem Bügeleisen noch zaubern kann und oftmals muß, und ich hielt die Kollektion auf dem neuesten Stand der europäischen oder besser, der italienischen Mode und wir hatten glückliche Kunden, obwohl mein ganz großes Geheimnis war, ich war gar keine Schneiderin.

Mein Geheimnis war, ich machte Kleider,
die mir gefielen

Kunden und Kundinnen, die man nie vergißt

Afrikaner sind sehr sensibel und ein Volk weniger Laute. Für sie
sind Blicke Worte, Augen sind Fragen, dafür tragen sie jedoch die
Ohren sehr weit offen.

Ein älteres Ehepaar kam zu uns und sie äußerten den Wunsch, ein
Outfit für die Dame zu wollen, zum Anlaß der Taufe ihres Urenkels.
Es erstaunte mich, daß dieses Paar schon von einem Urenkel sprach.
Sie überließ es vollkommen mir, ihr etwas Passendes vorzuschlagen.
Ich riet ihr zu einer schwarzen Seidenhose und einer weißen, sehr
interessanten Bluse, natürlich bestückt mit meinen Seidenrosen. Es
wurde wunderschön und sie waren beide glücklich über diese Kom-
bination. Sie gestand mir, daß sie bis jetzt eine nur rocktragende
Frau gewesen sei und den Schritt zur Hose noch nie gewagt habe.
Sie fände sich aber sehr chic in diesem Aufzug und sie freue sich
auf die Familienfeier in Deutschland. Zum Schluß verriet sie mir,
daß sie sechsundachtzig Jahre alt sei.

Es war ein ganz besonderes Bestreben von mir, jede Kundin und
jeden Kunden glücklich zu machen und ich wußte Bescheid über die
Wünsche der Frauen jeden Alters und mit jeder Figur. Ich tat ihnen immer das Schöne an ihnen kund . So sagte ich „ihr schöner Nacken muß durch einen halsfernen Kragen betont werden" oder „ihre
schönen schlanken Fesseln durch eine entsprechende Rocklänge".
Ich erwähnte die schmale Taille, wenn da breite Hüften waren oder
die schmalen Hüften, wenn die Taille ganz fehlte. Ich wollte, daß
an den Leuten, die unser Geschäft verließen, das Schöne gesehen
worden war und daß das anzufertigende Stück ganz individuell dies
noch dazu betonen sollte. Es war eine Frau da, sie hatte schlanke
Fesseln und wunderschöne blaue Augen. Sie sprach träumerisch und

mit glänzendem Blick von einem ganz besonderen Kleid, von dem sie jedoch keine Vorstellung habe. Nun lag da gerade ein großes Stück blauen Satins in der Farbe ihrer Augen und ich nähte ihr ein asymmetrisches Kleid, daß die Taille frappierend überging und die Asymmetrie am Saum betonte raffiniert ihre schlanken Fesseln. Es war für uns immer wieder eine besondere Bestätigung, so dankbare und glückliche Menschen zu erleben.

Da war noch Laura. Sie war hübsch und ähnelte Romy Schneider. Sie hatte wunderschöne blonde Haare, doch einen sehr komplizierten Körper. Taille, Hüften und Po schienen nicht zu existieren. Sie erzählte mir, daß es ihr Traum sei, eine Hose zu tragen, sie hätte jedoch noch nie eine passende gefunden und sie glaube nicht daran, daß uns dies gelingen würde. Sie hatte jedoch Mohamed nicht gekannt. Wir nähten ihr viele Hosen und zusammen mit raffiniert geschnittenen Oberteilen wurde sie zu einer äußerst attraktiven Frau, die immer wieder zu uns kam. Es machte mir in diesem Fall auch ganz besonders Freude, mir immer wieder etwas Neues für sie auszudenken, weil sie alldem so freudig aufgeschlossen war.

Michael und Jürgen. Das war der mondäne Alte, der sich in dem schönen, jungen Hochmütigen sonnte, den er abgöttisch liebte und dem er jeden, noch so verborgenen Wunsch erfüllte. Ihr Markenzeichen waren äußerst elegante Panamahüte. Sie merkten nicht, daß sie eigentlich für die Küste Afrikas zu elegant angezogen waren. Für diese beiden nähten wir Seidenhemden, Seidenhemden, Seidenhemden. Zum Schluß gab er fünfzig Seidenkissenhüllen in Auftrag, da er Zuhause mit Jürgen in einem Seidenkissenberg schlafen wollte.

Erst als zwei Mädchen zu uns kamen, die eine herb und männlich und die andere anmutig und zierlich und die Herbe für sich einen Safarianzug bestellte und für die Zierliche ein verspieltes Kleid, sprach Mohamed dieses Thema an. Als sie sich über den Strand wieder entfernten, die eine mit großen, weitausholenden Schritten und die andere ihr trippelnd folgend, sagte er „you know, that the one is a man and the other one a woman and even Michael and Jürgen are like so". Horst war ein sehr exaltierter, jedoch ein sehr guter Kunde von uns, der in einem Club arbeitete. Er war äußerst schwierig zufriedenzustellen und dennoch gelang es uns. Einmal bestellte er einen Popelinoverall mit sehr vielem Aufwand, wie Ziernähten, Taschen, Patten und Schlaufen. Er wurde wunderbar und er hatte sehr viel Arbeit erfordert. Es mußte jedoch noch die endgültige Länge bestimmt werden, die mit besonderen Schuhen genommen werden sollte. Da der Meister, Mohamed, nicht da war, tat ich es und der Overall wurde zu kurz. Nun hing dieser bei uns der sich, wie sich herausstellte, sehr schwer verkaufen ließ, zumal er nicht ganz billig war. Er war nämlich aus einem Material aus Deutschland hergestellt, das es in Kenia gar nicht gab. Es kam jedoch eines Tages Kurt in unseren Laden, ein Tourist und dem gefiel er. Er gefiel ihm sogar so gut, daß er mich bat, nachdem sich herausgestellt hatte, daß er auch ihm zu kurz war, ihm denselben anzufertigen und nach Deutschland nachzusenden, was ich ihm zusagte. Ich hatte aber doch diesen Stoff nicht mehr und eine Deutschlandreise war in nächster Zeit auch nicht geplant. Ich hatte jedoch noch ein Stück Stoff und eine Idee, die Mohamed verwirklichte als Zauberer an der Maschine. Der begeisterte Brief von Kurt, liegt heute noch bei meinen Erinnerungen an mein Geschäft.

Mike, ein Lufthansapilot, dem wir einen leichten Baumwollanzug genäht hatten, bot einen besonders schönen Anblick, als der große, markante Mann unser gelungenes Stück angezogen hatte.

Es gab auch Simone, die in einem Stringtanga zu uns kam, was mir für sie sehr peinlich war. Sie war jedoch so erfrischend verrückt und bestellte so viele, ebenso verrückte Dinge und freute sich so sehr darüber, daß ich ihr zum Schluß diesen Aufzug nachsah.

Regelmäßig kamen zwei Freundinnen aus Wien zu uns, die sich schrille Dinge nähen ließen. Es fiel jedoch auf, daß sie sich ganz biedere Kleider anfertigen ließen, um sie mit nachhause zu nehmen.

Es war ganz am Anfang meiner Geschäftszeit, als ein sehr interessantes Paar erschien. Dies war eine bereits alte und noch dazu korpulente, jedoch äußerst reizende Dame, die ihn nicht zu übersehender Harmonie mit ihrem jungen, attraktiven Mann zusammenlebte. Der in Gesprächen mit Leuten immer wieder aufkommenden Meinung, dies sei ihr Sohn, begegnete sie mit bewundernswert witzigem Charme.

Sie wünschten sich für den Mann ein rosenholzfarbenes Seidenhemd. Natürlich hatte ich diese Seide nicht da, wollte sie aber bei meiner nächsten Fahrt nach Mombasa besorgen. In den Geschäften, in denen ich immer einkaufte, in der Langoni Road, verlangte ich das gewünschte. Tatsächlich konnte mir ein Geschäftsmann ein rosenholzfarbenes Traumstück vorlegen. Ich vergewisserte mich „it is pure silk?". „O yes Madam be sure, it is pure silk" antwortete er und der hohe Preis gab mir die letzte Gewißheit.

Am Abend kam der Kunde in mein Geschäft, um nachzufragen, ob der Stoff schon da wäre. Da ich mit einem anderen beschäftigt war, gab ich ihm vorab stolz das Stück Seide in die Hand. Irritiert fragte er mich später, als ich mich ihm widmete „ist das wirklich reine Seide?", ich sagte, „ja natürlich", worauf er auf einen goldenen Aufdruck am inneren Rand des Stoffes deutete, auf dem 100% Polyester stand. Speziell dieser Mann wurde während der ganzen Zeit meines Dortseins einer meiner ganz treuen, langjährigen Kunden und reine Seide zu erkennen, hatte ich spätestens nach diesem Vorfall gelernt. Den Inder den ich später darauf ansprach, erklärte mir „ Madam, this ist Indian silk, it is not pure silk".

Zur Taufe eines kleinen schwarzen Babys hatte ich ein seltenes Stückchen Stoff ergattert. Ich fand es, gerade groß genug für ein Taufkleid, buchstäblich in der hintersten Ecke eines kleinen indischen Ladens. Allein vom Stoff her hatte das Kleid, das wir vorsichtig daraus genäht hatten, keine Chance auf vielfachen

Gebrauch, so fein und duftig war dieser, aber eben gerade deshalb und daß er in großer Fülle verwendet wurde, um so effektvoller. Es war ein Zwischenprodukt zwischen Seide, Organza und Gaze. Ein weiteres Phänomen war die Farbe. Diese changierte zwischen braun, lila, orange, gold. Als das Kleidchen fertig war, sah es aus, wie eine pudrige Wolke und genauso umgab es das reizende Kind. Entzückt rief Barbara, ein Gast aus "Taupe", sie wollte damit der seltenen Farbe einen Namen geben, der jedoch nicht stimmte. Taupe ist das dunkle grau eines Maulwurfs mit einem Rotschimmer darüber, genau wie bei diesem Tier.

Es waren auch viele Italienerinnen unsere Kunden. Ich erinnere mich speziell an Chiara, die immer mit den neuesten italienischen Modemagazinen kam und sich die extravaganten Modelle der italienischen Designer kopieren ließ.

Es kam eine alte Dame mit einem Kleiderwunsch. Sie war so begeistert, daß sie noch mehrere ankündigte. Sie kam jedoch wieder zurück und teilte niedergeschlagen mit, daß sie keine Kleider mehr bestellen könne, da sie sich verliebt habe in einen „jungen Bengel" der sich ebenfalls in sie verliebt habe. Dieser hatte ihr auch gleich seine Leidenschaft, nämlich mit einem afrikanischen Einbaum, der bei Ebbe mit einer langen Stange vorwärts bewegt wird, an das Riff zu fahren, gestanden. Leider habe nur sein Bekannter so ein Boot und dieser verlange unverschämter weise einhundert Mark für diese Aktion. Da jedoch der süße Bengel sich so sehr über diese Fahrten freue, zudem so nett sei und seit er sie kenne vor Liebe nicht mehr schlafen könne, tat sie ihm an fünf Tagen hintereinander den Gefallen.

Auf die Frage, ob sie denn so ganz alleine die weite Reise angetreten habe, sagte sie „wir hatten ja zusammen gebucht, mein Mann und ich, aber er bekam eine Woche vorher einen Herzinfarkt und lag bei der Abreise immer noch auf der Intensivstation". Das von ihren Kindern nachgesandte Geld hatte sie dann noch für eine Safari zusammen mit dem „süßen Bengel" ausgegeben, wie sie mir bei einem nochmaligen Besuch berichtete.

Ich holte Caroline vom Flughafen ab und stand hinter der Glasscheibe des Daniel Arrap Moi Flughafens in Mombasa. Das Flugzeug war schon angekommen und die Leute strömten aus der Halle. Es war so ein dicker Mann mit ihr zusammen angekommen, wie ich in Kenia noch keinen gesehen hatte, weder einen schwarzen, noch einen weißen. Erst als Caroline mir auf der Fahrt erzählte, es sei im Flugzeug ein so dicker Mann gewesen, wie ich ihn mir nicht vorstellen könne, sagte ich „ich hoffe, daß er nicht zu uns kommt, um einen Safarianzug haben zu wollen". Am Nachmittag kam Josef in den Laden und er hatte ihn auch schon gesehen. Er berichtete, einen Bwana kubwa kabisha gesehen zu haben, einen sehr dicken Mann. Im selben Moment verdunkelte sich unsere Ladeneingangstür, die aus Glas war. Jener Mann. Er betrat schräg unser Geschäft und wollte einen Safarianzug haben. Beim Maßnehmen ging Mohamed immer wieder rund um ihn herum. Josef fuhr mit dem Bus nach Mombasa und kaufte Unmengen von Stoff.

Es war der erste, so dicke, so glückliche Mann, den ich in meinem Leben sah, nachdem er den Anzug angezogen und dieser vorzüglich gepaßt hatte und Mohamed lächelte still vor sich hin.

So lange es Zäune und Grenzen gibt
solange gibt es keinen Frieden
sagte Peter

Naishi und meine Freunde

Wir hatten in unserem ersten Jahr in unserem Geschäft sehr viel
gearbeitet und es war in jeder Beziehung ein erfolgreiches gewesen. Nun begann der Wind sich langsam zu drehen von Nord nach
Süd. Das heißt, daß die Regenzeit nah ist. Es ist immer wieder ein
Kampf des Windes. Zuerst kommt er konstant von Nord, dann
kommt er kurz von Ost und dann von Süd, um jedoch über Nacht
wieder von Nord zu blasen. Ende März fängt der Wind mit diesem
Drehspiel an, das bis Ende April dauert, bis er wirklich von Süden
kommt und nun beginnt die Regenzeit. In dieser Zeit entschloß ich
mich, erstmals nach Hause zu fliegen. Ich wollte den Sommer in
Bayern verbringen. Den kleinen, nun schon halbhohen Naishi, sollte
ich mitnehmen, denn meine Söhne waren schon abgereist. Es war
touristisch schon ziemlich leer an der Küste und ich rechnete mit
keinem Gewinn von meinem Geschäft, das ich offenlassen wollte.
Mohamed sollte nur die Miete, die Gehälter und die anderen anfallenden Kosten erarbeiten und zudem sollten alle nacheinander in Urlaub gehen. Die Kollektion hatte ich für die Regenzeit noch ergänzt.
Es war Naishis erste Reise nach Deutschland und es mußte ein Paß
für ihn besorgt werden, zu dem auch ein Foto erforderlich war. Als
ich endlich den lustigen Hundepaß in Händen hielt, forderte ich bei
der Fluggesellschaft einen Käfig an, den das Flugzeug, mit dem wir
flogen, mitgebracht hatte. Als er dann darin saß und ganz traurig
zu mir sah, zog ich ganz spontan einen meiner Schuhe aus und gab
ihn ihm, damit er wenigstens etwas von mir dabei habe, auf seinem
langen, einsamen Flug. Ich vergewisserte mich, daß die Box, in die
der Käfig gestellt wurde auch beheizt war. Ich hatte schon davon

gehört, daß Hunde in Flugzeugen erfroren waren, weil die Box, die im Frachtraum steht, in dem Minusgrade sind, vergessen worden war zu beheizen. Während des Fluges fragte ich immer wieder nach Naishi und in Peterfurt erinnerte ich, daß er entladen würde, da das Flugzeug noch weiter flog. Ich mußte auf ihn in der Halle, wo die Gepäckförderbänder sind, warten und es dauerte viel zu lange. Endlich kamen zwei Männer, die den Käfig trugen. Es war ganz still darin und Naishi kauerte am hintersten Ende desselben. Erst als ich die Türe öffnete und immer wieder Naishi rief, kam er und freute sich so sehr, wie ich es nicht beschreiben kann. Er sprang immer wieder an mir hoch und schnappte nach mir, bis ich selbst am Boden saß. Nun konnte er endlich seine Pfoten auf meine Schultern legen und seine feuchte Nase war überall, um mich zu stupsen und sein lautes, freudiges Jaulen war herzzerreißend und hallte durch die Gebäude. Ich war nun schon barfuß gewesen, weil ich doch einen meiner Schuhe Naishi gegeben hatte, während der andere in meiner Handtasche war. Nun saß ich auch noch am Fußboden in der Ankunftshalle des Peterfurter Flughafens und mein doppelreihiges weißes Kostüm, das Mohamed für mich für meinen ersten Heimflug genäht hatte, sah schon fürchterlich aus. Um uns herum standen viele Leute, die sich sicher nicht erklären konnten, daß ein Hund und eine Frau sich so sehr, und alles um sich vergessend, freuen konnten. Diese Szene machte mir klar, daß ich den Anschlußflug nach München, der schon gebucht war, stornieren mußte, denn ich konnte Naishi nicht ein zweites Mal in einen Käfig sperren. Er ging keinen Schritt. Er war an der Küste von Afrika geboren und aufgewachsen. Er kannte keine Glastüren, keine Rolltreppen, kein Metall, keine riesigen Hallen. Ich mußte ihn also tragen und mein Gepäck schob ich in einem Wagen vor mich her. Meine Schuhe hatte ich wieder an, obwohl Naishi sehr heftig mit dem einen gespielt haben mußte und so gingen wir zu den Schaltern für Autovermietungen. Hier wurde jedoch ein Führerschein von mir verlangt, den ich nicht vorweisen konnte. Man hatte zwar Mitleid mit mir und meinen eng an mich gepreßten, zitternden Naishi, aber man schickte mich zur

Flughafenpolizeistation. Nur wer den Peterfurter Flughafen kennt, weiß, welche Wege wir zurücklegten. Hier erhielt ich, nachdem man sich über meinen Führerscheinbesitz Auskünfte eingeholt hatte eine Bescheinigung, mit der ich, nachdem ich wieder den weiten Weg zu den Schaltern zurückgegangen war, ein Auto ausgehändigt bekam. Endlich konnten wir losfahren. Naishi auf meinem Schoß und niemand soll denken, daß er nicht auch die ganze Zeit meines Aufenthaltes in Deutschland in meinem Bett geschlafen hat. Zunächst erschien seine Wildheit gebrochen, er befand sich in der sanftesten Phase seines Lebens und wahrscheinlich hätte er sich gewünscht, ein Schoßhund zu sein. Doch es dauerte nicht lange und er war wieder er selbst. Sein Wille setzte sich wieder über alles hinweg. Dank seiner großen Kraft gab es weder Grenzen noch Zäune für ihn. Er schien nicht einmal irritiert von der kleinen Welt, in der er sich nun befand. Nein, er ignorierte alle vermeintlichen Hindernisse und schaffte sich das große, freie Leben, als wäre er an der Küste in Kenia. Das heißt, er lebte in allen Gärten unserer verständnisvollen Nachbarn. Anka, die hübsche Schäferhündin, mit der er sich damals angefreundet hatte, drei Gärten weiter, träumt wahrscheinlich heute noch von dem schönen Kraftvollen, der auch sie lehrte, Hindernisse nicht zu akzeptieren, was auch sie heute noch tut. Naishi hatte gezeigt, daß er glücklich war und daß er zum Glück Freiheit brauche, daß Freiheit Frieden sei und daß es dazu keiner Grenzen und Zäune bedarf. Aber außer Anka hatte dies niemand gemerkt. Der bedauernswerte Briefträger allerdings mußte Naishi damals die Affen, die Möwen, die Fische, die Afrikaner und den Leguan ersetzen. Irgendwann drang in dieser Zeit die Nachricht zu mir durch, daß die Miete für unser Njumba Ndogo nicht bezahlt sei und das Weiterbestehen des Mietvertrages in Frage gestellt sei. Ich erschrak sehr, denn ich durfte das Haus, dieses glückliche kleine Haus am Meer nicht verlieren. Nirgendwo anders würde es ein Njumba Ndogo geben, dachte ich, was sich viel später auch bewahrheitete.

Freundschaften darf man nur in Notfällen belasten und ich entschied mich, daß dies einer war. So rief ich in meinen Zuhause in

Kenia an, so wie sie es mir schon so oft versichert hatten. Ich sprach zu Sultan, mitten in den orientalischen Hof in Kenia hinein. Ich erklärte ihm meine Sorgen und er versicherte mir, daß er alles in Ordnung bringen werde. Das hieße, er werde die Miete bezahlen und mit den Engländern sprechen. Er wußte, wie sehr ich an diesem Haus hing und es war nicht einmal schwer für ihn, mich vollkommen zu beruhigen. Und es klärte sich wirklich alles auf.

Es gab damals nur langwierige Banküberweisungen und es gab kein Western Union. Es hatte in diesem Jahr eine sehr heftige, langanhaltende Regenzeit eingesetzt und das Dach des Njumba Ndogo hatte sich als nicht dicht erwiesen. Es regnete fürchterlich und Mohamed hatte entschieden, all unsere Sachen, die Maschinen, die Kollektion und die Stoffe, sowie die Möbel in Sicherheit zu bringen, da während des Regens das Dach nicht repariert werden konnte. Er brachte alles in den Turm, in dem ich damals wohnte und da dieses Haus nicht gewerblich genutzt werden durfte, stellte er die Näherei ein. In seiner ihm eigenen, scheuen Art, hatte er allerdings weder mit dem einen Besitzer über das Problem des Einregnens gesprochen, noch mit der anderen Besitzerin, ob er nicht doch hätte, wenigstens allein, nähen können.

Naishi erkannte, als wir zurückkamen seine Heimat wieder und ich auch. Mohamed erzählte mir von einem großen Auftrag. Wir hätten das Hochzeitskleid und den Hochzeitsanzug für Helen und James und einen großen Teil der Kleider der Gäste zu nähen. Helen war eine deutsche „Frau Doktor" und James ein Afrikaner, der Hotelmanager war.

So nähten wir, bis das Njumba Ndogo repariert war, im Turm. Ich hatte Carol erzählt, daß Mohamed und ich nähen würden. Täglich holten wir jedoch einen Schneider mehr, denn wir hatten sehr viel Arbeit. Die Schneider benützten einen kleinen Fußweg durch den Busch hinter dem Turm, damit Carol sie nicht sehen konnte und zum Schluß nähten wir mit voller Besetzung. Wir hatten uns eingeredet, daß sie es nicht merke, ich glaube aber, sie hatte es doch gemerkt. Mohamed hatte später mit mir abgerechnet gehabt und es war sogar noch Geld übriggeblieben. Einen großen und schmerzlichen Verlust hatte ich jedoch. Es war ein Kleid, das er verkauft hatte, was er mir freudig mitteilte. Dieses Kleid war ein italienisches Modell, das mir Isabella geschenkt hatte und auf das ich besonders stolz war. Ich hatte es erst einmal zu einer Party getragen. Aus Gründen, die mir bis heute unklar sind, hing es im Geschäft.. Mit dem italienischen Designer wollte ich mich immer identifizieren, was er mir verzeihen möge. Meine Mode war seiner ähnlich, nicht zuletzt deshalb, weil ich sie oft zumindest im Detail kopierte. Mode ist ein einziges Kopieren, sagte einmal ein namhafter Designer zu mir.

Die Hochzeit

Die Hochzeit fand in einer kleinen, kleinen Kirche statt. Der Pfarrer im Busch war ein Deutscher. Er hielt seine Predigt in deutsch und swaheli für die Braut und ihre Gäste und für den Bräutigam James und seine Gäste und leise spielte ein Schubert-Thema, das schon zur Taufe Helens in Deutschland geklungen hatte.

Ich hatte nicht nur das Kleid genäht, ich hatte auch die schönen langen, glatten Haare gekämmt und gesteckt und den Schleier drapiert; ich hatte den üppigen weißen Rock des Kleides noch einmal aufgebauscht, der die schmale Taille so sehr betonte; ich hatte über alles pinkfarbene kleine Seidenröschen „geworfen"; so hatte es wirken sollen und es tat es auch, ich hatte Helens blassen Teint mit sanfter Schminke unterstrichen. Und ich hatte ihr als erste gesagt, wie schön sie sei, worin später der ebenholzfarbene Bräutigam mit einstimmte, als er sie sah. Sein Hemd war auch aus unserer Werkstatt zusammen mit der pinkfarbenen Schleife und dem gleichen Kummerbund und er gab ein nicht minder schönes Bild ab. Ich hatte auch die Outfits für die Brautmutter und Tante genäht, sehr sorgfältig und sehr schön und dennoch dominierte in der interessanten Hochzeitsgesellschaft, nach dem Brautpaar, die Mutter des Bräutigams, die die Tracht ihres Stammes aus dem Hochland trug. Sie war in aparte, dekorativ drapierte Tücher gehüllt und trug einen ebensolchen Turban. Sie war ein Blickpunkt in ihrer glänzend schönen Schwärze. Irritiert hatte sie den Klängen der Schubert-Melodien in der Kirche zugehört.

Auf der Terrasse des Hotels, in dem James Manager war, traf sich anschließend die Gesellschaft zu einem Büfett. Später kam George zur Welt, das Kind dieses aparten Bundes. Er war ein Bilderbuchkind geworden. Durch Helens extrem glattes Haar hatte sich das

Kräuselhaar des Vaters nur, zu äußerst schönen, Stocklocken durchsetzen können. Ebenso konnte der blasse Teint Helens den dunklen des Vaters zu einer Hautfarbe abmildern, von der wir träumen. Er wurde ein auffallend schönes und ein auffallend intelligentes Kind, das viersprachig aufwuchs und all diese Sprachen schon zum Zeitpunkt des normalen Sprechenlernens beherrschte. Während er mit seiner Mutter deutsch sprach, tat er es mit seinem Vater in englisch und mit seiner Nurse in Swaheli und zudem lehrte ihn sein Vater gleichzeitig die Sprache seines Stammes. George erregte wegen seiner Schönheit, seiner Intelligenz und seines natürlichen, großen Selbstbewußtseins soviel Aufsehen, daß es übertrieben klänge, dies zu schildern. Früh schon besuchte er eine renommierte Vorschule in Mombasa, die Coast Academy, und es kam vor, daß er mit mir nach Hause fuhr. Immer verließ er die Schule mit irgendwelchen auffälligen Attributen, die er dort gebastelt hatte. So saß er hinter mir und hatte eine hohe, rote Krone auf seinen umwerfenden Locken, als auf der Fähre ein Laster vor uns in vollkommenem Rauch und Qualm stand. George hatte mir lebhaft von seiner Schule erzählt und beschäftigte sich mit Getränken und Obst aus seinem bunten Rucksack, als seine faszinierenden Augen mich im Rückspiegel fragend ansahen. Auch er hatte den Rauch bemerkt und in seiner verblüffenden Intelligenz erzählte er mir ungefragt, daß er nicht schwimmen könne.

Alle meine Gedanken drehten sich um Georges Rettung und darum, daß er für diese Aktion doch ziemlich groß für mich war. Ich wollte mich von allem Wichtigen, was ich bei mir hatte, trennen, nur George wollte ich retten und ich hoffte, daß ich ihn Dank seiner Intelligenz beeinflussen konnte, nicht panisch zu werden. Der Qualm hatte sich verstärkt. Auffallend war die bereits lethargische Ruhe der anderen, die allerdings ja auch ich ausstrahlte. Daß sie jedoch besser ist als in Panik auszubrechen, zeigte sich. Wir erreichten die andere Seite und niemals war mir eine Fahrt über diesen Meeresarm so entsetzlich lang vorgekommen. Nach Jahren saß fast die gleiche

Gesellschaft wieder auf dieser Terrasse, anläßlich einer Geburtstagsfeier zusammen. Diese konnten sich beim ersten Mal nicht
wirklich und nicht, jeder mit jedem, verständigen. Nun wurde von
George übersetzt, bis hin zu allen Feinheiten, die seine Oma aus
Deutschland, die nicht englisch sprach, seiner anderen Oma aus dem
fernen Stamm sagen wollte. Er war faszinierender Mittelpunkt dieses kosmopolitanen Gemisches.

Versuche nie
Afrika zu ändern

Das Meer

Das Meer ist alles, es ist gewaltig, es kann unberechenbar, es kann zerstörerisch sein und es kann sein wie eine schmeichelnde Umarmung.

Ganz am Anfang unserer Zeit in Kenia kam die Frau eines englischen Hochseefischers zu Peter und Thomas. Sie hatte ein Funkgerät in der Hand und ihr Mann, der draußen auf dem Meer war, teilte einen gewaltigen Wassereinbruch in seinem Schiff mit, den ein Sailfisch verursacht hätte. Nun bat sie die beiden, nach ihm zu sehen. Sie mußten ihn suchen, denn sie hatten selbst zu dieser Zeit noch kein Funkgerät.

Ich erinnere mich, wie sie den Sound der Motoren aufheulen ließen und das Powerboot auf der langen Leine seiner eigenen Bugwelle davonraste. Schnell waren sie hinter dem Riff verschwunden und meine Blicke verloren sich in der Unendlichkeit.

Sie kamen wieder und ich weiß nicht mehr, wie lange es gedauert und wie lange ich am Strand gesessen hatte. Sich überschlagend teilten mir die beiden Jungen, die sie damals noch waren, mit, daß der Engländer ihre Hilfe, sein Boot abzuschleppen nicht angenommen habe mit der Erklärung, ein gerettetes Boot würde immer dem Abschleppenden gehören. So stehe es im internationalen Seerecht. Alle Beteuerungen meiner Söhne, von diesem keinen Gebrauch zu machen, halfen nichts. Er hatte das große Loch so gut es ging, zugestopft und die ganze Besatzung schöpfte und sei es mit den Händen. Ganz langsam kam das große Boot nach langer, langer Zeit ans Ufer. Peter und Thomas hatten es jedoch immer wieder beobachtet und aufgesucht gehabt. Ich hatte oft am Ufer gesessen und suchend in die

Ferne gestarrt. Sei es, als Peter sich bei einer besonders rasanten Fahrt mit dem Glastronboot überschlug, was Ali, unser wachsamer Angestellter beobachtet hatte und es sogleich aufgeregt mitteilte. Hierbei war schlimmer, daß Ali mit seinen wahnsinnig scharfen Augen gesehen hatte, daß Peter unter das gekenterte Boot gekommen war und wer wußte, ob er sich dabei nicht verletzt hatte. Und die schnellste Möglichkeit war, daß Thomas zu der Stelle surfte, was er auch tat. Meine bangen Minuten am Ufer konnten jedoch erst nach viel zu langer Zeit zerstreut werden.

Sei es, als ich einst nach Hause kam und Swale, unseren Koch am Strand stehend vorfand, mir mitteilend, bei Sturm und einem peitschenden Meer, daß Thomas seit Stunden surfe, er ihn jedoch nicht mehr sähe. Wir starrten nun beide auf das graue, wildbrodelnde Naß und der Wind riß an unseren Köpfen. In solchen Situationen wird man stumm und alle Sinne gipfeln sich in einem. Adlerscharf drangen meine Augen in die Unendlichkeit, doch sie erspähten nichts. Auch Swales Blick, der mich von Zeit zu Zeit traf, zeigte keinen Erfolg an. Plötzlich sah einer von uns, oder vielleicht beide in einem Wellental für einen kurzen Moment, einen pinkfarbenen Schimmer. Thomas hatte ein pinkfarbenes Segel. „Das Herz sieht weiter, als das Auge", sagt ein afrikanisches Sprichwort und mein Herz muß die schlaffen Zeichen des sonst so schönen, prallen, pinkfarbenen Segels, daß immer so steil im Meer stand, gefunden haben. Die grelle Farbe hatte sich vermischt mit dem aufgewühlten Grau des Meeres. Mein Gott, das Segel schlaff schwimmend im Meer! Meine Gedanken möchte ich hier nicht schildern, nur, wie ich wieder die ganze Kraft all meiner Sinne in die Augen schickte, damit sie deutlich, deutlich, sehen können und ich sah seinen Kopf, seinen blonden Kopf, dem auch das Meer sein Leuchten genommen hatte. Weit hinter dem Riff war sein Mast gebrochen und er hatte es geschafft, nicht nur sich, sondern auch seine ganze Ausrüstung zu retten.

Thomas begann später selbst Boote zu bauen, denn das Glastronboot war ein Cabriolet und konnte nur wenig Taucher mit ihren Ausrüstungen aufnehmen. Diese Boote nannte er nicht zu Unrecht

Speedboote, denn er hatte sie mit den entsprechenden Motoren bestückt. Ich erinnere mich an den Bau des ersten Bootes. Immer wieder wurde Holz aus der indischen Sägemühle in Mombasa gebracht und an dem Boot wurde heftig gebaut. Just als es fertig war, erfreute die Ehefrau Salims, des Sägemüllers ihn mit der Geburt einer Tochter Nakija. Zur späteren Taufe des Bootes Nakija war auch das Mädchen Nakija mit seinen Eltern anwesend und blinzelnd verfolgte sie Thomas, als er den aufgebrachten Champagner aus der Flasche über den Bug des Bootes spritzte, dessen Namensgeberin sie war.

Seine Boote wurden immer bestechender. Erst kürzlich lief Maisha, was auf Swaheli Leben heißt, in langgezogener, weißer Eleganz vom Stapel. Es fährt mit bis zu achtzig Personen nahegelegene Inseln an.

Ich kam vom Nachmittagstee in einem Hotel nach Hause. Es war in der Regenzeit und Luft und Meer tobten. Barfuß ging ich am Saum des Strandes, den das Meer wild beherrschte, indem es seine schneidenden Ausläufer immer höher ans Ufer schickte. Diese Jahreszeit warteten meine Surfer-Söhne immer mit besonderer Ungeduld und Begeisterung ab. Es würden unsagbare Gefühle an Freiheit und Lust aufkommen, wenn man mit einem Surfbord mit den Wellen aus deren tiefsten Tälern in unglaubliche Höhen schieße, sagte Peter. Es sei ein Dialog mit der Natur, setzte er noch drauf in seiner Schwärmerei. Nun sah ich aber das für diese Verhältnisse viel zu kleine Boot Nakija auf dem gigantisch brodelnden Meer tanzen. Die Wellentäler waren so tief, daß es darin verschwand und ich sah es lediglich über die züngelnden Spitzen springen. Wie führerlos schien es von der Natur beherrscht. Ich konnte jedoch Thomas am Steuer erkennen, dessen helles Haar wie ein Boje weithin leuchtete.
Ich sah auch Peter darauf stehen, gekonnt die Unwirtlichkeiten ausbalancierend. Auch Peter war, nachdem er genußvoll mit seinem

Board in dem brodelnden Kessel verschwunden war, zu lange nicmehr gesehen worden, auch als man mit Gläsern das Meer abgesucht hatte und Thomas hatte die Leinen gelockert von Nakija zu dem Tanz auf dem Vulkan. Nachdem es nicht gelungen war, weder Thomas noch den Begleitenden irgend etwas von Peter zu sichten, war er in großen Karrees das Meer abgefahren. Endlich sahen sie fern im Bruchteil einer Sekunde etwas verwischtes, buntes, das sogleich wieder verschluckt wurde. Sie fanden ihn mit seinem gebrochenen Mast, dem zerrissenen Segel und dem kleinen Speedbord, das er sich in Hawaii hatte shapen lassen.

Aber ich sah sie beide auf dem wippenden Schiff und durch meine Abwesenheit, war mir das Wissen um die stundenlange Suchaktion erspart geblieben.

Es ist bei so einem Unternehmen sehr wichtig, daß man gute Kapitäne für die Boote hat. Natürlich ist Thomas selbst der beste, nachdem er Gelegenheit hatte das Meer in der langen Zeit seines Dort seins so gut kennenzulernen. Es waren nun drei Boote, die gesteuert werden mußten, denn es gab auch noch eine „Natalie". Es galt also sorgfältig nach Piloten zu suchen und diese auszuwählen. Nun war da Hassan. Hassan war schon ein Mzee, als er zu uns kam, ein alter Mann, der jedoch das Meer kannte wie kein anderer. Und wenn Hassan mit Booten voll von Leuten unterwegs war, dann war dies ein beruhigendes Gefühl, auch wenn sie länger ausblieben. Einmal weigerte sich Hassan mit einem Boot voll von Tauchern über das Riff zu fahren, weil ihm das Meer an diesem Tag zu gefährlich schien. Thomas österreichischer Tauchlehrer berichtete ihm von einem mißlungenen Tauchgang und meinte, Hassan sei nun wirklich zu alt, was seiner Meinung nach diese unberechtigte Vorsichtigkeit bestätige. Thomas kannte jedoch Hassan besser und schon länger und respektierte sein verantwortungsvolles Handeln. Nur kurze Zeit später an
diesem Tag nach Hassans Verweigerung ging die Meldung über die Küste, daß das Tauchboot eines anderen Unternehmens bei dem

Versuch das Riff zu überqueren, sich überschlagen hatte, daß sich alle auf dem Boot Befindlichen jedoch retten konnten, das Boot schwer beschädigt sei, die Motoren wegen des Eindringens von Salzwasser unbrauchbar und die Tauchutensilien verloren waren. Und unser Hassan war der Held der Küste.

„Versuche nie, Afrika zu ändern", Hassan war für mich stark wie Afrika. Hassan war phänomenal. Er sah so schlecht, jedoch er roch und spürte das Meer und seine Gewalt. Er respektierte das Meer genauso, wie das Meer ihn als einen Teil von ihm zu respektieren schien. Wenn er an die Küste zurückkam, bei inzwischen wenig gewordenem Wasser, bei Ebbe, dann standen links und rechts vorne auf dem Boot zwei junge Helfer seiner Crew, die ihm auf sensitive Weise zu hohe Korallen anzeigten, denen er ausweichen mußte, was er unglaublich gefühlvoll tat.

Einer dieser jungen Männer, Juma, ist heute selbst ein fähiger Kapitän geworden, dem es eine Lust ist, zuzusehen, wenn er mit aufheulenden Motoren sicher durch den flachen Korallengarten am Saum des Meeres sein Boote steuert, während Hassan behäbig und mit den Augen der anderen ebenso sicher ans Land kommt.

Ein tragender Pfeiler dieser Ausflugscrew auf den Booten war Hamisi, ein Koch, der zaubern und improvisieren konnte. Eines Tages brachte ihn, nachdem er einige Tage wegen Krankheit gefehlt hatte, sein Dorf zu Thomas getragen. Es kam wirklich ein Pulk von Menschen auf unser Grundstück, der im Kern etwas Schweres trug, dies war Hamisi. Er befand sich in einem entsetzlichen Zustand. In seiner Schwärze war er blaß und sein verzerrtes Gesicht war übersät von Schweißperlen.

Sein Körper wölbte sich vor Schmerzen. Thomas ließ ein Krankenauto kommen und eine Operation rettete Hamisi. Nach seiner Genesung feierte sein Dorf ein Fest, an dem Thomas mit all seinen Angestellten teilnahm.

Nun war eine neue Tauchdimension angebrochen. Pemba und Sansibar waren im Gespräch und wie das Wasser im Pemba Chanell tiefer ist als anderswo, so sind seine Bewohner größer als ihre Artgenossen anderswo. Und ich hörte nun Thomas erzählen „Napoleonfische as big as a golf cabrio" und „Georginen" so groß wie eine deutsche Eiche".

Das Tauchen in Pemba sei grandios, sagte er und „bei ruhigem Wasser sind wir in zwei Stunden dort". Pemba ist, eine Tansania, vorgelagerte Insel.
Zwischen dem Festland und der Insel liegt der Pemba Channel „eine geologische Spezialität, die den flachen Meeresboden in gewaltige Tiefen aufgerissen hat" erzählte er weiter.
„Die Strände an der Westküste Pembas schweben über diesen Abgründen" fuhr er fort. „Das Riff um Pemba ist immer wieder unterbrochen von Durchfahrten, die Gaps heißen und wenn hier bei steigender Flut das Wasser mit Karacho durchströmt, dann ist der Teufel los. Teufelsrochen oder Barakudas stehen dann hier in dichten Trauben und warten, daß ihnen das Futter ins offene Maul schwimmt.
Ich verstand, daß dies faszinierende, abenteuerliche Ausflüge waren, die vorbereitet wurden, indem die Boote lange vor ihrer Abfahrt sorgfältig beladen wurden mit großen Kühlkisten voller Verpflegung und Getränken, mit Körben voller Obst und Gemüse. Wenn dann die Bootscrew auf dem Boot war und die Köche und ihre Helfer, dann bestieg auch Kurt das Boot, der Basisleiter, der wegen seiner attraktiven kurzen Haare ein Tuch kunstvoll wie ein Pirat um seinen Kopf geschlungen hatte und auch Werner, der smarte Tauchlehrer mit der Gitarre, kam noch hinzu und die Tauchassistenten. Vor ihnen lag eine Fahrt voller Neuentdeckungen und Abenteuer und das Speedboot entfernte sich dem Süden zu und es dauerte gar nicht lange, dann hatte das Meer es verschluckt.

Gari a Moshi

Das rauchende Auto heißt die Eisenbahn heute und früher nannten ihn die Einheimischen die eiserne Schlange.

Thomas hatte die Idee mit dem Gari a Moshi, der legendären Eisenbahn von Mombasa nach Nairobi zu fahren. Die Feudalbahn mit den silbernen Wasserhähnen aus der Kolonialzeit, mit der auch Tania Blixen fuhr, ist es nicht mehr. Diese steht in einem Museum. In dem rollenden Doppelzimmer heute gibt es auch einen Wasserhahn zu einem Waschbecken, der jedoch nur noch silbrig glänzt. Es gibt auch zwei rote Plüschbänke und einen Garderobenschrank in den sauberen Abteilen.

Um 19 Uhr verläßt das Gari a Moshi den Bahnhof in Mombasa, um um 9 Uhr am Morgen in Nairobi anzukommen. In der Zwischenzeit hat man fünfhundert Kilometer zurückgelegt. Die Geschwindigkeit hat sich nicht von der der Jahrhundertwende verändert.

Langsam füllte sich der Zug, der schon Stunden vorher bereitstand. In Afrika gilt, daß nur Diebe laufen, man läuft also nicht und es gibt keinen Grund, hier erst in letzter Minute anzukommen. Ich las meinen Namen außen am Wagen zusammen mit dem einer Mrs. Wanjeri.

Als ich das Abteil betrat, war Mrs. Wanjeri bereits da und sie begrüßte mich freundlich. Genüßlich saß sie auf einer der rotgepolsterten Sofas und hielt ihr erhitztes Gesicht dem sich heftig drehenden Ventilator entgegen. Thomas hatte mit Tiziana ein entferntes Abteil belegt und wir hatten verabredet, uns im Speisewagen zu treffen.

Es war angenehm, sich nach der Fahrt in die Stadt zu erfrischen und da der Zug sich gleich nach unserem Eintreffen gemächlich in Bewegung setzte, sahen wir uns sogleich wieder. Die weiß gedeckten Tische erinnerten gewiß an das Vorbild aus der Kolonialzeit und auch die Ober mit dem ausgleichenden Gang von Matrosen und den weißen, weißen Jackets. Wir saßen vor Bergen von Essen und verwickelten uns gleich wieder in lustige Gespräche, in das sich auch andere Reisende einflochten. Nach dem zweiten Whisky saßen wir in dem wirklichen Zug von damals und die Ober legten uns von silbernen Tabletts das Essen mit ihren weiß behandschuhten Händen vor. Wir rollten durch die afrikanische Nacht und das gedämpfte Licht erhöhte das abenteuerliche Ambiente.

Als ich in mein Abteil zurückkam, war aus der herausgezogenen roten Bank ein weißbezogenes Bett geworden und Mrs. Wanjeri schlief bereits in dem ihren. Es wurde eine zuckelnde Nacht und man gewöhnte sich an das Pfeifen der Lok und an das geräuschvolle Wassertanken. Es war, als läge man in einem Boot, das in der Dünung hin und her schlenkert.
Von dem Wechsel der Landschaft nimmt man in der Dunkelheit nichts wahr. Man verläßt unbemerkt die üppig grüne Küste, um das Braun der Savanne zu durchfahren. Von Zeit zu Zeit sah ich halbwach durch das Waggonfenster in den funkelnden Sternenhimmel, um jedoch gleich wieder in den Schlaf geschaukelt zu werden.
Xylophonklänge weckten uns auf zum Frühstück und während wir uns wieder trafen, bei frischem Kaffee, Toast, Spiegeleiern und knusprigem Speck, zogen Gazellen und Zebras vorbei, die der dunklen Wolken wegen aussahen, wie hingehaucht. Plötzlich ertränkte ein heftiger Gewitterregen die Szene hin bis zu den fernen Hügeln. Ein Regenbogen spannte sich anschließend über das weite Land und setzte es strahlend in Szene. Es war ein wunderschönes Schauspiel, das wir bei dampfenden Kaffee um so mehr genießen konnten. Das Land dampfte nun und wie an ein langes Band aufgereihter, exotischer Tiere zockelte die Bahn an die schnell wieder hervorgekommenen entlang, die sich während des Gusses ganz plötzlich irgendwo versteckt hatten.

Es war der erste Regen gewesen. Das Land war ausgetrocknet und auch die ganze Küste wartete auf die Ration warmen Regens, die der

Gott Mungo regelmäßig sandte. Endlich erreichten wir den Bahnhof von Nairobi, der Stadt mit den tausend Gesichtern, der, plaziert inmitten eines Ortes von natürlichem Reichtum auch einen Schmelztiegel an Rassen angezogen hatte.

Um die Jahrhundertwende, als die Vermessungsingenieure der Eisenbahn von Tansania nach Uganda nach dort kamen, war ihnen der Ort, an dem nach der langen, trockenen Savanne endlich Wasser vorkam, gerade recht, um hier eine Station zu planen. Und tatsächlich entstand aus zunächst kleinen Ansiedlungen die Hauptstadt des Landes, Nairobi. Die Massai allerdings, die behaupten, daß das Wort „Nairobi" ihr Wort sei, für den Ort „des kühlen Wassers", wurden daraus vertrieben und aus diesem Ort wurde Nairobi, die grüne Stadt in der Sonne.

Luxus ist nicht das Gegenteil von Armut
sondern von Gewöhnlichkeit
Coco Chanel

Meine schönste Modenschau

Ein Hotel an der Nordküste engagierte mich, um eine Modenschau als Sylvestershow vorzuführen. Mir wurde dafür eine Gage angeboten und es war erstmalig für mich, daß ich für eine Vorführung, in der ich für meine Mode warb, auch noch Geld bekam. Es wurde uns auch der Transport zugesagt, ebenso ein anschließendes Sylvesterdinner für alle Beteiligten. Allerdings dachte ich auch daran, daß ich mir in diesem Fall keine Pannen leisten konnte, wie sie sich bis jetzt immer wieder bei Shows eingeschlichen hatten. Als allererstes entwarf ich einige neue, topaktuelle Highlights für die Kollektion. Ich gab Regenschirme aus Makuti in Auftrag, die ich mir besonders attraktiv vorstellte, unter welchen ich die Mode für die Regenzeit vorführen lassen wollte. Ich verhandelte mit einem Schuhgeschäft in Mombasa, die Schuhe, gegen entsprechende Publicity zur Verfügung stellten. Gott sei Dank war Ann noch an der Küste, die das Frisieren und das Schminken so hervorragend beherrschte. Josef strich unseren ganzen Hutbestand mit Lackfarben in den neuesten Modefarben an. Ich leitete Zaina an, kunstvolle Blumenarrangements aus Seide herzustellen, ebenso neue Schmuckvariationen aus Muscheln. Neben unserem Schmuck hatte ich jetzt auch kleine Abendtäschchen und Gürtel hergestellt. Ich sichtete speziell die Ledergürtel für die Safarimode, die ich ergänzte. Hierzu gab es Julius, einen Lederkünstler aus Malindi, der Gürtel mit den Designs aller wilden Tiere herstellte, die er kunstvoll darauf malte.

Ich kaufte Schminke und Parfums, wobei ich die Duftnoten in der Altstadt mischen ließ. Ich suchte sorgfältig Helferinnen für das Umkleiden aus. Ich verhandelte mit den schönsten Models. Dies war Isabella, für mich die ewig junge, bezaubernd schöne, Sofia Loren. Es war Simonetta, eine italienische Kollegin und Freundin Isabellas, die den damals total neuen Typ Frau verkörperte, mit dem Porzellangesicht, das effektvoll mit scharfen Konturen und kräftigen Farben geschminkt war. Sie hatte eine äußerst attraktive, mahagonifarbene Kurzhaarfrisur. Auch konnte ich Ashiana wieder gewinnen, die junge Inderin, die ein Naturtalent war. Sie verkörperte die scheue, auffallend anmutige Inderin. Narriman war Ashianas große Schwester, sie war ein Model, das in England arbeitete, war jedoch über Weihnachten und Neujahr zu Hause und auch sie war bereit, bei meiner Show vorzuführen.

Ebenso Terry, die süße Afrikanerin, die wie Ashiana ein natürliches Talent besaß und rührend naiv ihre Modelle vortrug. Ich war noch mit Leila in Kontakt getreten, das Model aus Nairobi, das ich nicht kannte, das mir jedoch wärmstens empfohlen worden war. Ich hatte vier Kinder zur Verfügung, ein afrikanisches, ein europäisches und zwei indische. Ich hatte Blumenkörbe und Kränze und ganz reizende kunterbunte Kleidchen und Anzüge hergestellt. Shaban hatte einen Tag lang alle Stücke sorgfältig gebügelt und alle Modelle an eine lange Stange gehängt.

Ich hatte beschlossen, auch Mohamed mitzunehmen, mit Nadel und Faden und mit einem Bügeleisen. Wir stellten auch unseren großen Spiegel bereit. Ich selbst hatte für mich ein kornblaues, kurzes Seidenkleid vorbereitet, das Mohamed genäht hatte. Am Vormittag des Sylvestertages holte Josef die große Schachtel mit den Schuhen in Mombasa ab und als am Abend der große Hotelbus vor unser Haus kam, waren alle versammelt und alles, was wir mitnehmen mußten, stand bereit. Die lange Stange mit den Kleidern, die abgedeckt waren, trugen Mohamed und Josef und sie wurde behutsam im Mittelgang des Busses aufgehängt. Die anderen Kartons mit den Hüten, Taschen, Gürteln, Blumen, Schmuck, Schminksachen etc. wurden auch verstaut und ebenso der große Spiegel. Als wir endlich losfuhren, versank die Sonne gerade am Horizont in einem atemberaubenden Farbenrausch und wie immer deutete ich solch überwältigenden Wahrnehmungen als gutes Omen. Deshalb versetzte mich die Feststellung nach eineinhalbstündiger Fahrtzeit, daß wir die Schachtel mit den Schuhen nicht dabei hatten, auch nicht in Panik. Es liegt in meinem Naturell zu denken „es geht alles weiter" und als ich wegen der vorangeschrittenen Zeit auch noch akzeptieren mußte, daß Leila einfach nicht gekommen war, dachte ich, wenn dies die Pannen sind, die meistern wir. Auch Ann, meine große Stütze, war plötzlich nicht mehr da, als ich anfing, im Umkleideraum zusammen mit Mohamed und den Helferinnen die Dinge aufzuteilen und für jedes Model bereitzustellen. Plötzlich tauchte Ann jedoch wieder auf, zusammen mit einem wunderschönen Mädchen. Sie hatte eine hinreißende Figur, war groß und hatte blondes, glattes, langes Haar. Genau der Typ, der uns eigentlich noch gefehlt hatte. Ann war einfach losgegangen, um ein Mädchen zu suchen und sie hatte sie im Speisesaal gefunden. Sie hatte erstaunlich gehandelt und Petra, so hieß ihr Fund war auch bereit, für Leila einzuspringen. Es war nun nur noch das mit den Schuhen und ich hatte auch bereits eine Idee, die nun jedoch Isabella aussprach „wir gehen alle barfuß" und Ann hatte schon einen traumhaften Lack in der Hand, den sie hochglänzend auf alle Nägel strich.

Die Show wurde ein voller Erfolg. Sei es, als Terry, Ashiana und Isabella, alle in grau/gelb, jedoch in verschiedenen Modellen zu „I'm singing in the rain" mit ihren übergroßen Schirmen, den für die zarte Terry ein danebenlaufender Boy trug, die Regenzeitmode vorführten. Sei es, als Simonetta in kühler Eleganz zur Titelmelodie von „Out of Africa" als lebendiges Abbild von Tania Blixen erschien, gefolgt von Narriman und Petra in unseren exclusiven Safarimodellen mit den Original-Safarihüten, die Juma aus Palmenblättern geflochten hatte und die unverschämt gut aussahen. Es war vollendet! Auch die Gruppe der Kleinen mit den niedlichen Kleidchen und Hütchen und den entzückenden Anzügen, die duftige

Bougainvilleblüten verstreuten, erhielt unglaublichen Beifall. Meine Euphorie steigerte sich und schien sich auf alle zu übertragen. Zwischendurch kam Rangid, der Sohn des Hauses mit einem Tablett mit Gläsern voll Sekt. Auf ein gutes Gelingen brauchten wir jedoch nicht mehr anzustoßen, nur noch auf das gute Gelingen. Stevy Wonders „I just call to say I love you" tönte, als Isabella, Petra, Terry und Simonetta in umwerfender Bademode erschienen, die nach dem allmählichen Ablegen der dazugehörigen, verhüllenden Stücke in bezaubernde Bikinis gipfelte. Sie trugen die Hüte dazu, die Josef pastellfarben gestrichen hatte. Hamisi und Rhama liefen dazwischen in den Pro Wear Shorts und Westen, die meine Söhne herstellten und hatten zu dem türkisfarbenen Outfits spielerisch kleinste Starkwindsurfbretter bei sich. Hosen, Röcke, Shorts, Bermudas, Shirts, Jacken, Blusen, Tops, Hüte, Tücher, Gürtel, alles paßte zu allem, alles in den verschiedensten Farben jedoch Ton in Ton zum Kombinieren, dies war das nächste Bild und Flashdance spielte.

Mein Gott, welch ein Anblick, alle übertrafen sich und ich mußte zugeben, meine Mode war wunderschön. Ich dankte in diesem Moment allen, die die schönen Dinge genäht hatten, Mohamed, der sie zugeschnitten hatte, den Indern in den Geschäften, die diese phantastischen Stoffe anboten, allen, die mir halfen und den überwältigenden Mädchen, die meine Mode so eindrucksvoll präsentierten. Auch den beiden aparten, ebenholzfarbenen, jungen Männern und nicht zuletzt den hübschen Kleinen. Ich dankte und bewunderte Ann, die eine Meisterin war, die wirklich zauberte und nicht umsonst Friseuse und Visagistin einer bekannten Meisterin in Hamburg gewesen war. Ich dankte auch Josef, der wie ein stiller See war, in dem alles um ihn herum versank.

Es kam noch so vieles, bevor das letzte Bild vorgetragen wurde. Es war schwarzweiße Mode für den Abend. Natürlich waren es wieder herrliche Dinge, sei es der schwarze Hosenanzug aus Seide, den die elegante Petra trug. Sie hatte die langen blonden Haare offen und den großen schwarzen Hut auf. Sei es das enge, weiße

Kleid, daß die rassige Narriman anhatte, mit der großen schwarzen Rose im Haar oder die zierliche Terry mit dem weiten, weiß-schwarz getupften Kleid und dem kleinen, weißen Hut auf. Die aparte Ashiana kam in einem engen, hochgeschlitzten, hochglänzenden Rock, zu einem kurzen Satinblazer. Ann hatte ihre langen Haare zu einem Kunstwerk aufgetürmt, das eine große goldene Spange hielt. Die sinnliche Simonetta trug weite, schwarzweiß gestreifte Hosen zu einer leicht taillierten, weißen Jacke unter einem weißen Riesenhut, der ihr klassisches Gesicht, um so klassischer erscheinen ließ. Isabella kam in einem weiten, weißen Baumwollkleid und ihre wippende, lange Lockenpracht zeigte bei ihrem temperamentvollen Vortrag einen tiefen, verführerischen Ausschnitt am Rücken. Ein Arrangement von mattschimmernden Röschen hing von ihrer Taille. Daß sie, wie alle, barfuß war, sah betörend aus. Life spielte „Blue spanish eyes" und das Publikum raste. Dazwischen wirbelten die vier Kinder wie gelbe Luftballons und sie warfen gelbe Francipanen ins Publikum. Hamisi und Rhama ebenfalls in schwarzweiß begannen zu tanzen, worauf alle alles Einstudierte sprengten.

Isabella und Simonetta boten, was sie in ihrer hohen Schule in Italien gelernt hatten und wahrscheinlich noch mehr, für Terry und Ashiana sprach ihre Anmut. Narriman sagte alles in der Sprache der kühlen, schönen Inderin und unser Findelkind Petra gab ein äußerst elegantes Bild ab. Als die Musik dem Ende zuging, wirbelte Isabella frech und charmant aus der Reihe, sie brach einen Zweig von einem Bougainvillestrauch ab, ging dann langsam mit dem Rhythmus der Musik zum Swimmingpool um verträumt stehenzubleiben. Sie hielt den halbausgestreckten Arm über das Wasser und ließ den Zweig fallen und die Musik verstummte.

Mwana Kombo

Mohamed erzählte mir, das Fatuma nun wieder ein Baby bekäme.
Es war das fünfte, wobei das erste, ein Junge tot und auch Halima,
das vierte, ein Mädchen, gerade erst gestorben war. Fatuma war
mit dem schwerkranken Mädchen noch mit dem Bus nach Ukunda
gefahren. Wie eine welke Blume hatte es an ihr gehangen und auf
der Heimfahrt habe sie Gott Mungo wieder zu sich geholt „er wollte
es so" sagte Fatuma tapfer. Nun hatten sie nur noch zwei Jungen,
Mohamed, der ein Abbild seines Vaters Mohamed war und Bakari,
der immer so schreckliche Angst vor mir hatte. Ich mag ihm wie ein
weißer Geist erschienen sein, denn er lief immer, wenn er mich sah,
schreiend zu Fatuma, drängte sich an sie und verbarg sein Gesicht
in ihren Tüchern und nur schwer war er zu beruhigen. Doch er konnte es nicht lassen, immer wieder zu mir zu sehen, um dann erneut
aufzuschreien.

Mohamed wohnte nicht mehr bei seinen Schwiegereltern, er hatte
sich selbst ein Haus gebaut. Es war ein Atriumbau aus Steinen und
die Fenster, Fensterläden und Türen waren blau angestrichen. Nur
die Küche, die an der einen Seite das Atrium abschloß ,war aus Lehm
gebaut und wenn die Sonne darauf schien, schien sie von innen zu
leuchten. Rings herum war ein Garten und im Innenhof spielte sich
das Leben ab.
Fatuma war eine zierliche, hübsche, junge Frau und wenn sie das
Haus verließ, dann hüllte sie sich in den schwarzen Bui Bui. Diese
Verhüllung macht immer wieder aus jeder Frau ein Geheimnis, sagte Mohamed. In Wirklichkeit erreicht sie eigentlich das Gegenteil
von dem, was sie erreichen soll, setzte er vielsagend hinzu. Wenn
man erlebt hat, mit welchem Schelm sie diese Verkleidung ablegen
und wie herausgeputzt sie darunter sind, dann muß man sie eigentlich beneiden, dieses Spieles wegen. Ich verstand Mohamed und
in der Tat Fatuma sah hinreißend aus, wenn sie das Haus verließ.
Unter dem seidig glänzenden Bui Bui sah man ihre grazilen Füße

in kleinen Riemchensandalen stecken und die rotlackierten Nägel standen in gelungenem Kontrast zu dem Braun ihrer Zehen. Bis zu den schmalen Fesseln gab die geheimnisvolle schwarze Woge die Füße frei, um den Rest von Fatuma knisternd zu verbergen. Erst ihr schöner, anmutiger Kopf kam wieder daraus hervor, mit den vielen vielen Zöpfchen, aus denen sich dennoch die widerspenstigen Löckchen kringelten. Schwarz hatte sie ihre Augen ummalt, die dadurch groß und fragend wirkten und der filigrane Ohrschmuck unterstrich ihre zarte Apartheit. Sie trug immer ihr letztes Kind mit sich, das Halima gewesen war, die nun nicht mehr lebte.

Und wirklich, gerade der Schleier umgab die Frauen mit einer Aura anziehender Weiblichkeit. Als wäre es ein Spiel, zogen sie mit ständig auf- und niederschlagenden Blicken ihre Männer in den Bann und beraubten sie der Sinne.

Doch bald war Fatuma wieder schwanger und zuletzt fuhr ich öfter zu ihr, um nach ihr zu sehen. Eines Abends, Fatuma schien völlig unverändert, nahm sie meine Hand und ging mit mir in ihr Schlafzimmer. Sie hob vom Boden ein winziges Bündel auf und legte es in meine Arme. Es war ein Kind. Es war so klein, daß es nur von meiner Hand bis zu meinen Ellbogen reichte. Ganz deutlich waren seine Augen geschminkt und es trug ein gemaltes Zeichen auf der Stirn. Ich konnte nicht glauben, daß es Fatumas Kind sei, weil sie doch völlig unverändert aussah. Sie sah immer noch aus, als sei sie hochschwanger. Aber sie sagte „dies ist mein Kind". Doch erst als alle es bestätigten, glaubte ich es. Es war Mwana Kombo und Fatuma wurde schnell wieder ganz schlank.

Wir hatten dann in unserer Schneiderei viele Dinge für Mwana Kombo genäht und auf einen gelben Strampelanzug aus Frottee stickte ich in grüner Farbe „Mwana Kombo". Wir nähten Hütchen und Kleidchen und sie sah aus wie eine winzig kleine schwarze Prinzessin. Ich stellte fest, daß welche Farbe ich auch für ihre Kleidchen wählte, jede kleidete sie.

Wenn ich zu ihnen kam, spielte sich immer dasselbe Spiel ab „Jambo" riefen alle im Chor „Habari" „Mzuri sana" „Hasante".

Es war die Begrüßungszeremonie. Es war ein Erlebnis Fatuma bei dem Zelebrieren des Lampenputzens zuzusehen. Es gab wenig in dem Haus, das geputzt werden mußte. Die festgestampften Lehmböden wurden gefegt. Fensterscheiben gab es nicht, Vorhänge ersetzten Türen. Die Toilette war hinter Palmenblätter verborgene Natur. Die Küche war ein lehmwarmes Haus, selbst wie gebacken in dessen Mitte des ebensolchen Fußbodens 3 Steine in einer kleinen Vertiefung lagen. Dies war die Kochstelle. Der Rauch verflüchtigte sich durch das Makutidach. Die rauchgeschwärzten Aluminiumtöpfe wurden nur von Zeit zu Zeit mit Sand geschruppt. Doch ein stolzer Besitz war eine verchromte Lampe, die mit Parafin betrieben wurde. Und jeden Abend, bevor es finster wurde, begann durch Fatuma die Zeremonie um diese. Sie holte sie aus ihrem und Mohameds gemeinsamen Schlafraum, wo sie tagsüber aufbewahrt wurde. Dann setzte sie sich grazil auf den Boden des Innenhofes und begann behutsam diese mit einem Tuch zu polieren. Es ist ein anderes dem Polieren von Händen zu folgen, die samtig und negre sind und es war noch ein anderes, wenn diese so zart und geschmeidig waren, wie die von Fatuma. Zum Schluß entfachte sie das glänzende Prunkstück und wandte sich dem Prozess des Kochens zu.

Dann brannte das Feuer in der Küche und es war immer eine Faszination, sich davor niederzulassen, um sich einfach in diesem zu verlieren.

Zuerst loderte es wild und ebenso kochte das Essen darüber in dem silbernen Aluminiumtopf. Doch dann wurden die Flammen immer kürzer und zuletzt schwelte nur noch eine Glut, die mehr und mehr im Weiß der Asche versank. Dann saßen sie bereits im Kreis auf der Matte am Boden, in deren Mitte der Topf stand, aus dem sie alle genüßlich aßen und Fatuma war dabei, den Kleinen behilflich.

Auf dem Weg nach Tiwi gab es ein einheimisches Lokal über dem German Beergarden geschrieben stand und einmal überfiel mich der Wunsch nach einer Radlerhalben und einem knusprigem Hendl. Ich setzte mich in den Garten und wollte mir diese Träume gönnen. Gleich nach meiner Bestellung hörte ich ein Huhn entsetzlich gackern. Ich maß dem jedoch in diesem Moment noch keine Bedeutung bei. Erst als ich schon über ein Stunde so da saß und den Ober schließlich nach dem Verbleib meines Essens fragte, erklärte er mir, daß doch das Huhn gerade erst geschlachtet worden sei, daß es nun erst zwei Stunden kochen und dann, da ich dies doch gewünscht hätte, noch gebraten werden müsse.

„You know Hakuna Fridgi". Er meinte damit, daß sie keinen Kühlschrank hätten und somit das Bestellte frisch schlachteten. Auf die Frage nach der langen Kochzeit, erklärte er mir, daß niemals junge Hühner, die bei uns Brathendl werden, geschlachtet werden, sondern nur alte, bei uns Suppenhühner.

Afrika ist ein Land, in dem man unendlich viel Zeit haben muß.

Hawa war die Sekretärin von Peter und sie schrieb mir einmal nach Deutschland einen Brief. In diesem las ich etwas so Wunderbares, das ich hier als Nachwort zu der kleinen Geschichte „Mwana Kombo" zitieren möchte.

„Mutter!"

Es gibt nichts Größeres als eine Mutter. In ihrer Verkörperung von Liebe und Fürsorge ist sie mit niemandem vergleichbar. Sie bleibt immer ein Teil von uns, der sich niemals löst. Sie ist unsere Vergangenheit, Gegenwart und Zukunft. Sie ist Idol, Inspiration und Kultur. Sie ist eine Welt in sich und es gibt nur ein Wort, sie zu beschreiben „Mutter".

In diesem Brief teilte sie mir den Tod ihres jüngsten Kindes mit.

Reifenpanne in der tropischen Nacht

„Oh my sweet" rief mir Carol ausgelassen entgegen, nachdem sie mich durch Hamisi auf ihre Terrasse hatte rufen lassen. Das Grammophon dröhnte und die Damen waren ausgelasssen. „You must shift now to another house as I told you before Honey". Oh mein Gott, nun mußte ich umziehen. Aber durch ihre Beziehung zu der Dame der Häuservermittlungsagentur hatte sie schon ein Haus für mich und dies war in Tiwi. Dies liegt auf dem Weg nach Mombasa etwa zehn Kilometer entfernt. Hier führt von der Hauptstraße eine ungefähr vier Kilometer lange Sandstraße zum Strand, wo das Haus stand. Dieses hieß Beehive, Bienenkorb. Es lag etwas erhaben inmitten einer großen, struppigen Wiese und hatte eine hellblau gestrichene Tür und ebensolche Fenster und Fensterläden. Es erinnerte mich an eine Alm in Bayern. Zum Meer hin mußte man einen Korallenfelsen bezwingen, der jedoch auch ein Tor hatte. Dahinter leckte das Meer tausendfach an den einsamen Strand und die romantische Szene brauchte den Vergleich mit dem Paradies nicht zu scheuen. Da die Häuser alle möbliert und mit allem erforderlichen Hausrat ausgestattet sind, ist so ein Umzug keine allzu große Aktion. Ich fuhr zu dieser Zeit einen grünen Passat, den ich an der einen Hinterseite mit großen weinroten Blumen beklebt hatte. Ich hatte damit nur die Schrammen verdeckt, die von einer Kollision mit einem anderen Auto zurückgeblieben waren. Oft fragte man mich jedoch, wo man sich diese Blumen auf das Auto malen lassen könne.

Wir brauchten den Passat nur zweimal zu beladen und der Umzug war fertig. Natürlich bekam ich im Laufe der Zeit einen immer größeren Hausstand. So hatte ich Bettdecken und wunderschöne, pastellfarbene, mit bunten Vögeln handbestickte, Bettwäsche, die man in Tansania kaufen konnte. Ich hatte eigenes Geschirr und Elektrogeräte und ich hatte einen ganz witzigen Schrank, den mir ein Afrikaner gebaut hatte. Er war ganz anders geworden, als ich ihn Auftrag gegeben hatte. Als er ihn mir brachte, sah er aus wie ein Haus und das machte ihn originell und einmalig.

Die Häuser, die ich mietete waren immer möbliert.

Abdallah kam mit mir nach Tiwi und er begleitete mich, wenn ich am Abend noch zu den anderen fuhr. Er saß immer hinten im Auto und führte aus Gründen, nach denen ich nicht fragen wollte, ein langes Buschmesser bei sich. Er wartete immer im Auto auf mich und oft war er schon eingeschlafen. Es war auch ein Nachtwächter beim Beehive. Da ich jedoch schon so oft erlebt hatte, daß wenn man diese nachts rief, man keine Antwort bekam, wollte ich in dieser Einsamkeit sicher sein, gegebenenfalls eine Antwort zu erhalten. Deshalb schlief Abdallah in einem Seitentrakt von Beehive und ich war nicht allein.

Abdallah war ein Mzee, ein alter Mann und er hatte mir erzählt, daß seine Frau kwisha gwenda sei. Dies kann nun heißen, sie habe ihn verlassen, oder er habe sie fortgeschickt, es könnte aber auch aussagen, daß sie tot sei.

Eines hatte der alte Mann mit mir gemeinsam, er lief auch so gerne barfuß. Er hatte immer seine Hosen hochgekrempelt, so daß es aussah, als wären seine dünnen, braunen Beine Stelzen. Immer trug er eine feingestickte hohe Kappe auf dem Kopf, die anzeigte, daß er ein Moslem war. Immer lächelte er sehr verschmitzt, wodurch seine wenigen Zähne zum Vorschein kamen.

Er hatte die einmalige Gabe, sich unsichtbar zu machen, obwohl er immer präsent war. Auch das untrügliche Gefühl, alles so zu machen, wie man es gerne hatte, zeichnete ihn aus. Obwohl es sehr lange gedauert hatte, bis mein Frühstücksei ngumu war, hart. Abdallah war ein sehr ruhiger Mann und stellte niemals Fragen an mich, was sehr angenehm war. Natürlich gab es jedoch auch gerade deshalb viele Mißverständnisse. So kam es auch zu folgendem. Ich wollte es ändern, daß meine im Rohr getoasteten Brote jeden

Morgen abgekratzt werden mußten, weil sie zu schwarz geworden waren, und so entschloß ich mich, einen Toaster aus Deutschland mitzubringen. Allerdings war das Abkratzen ein küstenweites Geräusch am Morgen, denn es kam aus vielen Küchen.

Da unsere Verständigung speziell in der ersten Zeit sehr viel aus Pantomime bestand, zeigte ich ihm sehr anschaulich, wie man die zwei Brote in die Schlitze steckt und auch, wie man seitlich den Hebel herunterdrückt, worauf die beiden Brote in dem Gerät verschwinden. Abdallah hatte Naskia gesagt, ich verstehe. Am nächsten Morgen saß ich auf der Terrasse und wartete genüßlich speziell auf die goldbraunen, knusprigen Toasts, die es an diesem Tag zum ersten Mal geben sollte. Ich hörte Musik, als an diesem Tag schwarze Schwaden aus der offenen Terrassentür nach außen kamen. Ich kämpfte mich durch die blauschwarze Wand in die Küche, in welcher Abdallah verständnislos in das Rohr sah. Er hatte alles getan, er hatte die zwei Brote in die zwei Schlitze gesteckt, er hatte den Hebel an der Seite heruntergedrückt, die Brote waren auch verschwunden gewesen, dann jedoch hatte er das Ganze wieder in das vorgeheizte Rohr gestellt, zusammen mit dem Toaster. Wir mußten nun mit der nur Rohr-Methode wieder weitermachen und das tägliche Kratzgeräusch mengte sich wieder in das der Küste ein. Die Eier wurden jedoch mehr und mehr Ngumu.

Oft saß ich mit Abdallah und dem Nachtwächter am Abend auf den Außenstufen des Wirtschaftstraktes und wir redeten über Afrika und wenn Flut war, dann brach sich das Meer gewaltig und laut an dem Korallenfelsen und das Wasser schoß durch das Tor wie eine gewaltige, waagrechte Fontäne.

An einem Vormittag sagte der Nachtwächter zu mir, daß Abdallah am Nachmittag unbedingt frei haben möchte und mir war auch schon, wenn auch nur unbewußt, eine gewisse Unruhe an Abdallah aufgefallen, da er sonst immer eine ganz besondere Ruhe ausstrahlte. Da ich keine Afrikanerin bin, fragte ich, warum er frei haben möchte. Nun erklärte mir der Nachtwächter umständlich, daß Abdallah schon zehn Tage keine Frau mehr gesehen habe und dies nun an der Zeit sei. Und ich hatte immer gedacht, Abdallah sei schon jenseits von Gut und Böse! Ich beobachtete dann nach dem Essen an Abdallah eine nie gesehen Regsamkeit. Er ging mit einem Eimer voll Wasser in den nahen Busch, um sich zu waschen, er kämmte mit einem breiten Holzkamm sein Haar und zog ein sauberes, weißes T-Shirt an, auf dem „Montana Drogerie" stand und nichts in der Welt der Extreme schien in diesem Moment schwärzer als Abdallah in seiner unverborgenen Lust. Er schien seine Hose noch höher gekrempelt zu haben, setzte seine hohe Kappe auf und ging still vor sich hinlächelnd los „Kwaheri" sagte er, um gleich darauf auf dem schmalen Weg im Busch zu verschwinden. Er war weg, als sei er nur eine Vision gewesen.

Noch vor dem Dunkelwerden kam er wieder zurück und er lächelte noch immer. Während des Aufenthaltes in diesem Haus lernte ich nun Abdallahs besonderen Rhythmus kennen und natürlich akzeptieren.

Wir hatten an einem Abend länger in unserem Geschäft gearbeitet und ich war direkt von dort zu einer Strandparty von Thomas gegangen. Der Nachteil, daß ich vorher nicht zu Hause war, war nicht, daß ich kein passendes Kleid anhatte, denn ich zog eines aus meiner Kollektion an. Nein, er war, daß Abdallah nicht mit seinem Buschmesser hinten in meinem Auto saß, wenn ich spät nach Hause fuhr.

So eine Strandparty war immer wieder ein grandioses Fest. Hier wurde gefeiert mit und in der gewaltigen Natur, die den ganz großen Rahmen gab. Es begann immer bei Ebbe, wenn das Meer nur ganz still flüsternd daneben lag. Der Mond kam dann wie hinter einem Spiegel hervor und wurde mit seinem Steigen auch immer heller und silbriger, was die Szenerie effektvoll beleuchtete. Es wurde immer ein großer Holzstoß entzündet, der tagsüber von Treibholz zusammengeschichtet wurde und je nach Jahreszeit konnte auch seine heiße Glut wohlige Wärme verbreiten. Es standen große Kühlboxen mit Getränken herum und es waren an den Baumgrenzen verheißungsvolle Büfetts aufgebaut und dekorative Köche mit hohen Mützen grillten über glimmenden Feuern. Hier wurden auch die Curries, der Reis und die Gemüse warm gehalten. An den Bäumen der ersten Reihe waren Lautsprecher installiert, die den Sound verteilten. Auf dem harten Boden des zurückgewichenen Wassers wurde getanzt und ich erinnere mich, wie wir alle unter Gabrielas Kommandos und ihrer Demonstration Lambada lernten. Ansonsten wird hier gegessen, getrunken, geredet, gestanden, gesessen, wozu man den weichen, noch warmen Sand vom Tage am Rand benützt. Es wird geflirtet und gesungen, genauso wie auf allen Parties der Welt. Der einzige Unterschied zu einer Strandparty ist, daß das große Reinemachen die Natur selbst erledigt. Schon am nächsten Morgen, wenn das Meer schon wieder nur flüstert, weil die nächste Ebbe mit der unerforschlichen Macht der Natur das Wasser in der Ferne festhält, erstrahlt der Strand fein gesäubert und nichts auf diesem blitzsauberen Platz erinnert mehr an die Ausschweifungen der Nacht. Die Flut, unter deren entfernten Tosen wir eingeschlafen waren, hatte diese Wunder vollbracht. Es galt zwar nur den zertretenen Sand bis hin zur Baumgrenze wieder zu ordnen, denn Gläser und Teller waren eingesammelt worden und Plastik und Papier gab es nicht. Doch auch den Aschenhaufen von dem Feuer hatte das Meer mit sich fortgetragen.

In dieser Nacht war ich, nachdem das Wasser der Szene schon ganz nah gekommen war, allein nach Hause gefahren.

Auf der Sandstraße zwischen der Küstenstraße und dem Strand von Tiwi passierte, wovor ich immer Angst hatte, einer meiner Reifen, der links hinten, hatte plötzlich keine Luft mehr. Was sollte ich nun tun! Ich bin eine der Frauen, die noch nie einen Reifen gewechselt hat, allerdings auch eine, die andere Frauen, die sich angeblich benachteiligt fühlen, bedauert, weil diese sich nicht sonnen können in der schönsten Rolle, nämlich Frau zu sein. Ich blieb mitten auf der Straße stehen und setzte mich auf diese. Der tiefe Sand war wohlig und warm. Ich überlegte. Die Überlegung brachte mir die Erkenntnis, daß ich das Wechseln alleine nicht könne. Hier lachte ich jedoch in mich hinein. Ich konnte so vieles, was ich eigentlich nicht konnte. Ich konnte alles, was ich wollte. Ich wollte also nicht. Ja, ich wollte es nicht einmal versuchen, denn ich hatte doch schon so oft in meinem Leben dabei zugesehen. Wie schwarze, verwischte Schatten sah ich die einzelnen Hütten der Einheimischen stehen. Tiefe Stille umgab mich, auch die Natur schlief, die nur hin und wieder einige Geräusche hören ließ. Später setzten Zikaden ein, um ihr monotones Geräusch zu zerstreuen und auch das vereinzelt grelle Kreischen der Buschbabies durchzuckte die Nacht. Dann folgten jedoch kleine Zeiten, in denen die Ruhe alles umschloß. Ich überlegte, was wäre, wenn Abdallah da wäre und ich kam nicht zu dem Ergebnis, was dann wäre. Auf jeden Fall hätte jedoch die Zweisamkeit für mehr Motivation gesorgt. Ich saß direkt unter dem großen Wagen am Sternenhimmel, der auf dem Kopf stand, so jedenfalls sieht man ihn von Süden her.

Ich dachte daran, wie weit ich von Zuhause weg sei, das so etwas gravierendes sein konnte, das nämlich diese Sternenkonstellation, die, obwohl sie so unendlich weit oben war, dennoch aus einer anderen Perspektive, als aus Deutschland zu sehen war. Mehr sah ich nicht vom Himmel, denn die hochstehenden Palmen gewährten mir nur diesen einen Ausblick. Eine Sternschnuppe versetzte mich in meine Kindheit. Ich wünschte mir, es möge jemand kommen.

Der Mond, den ich nicht direkt sah, ließ die Sandstraße silbrig glänzen, die zum Beehive führte. Ich hatte meine Füße in dem warmen Sand gegraben und ertappte mich dabei, daß ich wieder wie als Kind „Spargel sprießen" mit den Zehen spielte.

Ich konnte das Auto nicht stehen lassen, weil es die komplette Straße blockierte. Ich konnte es nicht seitlich abstellen, weil die Unwirtlichkeit des Busches dazu keine Möglichkeit gab.

Gerade als eine Wolke den Himmel tief verdunkelte, hörte ich unverkennbar Schritte. Was ich mir gerade noch gewünscht hatte, geschah nun in der Schwärze der Nacht. Die Schritte kamen näher und plötzlich stand ein noch dunklerer Schatten vor mir, der eine Stimme hatte. Das Ganze wurde zu einem jungen Mann, der unterwegs war von der Hütte seiner Großmutter, die gerade gestorben war, zu der Hütte seiner Eltern. Ich hatte das Glück, daß dieser schon beim Reifenwechseln zugesehen hatte, wie er mir versicherte. An dieser Tatsache hatte ich bei Abdallah nämlich gezweifelt. Wir waren nun zwei, die diesen Vorgang zumindest schon beobachtet hatten und dies war die technische Grundlage für diese Aktion. Trotzdem stellte sich heraus, daß ich offenbar schon öfter zugesehen hatte. So wußte ich, daß man, bevor man das Auto hebt, bereits die Schrauben des Rades lockert. Es war so finster, daß wir die Schrauben erfühlen mußten, was mir zuvor schon beim Finden des Schraubenschlüssels gelungen war. Beide drehten wir kräftig, doch hartnäckig sträubte sich der Erfolg. Wir saßen beide eng an dem Reifen und ich nahm plötzlich wahr, daß der junge Mann immer wieder nach rechts drehte, wenn ich bereits nach links eine Lockerung verspürt hatte. Wir waren uns also insofern uneinig, indem ich auf- und er immer wieder zudrehte. Bei vollem Einklang war das Lockern dann jedoch nicht schwer. Wir entwickelten eine zunehmende Perfektion und waren bereits dabei, den Wagen zu heben. Hier wichen meine Gedanken schon wieder von der Sache ab, indem ich bewunderte, wie so ein kleines Ding das schwere Auto heben konnte und noch dazu mit dem Aufwand von nur so geringer Kraft. Just in diesem Moment fiel dieses schwer wieder herunter. Obwohl ich erkannte, das der Wagenheber in dem weichen, tiefen Sand keinen Stand hatte, probierte ich es nach dem Gesetz der Unlogik noch einmal, natürlich mit dem gleichen Erfolg.

Die erstaunliche Feststellung war, wir brauchten einen Stein. Aber die Sandstraße sagte an, auf welchem geologischen Areal wir uns befanden. Doch abrupt war der junge Mann im Nichts verschwunden. Er hat mit Sicherheit eine Idee, dachte ich. Ich hatte bei Afrikanern schon so oft beobachtet, daß sie finden, was sie suchen, wahrscheinlich, weil sie die Ausdauer dazu haben und dieses Wissen beflügelte meine Hoffnung. Sie hatte sich bestätigt, er kam mit einem wunderbaren, noch dazu flachen Stein zurück und nach afrikanischer Sitte fragte ich nicht, wo er ihn gefunden habe.

Als ich nach Hause kam, lag Beehive silbern beschienen in der struppigen Wiese und der Nachtwächter stand reglos wie ein Bild davor, das zu mir noch „lala salama" sagte, „schlafe gut".

Weihnachten

Weihnachten ist in Kenia immer wieder eine ganz plötzliche Überraschung. Man wird darauf durch nichts eingestimmt, weder durch eine kälter werdende Jahreszeit oder gar Schnee, noch durch eigene Einkäufe oder Handarbeiten, die man tätigt, ja nicht einmal durch Vorbereitungen in der Küche, wie etwa Backen, denn man lebt im Hochsommer. Zu unserem ersten Weihnachtsfest im Haus kaufte ich am Vormittag erst den Truthahn und gleichzeitig wurde Gabriel, der Gärtner losgeschickt, einen Weihnachtsbaum zu besorgen. Es gibt hier keine Tannen und Fichten, jedoch andere gefiederte Bäume, die diese ersetzten. Der Baum hatte eine unorthodoxe Form, aber ich war nicht enttäuscht. Ich schmückte ihn mit langen Girlanden, die ich aus Bougainvilleblüten angefertigt hatte und setzte an jede Zweigspitze Francipanen, die wie weiße Sterne aussahen. Die exotischen Blumen haben die erfreuliche Eigenart, lange Zeit ohne Wasser zu leuchten und zu bestehen. Ich hatte auch Kerzen auf den Baum gesteckt, der auf der Terrasse stand und ich begann nun das ganze Haus zu schmücken und dennoch fühlte ich immer noch nicht, daß Weihnachten war. Nun ging ich los, um bei den Händlern am Strand Weihnachtsgeschenke zu kaufen. Es gab hier Schnitzereien aus Holz oder Speckstein, Schmuck aus Glasperlen, leuchtende Tücher und geflochtene Taschen. In meinen Gedanken dachte ich jedem ein Geschenk zu und mich erfaßte jetzt eine aufkeimende Euphorie, die sich steigerte, als bei meinem Nachhausekommen Weihnachtsmusik aus unserem Haus erschall und der Duft des bratenden Truthahns aus der Küche strömte. Nun begann das heimliche Einwickeln. In Ermangelung eines anderen nahm ich Zeitungspapier, das ich voller leuchtender Blütenblätter klebte. Zusammen mit dem Duft wurden die Päckchen bezaubernd, noch dazu unter dem schönen Weihnachtsbaum. Meine Mutter hatte einen großen Karton mit ihrer Weihnachtsbäckerei geschickt. An diesem Abend saßen an unserer festlichen Weihnachtstafel Vertreter von fünf Nationen und als wir später einen kühlen Punsch tranken, hatten wir die Idee, daß jeder sein bekanntestes Weihnachtslied singen sollte. Wir Deutschen waren in der Mehrzahl und begannen mit „Stille Nacht". Gefolgt wurden wir von Österreichern, die „Es wird scho glei dumpa" sangen. Dann folgte Italien und die Engländer sangen „ Jingle Bells". Den Schluß gab ein einziger Finne ab, der in für uns lustig klingender Sprache, ein feierliches Lied sang. Es war wunderschön, es war Weihnachten. Am nächsten Morgen lag der Hauch von Weihnachten noch auf dem dekorierten Frühstückstisch, doch dann verströmte er mit dem Wind an der Küste und mit den Strahlen der Sonne.

Später einmal hatte mich das Fest wieder überrascht und ich nahm mir vor, es ganz allein zu feiern. Um jedoch für die Schneider und ihm Geschenke zu kaufen, fuhr ich mit Abdalla nach Mombasa und kaufte in der Biashara Street so nützliche Dinge wie Handtücher und Kleiderstoffe, aber auch buntes Kinderspielzeug und Süßigkeiten. Englische Weihnachtslieder schallten aus den Läden und sie waren geschmückt mit silbernen Girlanden und bunten Luftschlangen. Es war noch früh und meine Einkäufe hatte ich getätigt und so nahm ich mir vor, mir selbst an diesem Tag das Erlebnis Mombasa zu schenken, zu dem ich mir so intensiv noch nie Zeit genommen hatte. Heute wollte ich die Insel der Sonne erkunden.

Daß Mombasa eine bunt zusammengewürfelte Stadt auf einer Insel war, wußte ich und daß sie den Ruf eines Schmelztiegels wegen der Merkmale der vielen Kulturen hatte, auch. Zudem ist Mombasa als echte Hafenstadt pikant und würzig und ich spürte, eingetaucht in die nahe Altstadt, deutlich die Präsenz der Vergangenheit, die hier allgegenwärtig war. Die Frauen huschten hier durch die engen Gassen. Diese hatten große Augen, aus schwarzen, wehenden islamischen Schleiern blickend. In einem Labyrinth von Gassen, die ein arabisches Ambiente prägte, fand ich hier malerische Fassaden mit prächtig geschnitzten Türen. Hier waren die Werkstätten der Gold- und Silberschmiede und die Geschäfte, die mit Teppichen, Truhen und Messingwaren handelten. Abdallah folgte mir mit seiner hohen, gestickten Kappe der Moslems, als ich zu dem Laden ging, in welchem alkoholfreie Parfums verkauft wurden, die auch deren Frauen verwenden durften. Unweit kamen wir zum alten Hafen, der verträumt nur noch von kleinen Dows angefahren wurde und dadurch ein um so romantischeres Schauspiel abgab. Hier traf man arabische Seeleute immer noch gekleidet wie zu Sindbads Zeiten. Auf den Dows waren Teppichausstellungen und es wurden kleine Tassen bitteren Kaffees angeboten. Es war wir auf allen Märkten schwer, den überaus eifrigen Händlern zu entschlüpfen.

Ich dachte daran, daß hier einst Tania Blixen angekommen war, mit großen Vorstellungen und das sie hier auch wieder abreiste, an diesen zerbrochen. Wir gingen am Fort Jesus vorbei, der mächtigen Festung, deren gewaltige Mauern seit vielen Jahrhunderten der Wucht des Meeres standhielten. Die christliche Holy Ghost Kathedrale ließ just, als wir vorbeigingen, ein Weihnachtsglockengeläut erschallen. Die Decke dieser Kirche ist eine Kopie der, von der Westminster Cathedral. Immerhin behauptete sie sich mit ihren Zwillingstürmen zwischen über vierzig Moscheen und Tempeln und reihte sich imposant in dieses Ensemble der Vielfalt ein. Immer wieder beeindruckend für mich war der Lord Shiwa Tempel, dessen weiße Turmspitze von einem goldenen Knopf gekrönt war. Der Eingang wurde von zwei Löwen und einem elefantenartigen Tier bewacht. Ich bestaunte hier eine wundersame Ansammlung von Tierbildern, der lebenserhaltenden Kuh, der übelabwendenden Schildkröte, der Affengottheit und dazwischen waren überall lebendige Tauben. Als Krönung muß jedoch der Shree Cutch Satsang Swaminarayan Tempel der Hindus bezeichnet werden, mit dem farbenprächtigen Eingangstor, an dem wir auch an diesem Weihnachtstag vorbeigingen. Neben der Gartenbar des New Carlton Hotels wurden wie immer rosa und schwarzer Speckstein, Körbe, Trommeln, Schmuck und Taschen angeboten und es durchzog ein unwiderstehlicher Duft der Anglo Swiss Bäckerei die Szene. Ich kaufte hier einiges Duftendes, weil Weihnachten war. Und dann ging ich mit Abdallah, der inzwischen schon einige Pakete trug, ins Mombasa Coffee House. Hier trafen wir ein bunt zusammengewürfeltes Publikum an, das Kenia Kaffee trank, heiß und vollduftend. Als wir später wieder die Straße betraten, leuchteten die vier riesigen Elefantenzähne, die sich über die Moy Avenue wölbten und Mombasas Wahrzeichen waren, grell in der Sonne. Um diese Zeit war es gut zum Obstmarkt zu gehen, weil die Händler schon einpackten und ihre Waren nun günstiger anboten. Dazu gingen wir nochmals durch die Diego Road, vorbei an den großen Stoffgeschäften, in denen ich eifriger Kunde war, vorbei an den unzähligen Souvenirläden und den an der Straße sitzenden Händlern. Der Fruchtmarkt befand sich in einer erhöhten, überdachten Markthalle, die ein weiteres orientalisches Erlebnis darstellte. Hier standen die Händler hinter hochaufgetürmten bunten Frucht- und Gemüsebergen und übertrafen sich in ihren Angeboten. Hier herrschte ein unbeschreibliches Treiben, das noch dazu vom Aufbruch und vom Zusammenräumen geprägt war. Die Attraktivität der tropischen Früchte reizte immer wieder zu unüberlegt großem Einkauf. Den Markt auf der Hinterseite zu verlassen, um noch über dem Gewürzmarkt mit all seinen geheimnisvollen Düften zu streichen, waren wir, unserer inzwischen so schweren Bepackung wegen, nicht mehr in der Lage. „Merry Christmas" riefen mir viele zu, wovon viele Moslems waren. Ich bereute bereits, daß ich überall verbreitet hatte, ich würde ganz allein Weihnachten feiern und das mich auf der Küstenstraße überholende Auto von Italienern, die mit bunten Riesenlettern auf dem ganzen Auto „Buon Natale" geschrieben hatte, stimulierte mich noch mehr und ich jagte dem Auto nach. Von Carols Terrasse erschall die Christmas Polka und ich wickelte bunte Päckchen ein, die ich meinen Schneidern brachte. Als ich zurückkam, warteten Sultan und Zulaika auf mich mit einem winzigen Geschenk in der Hand. Dies waren ebensolche winzigen Smaragdohrstecher, die wie kleine Tautropfen aussahen. Nun riefen mich auch die Damen von Carols Terrasse, die alle wieder da waren und ich merkte, daß das „Honey" mir galt. Hier leuchteten bunte Sandwiches auf den großen ovalen Silbertabletts und auch der Duft nach Whisky fehlte nicht. Und nun kam die Botschaft meiner Söhne zu ihrem Weihnachtsdinner zu kommen und ich zog mich festlich an und packte die Oberhemden ein, die ich für sie genäht hatte und die absolut von einem Einkauf in Mailand hätten stammen können. Für die Mädchen hatte ich in freien Minuten Spitzenunterwäsche kreiert mit Satinstreifen und Seidenröschen. Diese packte ich auch noch ein. Die Resonanz war dann eine lohnende Bestätigung für diese neue Geschäftsidee und ein Foto der Mädchen, die diese Dessous unter dem tropischen Weihnachtsbaum präsentierten, wurde ein Werbefoto. Die vielen anwesenden, jungen Männer bezeichneten es als „typisch afrikanisches Weihnachtsbild"..

Wie immer wurde das Fest in diesem Rahmen, auf der riesigen Terrasse des alten Kolonialhauses, das es zu dieser Zeit noch war, vor dem die dunklen Palmen raschelten und das Meer silbern glitzerte, großartig.
Beschwingt brachte Osmani und die anderen die duftenden Köstlichkeiten aus der Küche, denn alle einheimischen Mitarbeiter, auch aus allen Schulen, hatten im Garten schon Weihnachten gefeiert und die Moslems hatten eifrig mitgefeiert bei unserem christlichen Fest.

Leider konnte in diesem Jahr Caroline erst am ersten Weihnachtsfeiertag kommen und ich erwartete sie am nächsten Morgen am Flughafen. Ich sah durch die Glasscheibe auf dem Rollband als erstes ein großes Paket kommen, verpackt in glitzerndem Weihnachtspapier, versehen mit einer überdimensionalen Schleife und ich wußte in diesem Moment noch nicht, daß es mir gehörte. Ich durfte dieses im Stau vor der Fähre öffnen.

Als wir zum Turm kamen, erwartete uns Abdallah und eine goldene Styroporkugel, die im Wohnraum als einzige Weihnachtsdekoration aufgehängt war, schwang ein wenig vom Wind an der Küste, der sanft durch das Haus zog und hieß Caroline willkommen.

Fleiß und Phantasie
fügte er zu Schönem zusammen

Der Palmengarten

Die Südküste von Kenia, wurde als letzte erschlossen. Während alle anderen Küstenstriche deutlich arabische Spuren tragen, wurde diese erst von den Engländern besiedelt und obwohl dies noch nicht so lange zurückliegt, werden hier auch schon, wie andernorts die arabischen, die viktorianischen Reste gehegt. Lustig ist, wie der Name Diani entstand. Der Stamm der Mdiegos, die hier leben, ist moslemisch. Mohammedaner lehnen Schweine und Hunde als unrein ab. Nun brachten die Engländer Hunde mit sich und mehr als die fremden Menschen schienen die Einheimischen die Hunde zu beschäftigen, denn sie gaben dem Platz den Namen „wo die Hunde sind" Diani. Dia heißt der Hund und Diani bereits, wo die Hunde sind. Diani ist der Platz an der Küste, wo wir lebten. Hier nun entstand durch Sultan etwas, was bereits kurze Zeit später in Afrika einzigartig sein dürfte, ein Palmengarten. Wobei natürlich der Palmengarten als solcher nicht einzigartig ist, sondern dieser im besonderen durch seine Vielfalt an den verschiedenartigsten Palmen, die Sultan schon nach kurzer Zeit auf der ganzen Welt gesammelt hatte.

Auf einer Wohltätigkeitsveranstaltung hatte er eine Palme gekauft. Dies war eine Livistona Rojundifolia und kam von den Philippinen. Dies wußte er aber zu diesem Zeitpunkt noch nicht. Sie ließ jedoch in dem naturverbundenen und naturliebenden Sultan die Idee und den Wunsch wachsen, Palmen zu sammeln und in einem wunderschönen Garten anzupflanzen, was ihm auch gelungen ist.

Mit der, allerdings wehmütigen Zustimmung seines Vaters, baute er auf einem zwanzigtausend Quadratmeter großen Grundstück an der Küste ein Haus für sich und seine eigene Familie. Das hieß, daß er aus dem Familienhaus, dem sein Vater Yussuf vorstand, auszog. Harmonisch ist der Swimmingpool, ein Badehaus und auch ein Naturteich auf dem Grundstück integriert. In dem Teich setzte er Fische ein, außerdem lockte er Vögel damit an. Die absolute Attraktion sind jedoch die unzähligen verschiedenen Palmenarten, die einen Besuch auf diesem Areal zu einem Erlebnis machen. Sultan ist glücklich dort und zu jeder einzelnen seiner Palmen kann er eine Story erzählen. Da sich in diesem Land ein Treibhaus erübrigt, da es selbst eines ist, gelingt es ihm, die meisten seiner Pflanzen „einfach so" aufzuziehen. Viele Samen hängen jedoch in Plastiktüten an einer Leine. Die Erde darin ist steril und er beobachtet das Wachsen in diesen sehr sorgfältig. Eine Großzahl der Samen bezieht er als Mitglied der Internationalen Palm-Society von einer Samenbank in Kalifornien. Es ist erstaunlich, welches Fachwissen er sich bereits nach so kurzer Zeit aneignete. Eine lange Reihe Fachbücher und viele Besuche von Botanischen Gärten verhalfen ihm zu diesem. Erstaunlich auch, wie es ihm gelingt, sehr schwer oder offiziell gar nicht zu erhaltende Samenkörner geradezu zu „ergattern".

Sultan erzählt bei seinem Rundgang durch den Garten als Einleitung, daß in Kenia sechs Palmensorten heimisch sind und wenn man Lust dazu hat, fährt er mit einem unweit in einen tropischen Palmenwald, wo man alle diese Sorten bewundern kann. Diese Fahrt, an einem frühen Morgen, wenn die Natur erwacht, wird zu einem anderen einzigartigen Erlebnis, das unterstrichen wird durch das gewaltige Säuseln und Wispern dieses Waldes, denn hier spricht die wilde Natur. Doch kehren wir zurück zu Sultans Palmengarten.

Wenn man ihn nach seiner Lieblingspalme fragt, dann fällt es ihm sichtlich schwer zu antworten und er sagt „ich liebe sie alle" „but a very special one" aber eine sehr Spezielle, räumt er ein, das ist die Coco De Mer. Dann zeigt er stolz auf eine Gruppe „Washingtonia Filifera" in einem auffallend kräftigen Grün, während die an einer anderen Stelle plaztierte, die „Washingtonia America W.

Robusta" heißt, in einem viel hellerem Grün erscheint. Und nun kommt man sogleich an seinem Sorgenkind vorbei, dies ist eine „Bottle Palme", eine Flaschenpalme „hyophorbe Leginicaulis", die von Mauritius kommt. Diese liebte er von Anfang an ganz besonders, denn er hatte nur diese eine und der Stamm setzte auch gleich zu einem beachtlichen Bauch an. Sie hatte kräftige Blätter und es gibt ein Bild, auf dem sie die gleiche Größe hat, wie sein zehnjähriger Sohn Nawidu, der neben ihr steht. Plötzlich fing sie jedoch an, kein neues Blatt mehr anzusetzen und die bestehenden zu verlieren. Mit Schrecken mußte er erkennen, daß die Palme eingeht. Sie hatte schon alle Blätter verloren und nur noch der Stamm stand nun wirklich wie eine bauchige Flasche im Garten. Sultan entschloß sich zu einer „Operation". Er schnitt den Stamm, oben an der Stelle, aus der, der neue Trieb hätte kommen sollen, auf, und fand, daß sich dieser quergelegt hatte und die Spitze nicht aus der vorgesehenen Öffnung kommen konnte. Wie ein Geburtshelfer förderte er nun den Trieb ans Tageslicht. Nun baute er um den Baum eine „Intensivstation", die er aus einem Flechtwerk aus Zweigen herstellte, um ihn besonders zu schützen. Der Trieb orientierte sich dann zwar nach außen, es mußte jedoch noch ein trockenes Stadium überwunden werden. Heute hat der Baum wieder drei kräftige Blätter, die in eigenwilliger Weise alle etwas schräg postiert sind.

In der Zwischenzeit pflanzte er einen kleinen Hügel in seinem Garten voll mit Flaschenpalmen. Bottlepalms blühen erst nach fünfzig Jahren und es bedarf eines männlichen und eines weiblichen Baumes um Samen zu erhalten.

Wir sehen auch die einzige Palme in der Welt, die Äste hat. Sie stammt aus Afrika und heißt Doume Palm, „Hyphaene Thebaica". Nun kommen wir an eine Gruppe wilder Dattelpalmen vorbei. Sie stammen auch aus Afrika und hängen teilweise schon voller saftiger Datteln. Er pflückt die Früchte ab und gibt sie uns zu essen. Von einer Fidji Island Fanpalm, einer Fächerpalme von den Fidji

Inseln schneidet er ein Riesenblatt ab. Er hält es sich demonstrativ über den Kopf und scheint darunter zu verschwinden. Auf den Fidji Inseln finden ganze Familien darunter Schutz vor dem Regen. Natürlich handelt es sich um einen geschlossenen Fächer. Bei der nächsten Palme, einer „Chamaedorea Erumpens" aus Kuba bedauert er, daß sie nur sehr schwer zum Blühen komme.

Nun weist er noch auf eine sehr interessante hin, die aus Madras in Indien kommt, die Talipot Palme. Diese Palme, die bis zu fünfzig Meter hoch werden kann, blüht nach fünfunddreissig bis fünfundachtzig Jahren einmal, um sich jedoch dann im wahrsten Sinne des Wortes tot zu blühen. Sie produziert in einer gewaltigen Blütendolde an der Spitze Millionen von Samen, um dann einzugehen. Anschließend kommen wir an einer „very graceful one" vorbei, dies ist eine mexikanische Palme, die wirklich wie die Anmut selbst seinen Garten ziert. Im Weitergehen erklärt er, daß es in Kenia zwei verschiedene Arten von Kokospalmen gibt. Während eine erst nach sieben Jahren Früchte spendet, tut es die andere bereits nach zwei einhalb Jahren. Nun sehen wir eine mit einem dreieckigen Stamm, die Neodypsis Decaryi aus Madagaskar. Eine Fächerpalme aus Hawaii, an der wir gerade vorbeigehen, hat noch größere Fächer oder Regendächer, als die von den Fidji Inseln. Bei den Aiphaenes Erosa aus Südamerika sehen wir, daß Stamm und Blätter voller Dornen sind, zum Schutz gegen Tiere, die die Blätter fressen würden. Die Dornen würden sie jedoch später verlieren, erwähnte er, auch, daß alle Palmen der Sychellen voller Dornen seien.

Und so würde es weitergehen, wenn man mit Sultan weiter durch seinen Garten ginge und ich ging mit ihm und ich ging mit ihm schon oft. Zulaika, seine so hübsche Frau, hat in der Zwischenzeit den Tee zubereitet, bei dem Teetrinker und Nichtteetrinker eines gemeinsam haben, sie lieben ihn. Sein Aroma ist geheimnisvoll und exotisch und wenn nicht schon eher, dann beschließt man jetzt mit Sicherheit, in diesen Garten kehre ich zurück.

Frau G.- eine beobachtete "Satire"

Diese Frau hatte kurz vorher in Deutschland das bittere Los zu bewältigen gehabt, eine Witwe geworden zu sein und dabei sollte ihr ein Keniaurlaub helfen, auf andere Gedanken zu kommen. Bevor sie die Buchungs- und Flugformalitäten hinter sich gebracht hatte, hatte sie noch in einer Blitzverkaufsaktion den Betrieb ihres verstorbenen Mannes veräußert. Mit kaufmännischem Geschick hatte sie den Erlös zu bestmöglichen Bedingungen angelegt. Frau G. hatte einen Urlaub auf unbestimmte Zeit in einem Grandhotel an der Küste Ostafrikas gebucht und schon auf einer kurz nachher angetretenen Safari wurde sie durch ein heftiges Verliebt sein von der Intensität ihrer tiefen Trauer abgelenkt. Der Grund dieser, sich schnell entwickelnden Liebe, war der junge Busfahrer, der auch seinerseits aktive Zeichen seiner Liebe äußerte. Für ihn war es ein Leichtes die Frau, von dieser zu überzeugen und letztlich auch davon, daß nicht Äußerlichkeiten und das Alter bei einer Liebe eine Rolle spielen, sondern die inneren Werte. Daß er mit dieser Aussage die inneren Werte ihres Banksafes meinte, wurde ihr erst klar, als es zu spät war. Durch hochentwickelte „Sensibilität" stoßen gewisse Menschen im wahrsten Sinne des Wortes zielsicher auf die richtigen Opfer. Die beiderseitige Übereinstimmung in diesem Fall war so groß, daß sie schnell in dem Beschluß gipfelte, ein gemeinsames Safariunternehmen zu gründen. Niemals zuvor in ihrem Leben hatte sich Frau G. so sehr geliebt gefühlt. Nachdem sie ihn mit Maßanzügen und maßgeschneiderten Oberhemden, neben der weiteren erforderlichen Ausstattung, bedacht hatte, reisten sie sogleich nach Deutschland um von dort aus alles Erforderliche für das geplante Unternehmen anzukurbeln. So wurden blitzschnell zwei Container auf See gebracht; einer war voll von einer modern und auf dem neuesten Stand der Technik befindlichen Büroausstattung und in dem anderen befanden sich ein Privatauto sowie Möbel und Hausrat. Nachdem Frau G. alles durchkalkuliert hatte wie Fracht - und Zollkosten für ein, in Deutschland, gekauftes Safariauto kam sie zu dem Schluß, dieses in Afrika zu erwerben, obwohl der Preisunterschied bei einem Neukauf ein erheblicher war. Zurückgekehrt nach Afrika wurde sofort an der Küste ein Hausbau in Auftrag gegeben und in der Stadt nach passenden Büroräumen gesucht. Frau G. wohnte mit ihrem Verlobten weiterhin im Grandhotel und sehr sorgfältig wurde ein passendes Safariauto ausgewählt, das stolze DM 75.000,-- kostete. Sofort nach Erhalt des Autos hatte der Verlobte die gute Idee eine ganz besondere und einmalige Safariroute ausfindig zu machen. Gleichzeitig wollte er auch noch die zukünftigen Schwiegereltern seiner Verlobten im Hochland besuchen. Frau G. kümmerte sich zwischenzeitlich erfolglos um den Neubau und sie wußte eigentlich gar nicht so recht, warum sie nicht auch auf diese Reise mitgefahren war und erkannte, daß es an der Bereitschaft des Verlobten gelegen hatte, sie mitzunehmen. Er blieb solange unterwegs bis der Container angekommen war, dessen Inhalt er, nachdem sie einen wochenlangen Kampf mit dem Zoll hinter sich gebracht hatte, zu seinen Eltern ins Hochland fuhr, bis sie ein passendes Büro gefunden hätten. Von dieser erfolgreichen Fahrt kam er nie mehr zurück. Frau G. klammerte sich an eine PO Box Nr., die er als Freundes Freund als 285. mitverwendet hatte, die ihr jedoch niemals zu einer Antwort auf ihre Briefe und denen ihres Rechtsanwaltes verhalf. Es galt im Klartext die Sache, bzw. die Sachen zu vergessen wie ein neues Safariauto, eine komplette Büroausstattung mit Möbeln, Schreibcomputer, Rechenmaschinen, Telefax usw. plus die persönlichen Geschenke an ihn, die selbstverständlich auch eine goldene Uhr beinhalteten. Da das Haus das immer noch nicht fertig war, obwohl der Fertigstellungstermin längst überschritten war, wohnte sie weiterhin im Grandhotel.

Hier war sie nun als „Big Mama„ bekannt und begehrt und nachdem der Verlobte nicht mehr gesehen wurde, bemühten sich andere Männer um sie. Da war u.a. ein schillernder, hochgewachsener Massai, den sie erhörte. Dieser Mann gehört dem letzten unkontrollierten Stamm des Landes an, der nach seinen eigenen

Stammesgesetzen lebt. Er erzählte ihr nun von „seinem großen Problem": er hatte Mietrückstände von von 6.000 DM (!!). Dies sind Nomaden, die in Hütten leben und auch gewohnt sind, unter Bäumen zu schlafen. Das Wort „Miete" gibt es in ihrer Sprache gar nicht. Doch dies waren Dinge, mit denen sich Frau. G. gar nicht beschäftigte und die sie nicht beobachtete. „Sie half jetzt diesem Mann momentan aus", übergab ihm jedoch, um nicht ein zweites Mal den gleichen Fehler zu machen, ihre Kontonummer (in Wirklichkeit konnte dieser Mann überhaupt nicht wissen, was das ist), und war bezüglich der Rücküberweisung beruhigt. Nebenbei schrieb sie weiterhin an den Verlobten durch einen Rechtsanwalt, der um den Fall zu übernehmen zunächst ein hohes „Deposit" forderte. Der Hausbau verzögerte sich empfindlich und um durch erforderliche Einbauten, wie zum Beispiel die Küche, nicht weiterhin aufgehalten zu werden, bestellte sie eine Einbauküche in Deutschland und ließ sie in einen Container verladen, der nun auch erwartet wurde. Es hatte sie auch u a. ein Angestellter des Hotels um einen Kinderwagen für seine Cousine gebeten, der auch in den Container kam. Sie hatte nicht beobachtet, daß die Einheimischen ihre Kinder in Tüchern bei sich tragen, daß die örtlichen Verhältnisse unwegsam sind und daß in diesem tropisch feucht/heißem Klima Kinderwägen sogar gefährlich sind wegen des Hitzestaus und der Moskitogefahr.

Als das Haus dann endlich fertig war, zog sie glücklich mit einem neuen Bekannten dort ein, den sie am Beach kennengelernt hatte und der nun „einen guten Charakter" hatte. Zudem war dieser auch wegen „Mietproblemen" von seinem Hausherrn vor die Tür gesetzt worden und so zog er mit einer Plastiktüte um. Von drei Paar Lederschuhen, die sie ihm gekauft hatte, wurden ihm sofort an zwei aufeinanderfolgenden Tagen, je ein Paar am Strand gestohlen. Nachdem ihr Plan scheiterte, daß er sich im Haus und Garten nützlich machen könnte, weil er sich dazu nicht eignete, erdachte sie sich eine sehr gute Lösung. Sie flog zusammen mit ihm nach Deutschland zur „Boot", nachdem sie ihn ebenfalls entsprechend eingekleidet hatte, damit er fachmännisch einen Katamaran aussuchen könne. Sie stützte sich auf seine Aussage, daß er sehr sportlich sei. Ein nächster Container wurde noch mit anderen Dingen aufgefüllt und sie rechnete damit, daß sie nun mit den Geldeinnahmen, die er mit dem Katamarangeschäft erzielen würde, einen Teil ihrer Verluste wieder zurückbekäme. Sie selbst beaufsichtigte einen Gartenarbeiter, dem sie stündlich in einer Rosental Porzellan Tasse Tee reichte. Nun sahen zwar Verleumder, daß der Katamaran den ganzen Tag auf See war, der Bekannte kam jedoch am Abend ohne Einnahmen nach Hause, da niemand mit ihm segeln wollte. Nach Monaten war ihm der Grund klar: das Segel war zu klein und die damit erzielten Geschwindigkeiten nicht hoch genug. Geschäftstüchtig beschlossen nun beide, die letzte Ausgabe, ein großes Segel nicht zu scheuen. Offensichtlich zeigte sich dann aber, daß auch diese Segelgröße nicht ausreichte, da sich auch nach Einfuhr eines Segels aus Deutschland, die Geschäftseinnahmen nicht besserten. Es waren wieder Verleumder, die ihn auch abends in Discotheken gesehen haben wollen, noch dazu mit anderen Frauen; sie wußte jedoch genau, daß er seine kranke Mutter besuchte und manchmal sogar über Nacht bei ihr blieb. Die Mutter war eine kränkliche Frau, denn Frau G. hatte schon oft Krankenhauskosten über den Sohn für sie bezahlt, die wegen der Vielfalt der Erkrankungen sehr hoch waren. Um nun die Familie ihres Bekannten besser kennenzulernen, sie wollte nicht ein zweites Mal den Fehler machen, dieses zu versäumen, lud sie diese ein. Sorgfältig bereitete sie ein Dinner vor. Großen Wert legte sie auch auf die Dekoration des Tisches, auf dem das Rosenthalservice prangte. Es kamen 17 Personen inklusive Klein- und Kleinstkinder, die sich sofort bereitwillig im Garten in einem Kreis auf den Boden setzten und bevor ihnen die Gläser für einen Begrüßungstrunk gereicht waren, schon aus den Flaschen tranken. Später ignorierten sie Besteck und Vorlegebesteck; sie bedienten sich direkt aus den Schüsseln mit den Händen. Dies ist weitgehend landesüblich und auch die reichen, hier lebenden Inder, halten an diesen Teil ihrer Kultur, das Essen mit den Fingern, sehr strikt fest. Frau G. hatte dies jedoch nicht gewußt. Auch nicht, daß der reiche, mit den Fingern essende Inder trotzdem andere Tischsitten hat, als der in einer Hütte lebende Afrikaner, der vor seiner Hütte auf dem Boden neben der Feuerstelle das Essen einnimmt, das in einem großen rauchgeschwärzten Aluminiumtopf gekocht wurde und dann in der Mitte steht.

Ein Cousin ihres Bekannten hatte sich spontan in die Stereoanlage verliebt und sprach den Wunsch aus, diese besitzen zu wollen. Nach all ihren schlechten Erfahrungen, die sie jedoch bis jetzt gemacht hatte, war sie nur bereit, ihm diese für eine Woche zu „leihen" (daß in den Hütten der Einheimischen kein Strom ist, hatte sie auch noch nicht beobachtet) und er versprach hoch und heilig, diese nach 8 Tagen wieder zurückzubringen. Als die Anlage jedoch auch nach Monaten nicht zurückkam, konnte sie durch die bereitwilligen und entgegenkommenden Nachforschungen ihres Bekannten in Erfahrung bringen, daß diese Familie seit Monaten bereits auf Reisen sei. Nun kam jedoch endlich ihr Privatauto aus Deutschland an, auf das sie so lange und sehnsüchtig gewartet hatte, es war ein schwarzer Golf GTI. Um beim Fahren jedoch in Zukunft entlastet zu werden, machte der Bekannte sogleich den Führerschein. Nun traf dieser Umstand zufällig mit dem zusammen, daß die kränkelnde Mutter ins Hochland gebracht werden sollte, wo die Familie herstammte. Da sie begleitet werden sollte von einem Teil ihrer Verwandtschaft, war für Frau G. kein Platz in dem Auto. Er war auch ausgestattet mit einer Summe Geldes für ein Grundstück im Hochland, auf dem sie später Urlaube verbringen wollten. Er kam nach 7 Wochen mit einem Auto zurück, daß sie nur noch vage an den ehemaligen schwarzen Golf GTI erinnerte. Er hatte einen - natürlich - unverschuldeten Unfall gehabt, mußte jedoch die Reparatur seines - ihres - Autos selbst tragen, wozu er das für das Grundstück gedachte Geld verwendet hatte. Gott sei Dank hatte er dies zur Verfügung gehabt! Auch dem Fahrer, des den Unfall verursachenden Autos hatte er „aus der Patsche geholfen", denn er selbst gehörte einem ganz besonders hilfsbereiten Stamm an. Die Reparatur, vor allem der Karosserie, hatte sichtlich in keinem Meisterbetrieb stattgefunden. Nachdem er sich eine Weile an dem Kat-Geschäft weiterversucht hatte, jedoch wieder ohne Erfolg, fuhr er wieder ins Hochland um den ersten Verlobten zu finden, damit er ihm zumindest die Büroeinrichtungsgegenstände abnehmen könne. Von dieser Reise kam er nach 8 Wochen, jedoch ohne Auto zurück. Er wurde von einem Verwandten begleitet, von dem ihn Frau G. gleichsam „loskaufen" mußte, denn dieser hatte ihm hohe Beträge für Schlafen, Unterkunft, Reisegeld etc. vorgestreckt. Die Erklärung für alles war folgende: Er hatte unverschämtes Glück gehabt, als er sich bei einem Überfall durch Räuber selbst retten konnte. Die Räuber hatten sämtliche Fenster des Autos eingeschlagen und hatten es auch ausgeraubt.

Er selbst war jedoch mit dem Schrecken davon gekommen und begann sofort logisch mitzudenken. Dies sah so aus, daß er sofort in Nairobi einen Satz VW Golf Fenster, Golf GTI bestellen ließ, deren Lieferzeit allerdings 2 - 3 Monate dauern sollte, allerdings müsse er sofort mit einer Summe Geldes wieder los, um die Scheiben im voraus zu bezahlen. Es handelte sich um eine Anzahlung von DM 3.000,--.

Erleichterten Herzens gab ihm Frau G. das Geld, froh darüber, daß er in jeder Hinsicht so clever reagiert hatte. Es mußte unheimlich viel dazwischengekommen sein, denn er kam erst nach 2 Monaten zurück, allerdings war wieder ein „kleiner Schuldenberg" angelaufen., Allmählich ungeduldig und ihren Liebsten, nicht so lange missen wollend, schlug sie ihm vor, ein letztes Mal die Reise nach up Country anzutreten, um das Auto zu verkaufen. Bei stattfindenden Telefongesprächen teilte er ihr mit, daß dies sehr schwierig sei und als er endlich einen solventen Käufer gefunden hatte, ging es nur noch darum, daß sie einen entsprechenden Geldbetrag nach Nairobi überweisen sollte, weil der Käufer zwar 100%ig von dem Auto begeistert sei, es jedoch in der Farbe weiß bevorzugen würde. Es fielen also vor dem Kauf, nur noch die Kosten der Umlackierung an.

Daß sie den Kaufpreis niemals sah, soll als selbstverständlich angenommen werden. Heute befindet sich Frau G. in stationärer nervenärztlicher Behandlung in Deutschland, nachdem sie auch noch ihren, von fremden Leuten aus Deutschland, zur Hilfe herbeigerufenen Sohn, nicht in ihr Haus ließ und ihn in englischer Sprache durch einen geöffneten Fensterspalt des Grundstücks verwies.

Sie hatte ihn nicht erkannt... und sie hatte alles nicht gewußt.

Die Erinnerung ist das einzige Paradies
aus dem man nicht verjagt werden kann
Jean Paul

Safari

Früh am Morgen, es war vier Uhr und die Sterne standen noch am
Himmel, hielt Sultans großes Safariauto vor unserem Turm. Zulaika,
Billi und Nawidu waren auch dabei und sie halfen uns alle beim Ein-
steigen. Bei der Ausfahrt aus dem Grundstück streiften die tief-
hängenden Zweige unser Auto; dann ging es auf der Hauptstraße
nach Mombasa. Hier fuhr Sultan zu dem großen indischen Fruchtmarkt, auf dem schon reges Treiben herrschte. Die Händler kamen
mit Autos, mit Fahrrädern und großen Körben und bauten auf ihren
Ständen ihre Früchte, Salate und Gemüse auf. Hühner gackerten
und Leute feilschten. Sultan ging direkt auf den Stand eines In-
ders zu, der nur Bananen anbot und kam nach längerem Verhandeln
und Auswählen mit seinem Kauf zurück. Er erklärte uns, daß dies
ein ganz besonderer Bananenfachmann sei, der durch Einschätzung
der Farbe und leichtem Druck den ganz genauen Zeitpunkt angeben
könne, wann die Banane am besten schmecke. Zum Schluß würde er
noch daran riechen, um dann zum Beispiel zu sagen „morgen Vormittag there will be the best taste". Sultan hatte jedoch welche
ausgewählt für „heute Nachmittag".

Wir fuhren weiter nach Voi und bald konnten wir in der Ferne die
Taita Hills in der fahlen Dämmerung erahnen. Wir bogen in das
Wildreservat Tsavo Ost ein und erlebten das Erwachen der Natur.
Bäume bewegten sich auf uns zu, schoben sich ineinander, trieben
uns in die Enge, schienen sich für uns zu öffnen, um sich sogleich
hinter uns wieder zu schließen.

Auf freier Savanne sahen wir als erstes eine Büffelherde. Die Tiere standen da wie träge, graubetonierte Statuen, als wir an ihnen

vorbeifuhren. Auch der Morgen sah noch grau aus und wir fuhren schnell, denn wir hatten noch einen weiten Weg vor uns. Der Zauber der Savanne hatte uns jedoch vom ersten Augenblick an in seinen Bann geschlagen. Die Straßen hatten tiefe Schlaglöcher und waren hier von rotem Sand. Sie waren tief ausgewaschen und dies sei besonders nach den Regenzeiten so, sagte Sultan. Die Dämmerung ist in Afrika auch am Morgen sehr kurz und schnell erschloß sich uns die unendliche Weite. Der runde Ball der glühenden Sonne folgte rasch der roten Farbe, die sich schon verheißungsvoll am unendlichen Horizont abgezeichnet hatte. Es war ein faszinierendes Schauspiel als die weite Savanne rot-orange flimmerte. Die Bäume schienen ihre kolossalen Kronen zu heben nach der Ruhe der Nacht und in der Ferne stehende, bizarre, kahle Baumfragmente erweckten den Eindruck, sich zu recken. Blitzschnell sprangen nun Gazellen herum, die die Vision, man sähe ein Gemälde durch ihre Bewegungen zerstörten. Samtig war die Farbe des Morgens jetzt und samtig weich war auch die Luft, die wir atmeten. Ein wesentliches Element dieser Landschaft und des Lebens hier war die Luft. Blaßblau war der Himmel, als die Sonne silbrig wurde. Aber die Bläue hatte etwas Leuchtendes und färbte die Umrisse der Wälder und Berge mit frischer, tiefer Farbe. Hier trat uns urwüchsige, afrikanische Natur gegenüber. Wir sahen zunächst die langen Hälse von Giraffen und später sahen wir sie gehen, hochbeinig und majestätisch. Gelangweilt gingen sie hintereinander, um vornehmlich an Akazienbäumen stehen zu bleiben und zu weiden. Neugierig unterbrachen sie diese Tätigkeit wieder, um uns zu betrachten und wie hohe Türme ragten sie immer noch aus der Wildnis hervor, in der sie wieder verschwunden waren.

Die Straße ging dem Gebirge zu und oft passierten wir Gräben, Bäche oder ausgetrocknete Flußbetten. Hinter einem Hügel, der immer näher kam, versprach uns Nazir Krokodile und Flußpferde zu sehen. Hoch am Himmel sahen wir Adler gefährlich kreisen und dann kam der große Fluß. Zackig abgerissen war das Ufer, träge das braune Wasser, in dem sich die reglosen Körper der Krokodile und Flußpferde sonnten. Ab und zu rissen die Ungeheuer ihre gewaltigen, grau-rosa Mäuler auf zu einem unglaublichen Gähnen und die Krokodile zeigten ihre Zähne, gleichmäßig und spitz, wie filigrane weiße Scherenschnitte. Stumpf wie ein fahler Opal lag dann ein See vor uns, dem schillernd bunte Vögel Millionen Glanzeffekte setzten.

Hier trafen wir Ismaili mit seiner ganzen Familie, daß heißt seine Frau, Imram, seinen ältesten Sohn, Fifi, die Tochter und auch die zwei kleineren Schwesterchen, die Fifi noch gefolgt waren. Er holte aus seinem Auto ein reichhaltiges, indisches Picknick, an das man sich seiner pikanten Abwechslung wegen, nur unschwer gewöhnen konnte. Anschließend fuhren wir alle zusammen weiter, über eine Straße, die gewellt war wie ein Waschbrett in den Park Tsavo West. Diese Straße ließe sich nur ertragen, wenn man sehr schnell darüber führe, belehrte uns Sultan und er raste über das endlose Paradies der viel zu tiefen Querrillen, die so hart waren, als wären sie aus gestampftem Zement. Zeitweise eröffneten sich gewaltige Fernsichten und überraschende Mischungen und Wechsel von Licht und Farben. Es wechselten trockene Savannen mit fahlem Sonnenlicht, mit üppig grünem Gelände, das die Sonne kräftig beschien. Wir sahen viele Herden von Zebras. Sie tauchten aus dem Helldunkel der Natur ganz plötzlich auf. Kurios sind die Muster, die wie ein Fingerabdruck beim Menschen, sich nie wiederholen. Nashörner schienen geistesabwesend zu grasen, um plötzlich abrupt vorwärts zu stürmen, um dann jedoch wieder grasend stehenzubleiben. Die grazilsten Springer in dieser vielfältigen Landschaft waren jedoch immer wieder die vielen Gazellen, die in den verschiedensten Farbtönungen plötzlich auftauchen, um dann wieder in der Unendlichkeit zu verschwinden. Der königsblaue Himmel stand in einem gewagten Farbkontrast zu der leuchtend ziegelroten Straße, über die wir wieder fuhren. Unsere zerrütteln Körper erfuhren nun wieder die Weichheit einer Sandstraße, die wir nun nach geänderter Route in Richtung Tansania befuhren. Von dem Kilimandscharo vor uns sahen wir nur visionell den schneeigen Krater, da sich der Himmel und der restliche Berg zu einem gemeinsamen Blau vermengt hatten.

Trotzig standen wildzerklüftete, schneeweiße Wolkenkugeln über uns. Der Himmel, mit den schnell wechselnden Wolkenformationen war das Orchester, das uns begleitete. Wir fuhren nun in Richtung Sonnenuntergang.

Endlich sahen wir an einem Waldrand von weitem, malerisch das Camp, Sultans Camp. Es war unser Ziel und wir sahen die kleinen grünen Dächer, die sich unter dem Busch duckten. Wir waren zwölf Stunden unterwegs gewesen und ein Safariauto ist kein Salonwagen und eine Safaripiste keine Autobahn. Der rote Staub war nicht nur hinter uns geblieben, so daß wir uns zuallererst genüßlich unter die Brausen stellten, deren sonnenaufgeheiztes Wasser uns unendlich gut tat. Unsere Zelte standen entlang dem Tsavo River, einem wilden Fluß, in dem Nawidu sogleich zu fischen begann. Die umsichtige Crew dieser Anlage schien überall zu sein. So standen die Koffer in unseren Zelten, ein Lagerfeuer brannte, der Geruch von Tee verbreitete sich und Nawidus Fische lagen auch schon auf dem Grill. Wir trafen uns am aufglühenden Lagerfeuer und erlebten die große Konkurrenz, den Sonnenuntergang, während die köstlichen Gerüche aus der Küche unseren Appetit gewaltig stimulierten. Der Herd war ein Kuriosum, bei dem ein ganzer Baumstamm unter vielen Feuerstellen brannte. Hier standen die Köche inmitten eines Sammelsuriums von verbeulten Töpfen und Pfannen, Kanistern und Getränkekisten. Es war das Geheimnis derer, wie sie das Menü, das in einem großen Speisezelt serviert wurde, gezaubert hatten. Gott hatte für die Augen gesorgt und die Küchenmeister für die Gaumen. Nachher saßen wir wieder am Lagerfeuer und der bewaffnete Wildhüter erzählte uns von seinem Leben mit den Tieren und die große Tropennacht umhüllte uns dabei. Es wird ein ewiges Geheimnis bleiben, warum die Nächte so hell sind. In der afrikanischen Nacht sieht man weiter und die Sterne leuchten intensiver.

Der Schlaf in unseren Zelten war erquickend und es gelang den guten Geistern uns am Morgen lautlos zu wecken. Duftend heißer

Early Morning Tea stand vor unseren Türen und frisches Wasser, für jeden gerade so viel, um sich die Augen auszuwaschen. Es war noch fast dunkel, vielversprechend sagte sich jedoch schon der Morgen an. Aus allen Zelten waren sie schon hervorgekommen, um auf die Pirsch zu fahren. Frisch sahen wir alle aus an diesem Tag und sauber und die Kleidung mit dem Rotschimmer vom Vortag hatten wir ausgewechselt. Sultan hatte schon wieder seinen großen Hut auf und er drehte an einem gewaltigen Rohr, um sein Büro an der Küste anzufunken.

An einem nahen Tümpel sahen wir Affen mit ihren Babies. Sie sahen uns geradezu provozierend an und die Sonne kletterte schon wieder in einem verschwenderischen Farbenspiel vom Horizont zum Firmament. Caroline war durch den Ausstieg auf das Dach gestiegen. Sie hatte einen Hut auf und sah aus wie Tania. Ich weiß nicht, an was sich Sultan hier in der Endlosigkeit immer wieder orientierte. Schemenhaft war allerdings überall der Kilimandscharo mit seinem weißen Schneekranz zu sehen. In der silbrigen Ferne standen eindrucksvoll die Unikate der verschiedensten Baumarten. So zum Beispiel ein gewaltiger Baobab, abstrakt wie eine poröse Versteinerung, Akazien und Schirmakazien, letztere mit den waagrechten, undurchlässigen Schichten. Es waren auch Kakteenbäume hier, grün und fleischig, Euphorbien und Bäume, die von weitem aussahen wie Weihnachtsbäume mit aufgehängten Kugeln. Dies waren die Nester der Webervögel und wenn man näher kam, dann hörte man die geschwätzigen, gelben, nimmermüden Bewohner. Uns fiel hier besonders die Fülle farbenprächtiger Vogelarten auf. Auch lenkten wir unser Augenmerk auf die Vielfalt tropischer, hochinteressanter Kleintiere, merkwürdiger Echsen, Schildkröten und Schlangen. Einen Blick, den Caroline hier nach oben richtete, hat sie eindrucksvoll festgehalten, auf einem Foto. Drei Dinge kann man hier erkennen: das tiefe Blau des Himmels, eines blasse Mondsichel und einen Adler mit enorm weit ausladenden Flügeln. Viel kahles Dornengestrüpp ragte hier abstrakt in den Himmel. Wälder schienen zu schwingen und das

Gras verbreitete würzige Gerüche. Wir fuhren vorbei an Dörfern mit spitzen, runden Dächern auf den Häusern, wie Maulwurfshügel auf einer Straße, die nur ein leeres Flußbett sein konnte und noch dazu stieg sie sehr steil an. Wie ein großer leuchtender Smaragd, lag oben angekommen, der Lake Chale vor uns. Dieser blaugrüne Juwel bildet die Grenze zu Tansania und er wird oft der zauberhafteste Kratersee Kenias genannt. Die Autos mit den großen Rädern glichen nur schwer und nur mit der zusätzlichen Hilfe der Fahrkünste des Fahrers die Unwirtlichkeiten auf dieser Straße einigermaßen aus.

Eine lange Reihe zimtiger Wildschweine kreuzten unseren Weg und hochbeinig sahen wir Reiher schreiten, deren Bäuche sich im Rhythmus wiegten. Wir fuhren an vielen, vielen Termitenburgen vorbei, leuchtend, in der Farbe sonnengebackener Erde. Wir durchfuhren Sand und Weide, das mit verschleiertem Blick den Eindruck von Samt und Seide erweckte. Benommen blickten wir in die Morgensonne und der unvergleichliche Duft des Savannengrases betäubte uns wie süßes Parfum.

Wir beobachteten Heere oft bunter und absonderlich geformter Insekten, Schmetterlinge, Spinnentiere und Tausendfüßler und wir bewunderten die gewandten Pillendreher bei ihrer emsigen Arbeit. Die Größe eines Elefanten geht einem erst richtig auf, wenn er um eine Kurve biegt und vor einem steht. Er zieht dann in voller Größe ab und die anderen auch, denn er ist nicht allein unterwegs. Wir sahen viele Herden weiden und wandern. Die Elefanten waren hier rot, da sie sich mit dem roten Lateridboden zum Schutz gegen die Sonne und Ungeziefer bewerfen. Erst allmählich gewöhnten wir uns an die roten Elefantenherden. Die Mütter sind besorgt um ihre Kinder, die mit ihrem kleinen Rüssel, sich an den Schwanz der Mütter haltend, hinter ihnen hergehen. Und immer wieder sahen wir große Büffelherden, die von weitem aussahen, wie aus Papier zurechtgeschnittene, schwarze Muster.
Wir waren weit und lange gefahren und nun wieder zurück im Camp.

Nach unserer verdienten Morgentoilette trafen wir uns zum Frühstück, dem die bunten Früchte und Getränke in den Glaskaraffen ein so farbenfrohes Aussehen gaben.

Nach dem Mittagessen fuhren wir hier wieder ab, nachdem unser Gepäck verladen war. Unvergeßlich bleibt die sternklare Nacht in der Abgeschiedenheit unseres Camps, in der wir uns trotz der fremden Geräusche in der Obhut der Hüter wiegten. Genauso unvergessen werden die Pirschfahrten um dieses Camp bleiben und das Camp selbst mit seinem unvergleichlichem Charme.

Nun fuhren wir weg vom Kilimandscharo entlang vieler Büffel- und Elefantenherden, vorbei an Zebras, Impalas und Giraffen, quer durch den herrlichen Garten der Tiere zur Kilanguni Lodge, die wir, nachdem wir noch einen Fluß durchquert hatten, am Abend erreichten. Das aufkommende samtige Licht sprengte alle Dimensionen als wir hochaufgetürmt langbeinige Marabus auf den hohen Bäumen sitzen sahen, die die Einfahrt zur Lodge säumten.

Hier badeten wir im Swimmingpool, während uns die wildgezackten riesengroßen Sterne anleuchteten aus dem schwarz der frühen Nacht. Wir holten unser Bestes aus dem Gepäck, um in der eleganten Atmosphäre, dem Ambiente der Kolonialzeit zu bestehen. Zu dem Wein des Landes aßen wir die Köstlichkeiten der exzellenten Küche, die uns stilvoll und vielgängig serviert wurden. Die angenehme Müdigkeit verschaffte uns eine traumlose Nacht unter den üppigen Moskitonetzen. Das englische, liebevoll zubereitete Frühstück über den Wasserstellen vor der Lodge genossen wir mit den wilden Tieren, die schon zum Tränken gekommen waren, gemäß Tania Blixens Traum von Afrika zwischen Luxus und Wildnis. Allen voran konnte man hier Elefanten sehen. Nashornvögel und Glanzstare mit ihren irisierenden, saphirblau funkelnden Hälsen saßen auf den Stuhllehnen und die vorgelagerte Wiese war übervölkert von grasenden Groß- und Kleintieren, die dort ein morgendliches Spektakel aufführten. Der erhabene Platz auf der großen, offenen Terrasse gewährte zudem eine atemberaubende Fernsicht auf die prachtvollen Berge im Hintergrund vor der weiten afrikanischen Savanne und auch von hier sahen wir wieder die Gletscher des Kilimandscharo funkeln.

Nur ungern trennt man sich von solchen Orten, deren Erleben vielleicht mit zu den Höhepunkten des Lebens gehören. Dieses Mal fuhren wir nach dem Frühstück auf die Pirsch und gleichzeitig war es die Abfahrt von dieser Lodge. Ein zierliches Dik Dik-Paar hellbeige, im Gleichklang mit der hellen Sandstraße hier, stand uns im Weg. Die kleinste Antilopenart, die gleich den Wildenten, mit nur einem Partner zusammenlebt, erklärte uns Sultan. Dies war ein sehr liebenswürdiger Anblick, wie die zwei zierlichen Kleinen sich gemeinsam zum, für sie sicheren Busch, hin entfernten.

Plötzlich führte die Straße durch ein kohlschwarzes Lavafeld. Wir fuhren an tiefschwarzen Bergen mit typischer Vulkangestalt vorbei, die aussahen als seien sie gerade erst erstarrt. Rund um die Kegel dieser Minivesuve regte sich jedoch Leben und hellgrüne, blättrige, kleine Bäumchen setzten hier hoffnungsvolle, und noch dazu auf diesem konträren Untergrund, attraktive Akzente. Wir fuhren weiter und ein hoffnungsvolles Leuchten lag über dem Mzima Springs. Aus der hier trockenen Lavaebene sprudeln ungeheure Wassermengen, die unterirdisch hierher kommen, um die Oase zu bewässern. Hier ist ein Reservoir, das Mombasa mit dem reinsten Trinkwasser Kenias versorgt.

Dieses offene, natürliche Becken ist von unbeschreiblicher Farbe, in faszinierender Umgebung, mit einer reizvollen und üppigen Vegetation, bevölkert von vielen, interessanten Tieren. Aug zu Aug kann man hier Flußpferde sehen, aus einer unterirdischen Glaskugel, aus der man auch fotografieren kann. Es gelang Caroline hier auch eine Vielfalt unsagbar schöner Fische auf Bildern festzuhalten. Die magische Stimmung hielt noch lang an. War es der Sonnen schein, der in diesem Open-Air-Dauerspektakel den Geist stimulierte oder war es die wunderbare Leichtigkeit des Seins, die nach Tagen in der Natur die Sinne treiben ließ.

Jugend ist ein Geschenk Gottes
Alter göttliche Autorität

Wie Caroline nach Kenia kam

Später war Caroline schon einige Monate in Kenia, als ich auch nach
dort kam und wir lagen schon in dem großen Bett, unter dem riesigen
Moskitonetz und hatten uns viel zu erzählen. Plötzlich hörte ich von
weitem sich nähernde, klappernde Geräusche, denn die Dunkelheit
wird in tropischen Nächten nicht ausgesperrt. Vorsichtig machte
ich Caroline auf das Klappern aufmerksam, das nicht zu den natürlichen Lauten der Nacht gehörte und lachend erzählte sie mir von
Toni.

Caroline hatte in diesem frühen Sommer ihre Schule beendet gehabt, Peter und Thomas waren auch schon von Kenia nach Deutschland nach Hause gekommen, um an europäischen Surfregatten teil-
zunehmen, wie sie dies immer taten. Es war Regenzeit in Kenia und
in den Hotels war nur jeweils ein Surflehrer für die wenigen Hotel-
gäste um diese Jahreszeit.
Tauchen fand bei der wilden Beschaffenheit des Meeres überhaupt nicht statt. Nun sollte, zu den in Kenia verbliebenen, noch ein
Surflehrer dorthin fliegen, für den bereits ein Flug gebucht war.
Am Morgen des Tages, an dem er fliegen sollte, sagte er jedoch ab
und es war für Peter und Thomas keine große Mühe gewesen, Caroline dazu zu überreden, dorthin zu fliegen.

Daß sie selbst nicht surfen konnte, störte alle drei nicht. Ein Buch
„über die Technik des Surfens" sollte sie auf jeden Fall während des
Fluges studieren, der sie ihrem Job als Surflehrerin näherbrachte.
Es wurde besprochen, daß Bakari und Soitt, die damals talentier-
testen Surfer des einheimischen Serviceteams auf den Boards
während des Unterrichts demonstrieren sollten, während Caroline
den Schülern die Technik des Surfens erklärte. Die Surfschüler

akzeptierten diese Form des Unterrichts. Gesagt, getan. Mit einer großen Auswahl betörender Badeanzüge und Bikinis, alle noch an diesem Tag besorgt, flog sie ab und es klappte großartig, ja sogar so gut, daß sie in dem von ihr betreuten Hotel, die bis dahin höchsten Einnahmen erzielte. Der Erfolg muß auf jeden Fall an etwas anderem als an ihrem Vorbild als Surferin gelegen haben.

Mittags, wenn der Strand leer war, da die Gäste sich in den Speisesaal und zur anschließenden Siesta zurückzogen hatten, zogen Soitt und Bakari Caroline vor das nächste Hotel, damit sie auch ja niemand erkenne und brachten ihr das Surfen bei. Sie lernte es zumindest so gut, daß sie später sehr sicher und erfolgreich natürlich selbst unterrichten konnte und Jahre später wurde noch nach der Surflehrerin mit den wunderschönen Badeanzügen gefragt, die so anschaulich den Surfunterricht gestaltete.

Peter und Thomas sandten jedoch bald einen Profisurfer nach und nun lagen wir unter dem Moskitonetz und sie erzählte mir die Geschichte von Toni.

Als er angekommen war, galt seine erste ängstliche Frage der Präsenz von Schlangen, was sich schnell in eine hysterische Angst steigerte, die von Marcello, dem smarten italienischen, angeblich buchschreibenden Sohn, seines großzügigen fernen Vaters, noch geschürt wurde. Marcello war ein beliebter Freund unseres Hauses. Caroline und Marcello kauften ein, als sie der Lärm eines von einem Kind in einer Blechdose hin- und hergeschüttelten Schillings belästigte, das an einem Obststand neben ihnen, auf dem Arm seiner Mutter saß. Marcello hatte die Idee den Lärmbelästiger käuflich zu erwerben und Toni als Schlangenabwehrsystem mitzubringen. Seitdem verließ dieser nie mehr ohne den, ihn begleitenden und von ihm erzeugten Lärm, das Haus und man hörte, wo er sich nachts gerade aufhielt. Eine „südamerikanische Schlangenabwehrmethode" hatten sie ihm erklärt.

An einem Abend erzählte mir Caroline sei er gekommen, ein Thermometer unter den Arm gepreßt, doch nicht vergessend mit der freien Hand seine Dose zu schütteln. besorgt. Mit klagender Stimme berichtete er 41 Grad Fieber zu haben. „Malaria", flüsterte er. Caroline wollte sich von seinem bedenklichen Zustand vergewissern und wollte das Thermometer prüfen. Er holte es aber nur selbst mit der Schnelligkeit einer Fotolinse hervor, um es blitzschnell wieder unter den Arm zu stecken. Die Grade fallen sofort herab, sagte er, und die rasante Kontrolle sei nur ihm selbst möglich.

Er hatte dazu ulkig aussehende Schüttelfröste gemimt. Caroline hatte sich mit einem Griff an seine Stirn jedoch davon überzeugt, daß er kein Fieber hatte.

Ein anderes Mal sei er mit einer großen Niveaschachtel gekommen, die er bedeutungsvoll geöffnet hatte. Vielsagend und schweigend hatte er auf ein Stück von einem toten schwarzen, harmlosen Tausendfüßler gedeutet und tonlos „schwarze Mamba" gestammelt und daß er sie erschlagen habe.

Später fand sie bei ihrem Nachhausekommen auf der Terrasse einen Zettel, auf dem mit krakeliger Schrift geschrieben stand „Skorpion gestochen". Er sei mit einem Taxi ins Krankenhaus gefahren, erzählten ihr die Angestellten und daß ihn einer von ihnen begleitet habe. Wahrscheinlich hatte er dort einen Mückenstich präsentiert, denn der Hausboy, der ihn begleitet hatte, sagte ihr, daß der Arzt nichts festgestellt hatte. Er hatte jedoch ab dieser Zeit einen Verband getragen, den er niemals entfernte, erst als man von dem „Skorpionstich" nichts, aber auch gar nichts mehr sehen konnte. Zwischenzeitlich lutschte er blaue Bonbons, die dunkle Spuren an den Lippen und auf der Zunge hinterließen. Er suchte täglich deswegen einen Arzt auf, der zunächst entsetzt an einen Herzfehler dachte. Er konnte sich von den Symptomen kein Bild machen, deren Ursprung ihm Toni lange verschwieg.

Er kam dann noch mit anderen aufgekratzten Mückenstichen, die er selbst als Schlangenbisse diagnostizierte, was im Haus geschehen sei, wo er die Büchse nicht geschüttelt habe und eines Tages hatte er beim Surfen den toten Kopf eines Afrikaners schwimmen sehen.

Caroline erzählte mir noch so Vieles in dieser Nacht und auch ich hatte ihr viel zu berichten. Wir schliefen lange am nächsten Morgen und dann gingen wir zum Brunch ins Nomads. Dies war ein traditionelles Fischrestaurant aus der Kolonialzeit. Hier war der Treff der restlichen Engländer, die noch immer an ihrer Zeit festhalten wollten. Warum es hier jedoch zu den Sonntagsbrunches ausgerechnet indische Curries gab, weiß ich nicht. Wahrscheinlich waren sie auch den Engländern eine pikante Abwechslung zu ihrer Küche. Zur Unterhaltung spielte New Orleans Jazz, was wie ein Ausflug in eine andere Welt war.

Toni wurde später von den Ängsten geplagt, seine Freundin in Peterfurt würde ihn betrügen. Um diesen Verdacht zu bestätigen, plante er überraschend nach Hause zu fliegen, um sich hinter den Fenstern des gegenüberliegenden Hauses eine Woche lang aufzuhalten, um sie ihrer Untreue zu überführen. Von dieser Idee war er nicht mehr abzubringen. Wir waren froh, obwohl er ein sehr gutaussehender, sehr guter Surflehrer war. Caroline hatte in diesem Zusammenhang einen großen philosophischen Ausspruch geprägt, der ihn in einem Gespräch sehr aggressiv machte, nämlich „Treue ist reine Diskretionssache".

Im Flugzeug nach Hause gelang ihm noch eine so glaubwürdige „Herzattacke", daß der Pilot über Funk einen Arzt mit Krankenwagen zur Landung bestellte. Toni hatte jedoch zu früh damit angefangen und er konnte das Schauspiel nicht so lange durchhalten. Es blieb ihm nur noch diesen Einsatz der Ambulanz, der nun umsonst war, zu bezahlen.

Toni hatte sich offenbar in Kenia nicht wohlgefühlt.

Die Luft war wie Champagner
und die Landschaft atmete Größe aus
Tania Blixen

Ghedi

Einer der interessantesten Orte an der ostafrikanischen Küste ist
Ghedi, eine ausgegrabene, arabische Stadt, die uns in eine Kultur
zurückführt, die im 14. und 15. Jahrhundert ihre Blütezeit hatte.
Sie sagt aus von Reichtum, Handel und einer durchstrukturierten
Gesellschaft.

Jahrhundertelang hielt dichter Dschungelbewuchs dieses Geheimnis verborgen, bis die Ausgrabungen der Ruinenstadt erst in unserem Zeitalter begannen. Gede heißt in der Sprache der Galla, die
Kostbare und tatsächlich erkennt man Paläste, Moscheen, Zister-
nen und prunkvolle Tore. Es ist, weiß Gott, kein Sammelsurium ein-
gestürzter Mauern, denn die Ruinen beschwören auf geheimnisvolle
Weise noch eine Stimmung herauf, die von der Wohlhabenheit seiner damaligen Bewohner erzählt. Und steht man im Empfangshof
des Palastes, dann meint man das Plätschern des Wassers in den
ausgetrockneten Wasserkanälen zu hören. Man kann den Reichtum
der Leute von damals ahnen, sich das wertvolle, chinesische Porzellan, des indischen Glases oder der islamischen Töpferwaren, deren
Reste noch in einem Museum zu betrachten sind, in den Nischen
vorstellen, oder die wertvollen Teppiche, die an den Wänden hingen,
wovon die großen, noch vorhandenen Haken erzählen und fast den
Duft der wohlriechenden Ambra einatmen. Man fand auch chinesische Glasuren, indischen Carneol, Kobalt, rotlackiertes Glas und
Augenbrauenstifte.
Einige Mauern und elegante Bögen tragen heute noch Zeichen der
Steinmetzarbeiten der Korallenfriese.
Ghedi hat den Hauch von Geheimnis um sich, da es in keiner Chro-
nik erwähnt und von keinem Verfasser je beschrieben wurde. Die

Geschichtsschreibung erwähnt die Stadt mit keinem Wort und somit ist nicht nachzuvollziehen, wann sie entstand. Ein Grabstein trägt die Jahreszahl 1399. Aus Gründen, die ebenfalls nicht bekannt sind, wurde sie von ihren Bewohnern im sechzehnten Jahrhundert verlassen, später aber noch einmal besiedelt, um sie jedoch dann ganz dem Dschungel zu überlassen. Die Bewohner haben einen florierenden, weitreichenden Handel betrieben. Es ist jedoch auch unverständlich, warum die Stadt im Landesinnern und nicht am Meer lag. Es besteht aber auch die Meinung, daß das Meer im Laufe der Jahre zurückgewichen sein könnte. Jetzt stehen Affenbrotbäume zwischen den Ruinen, groß und wuchtig und die üppige Vegetation, die die Stadt über Jahrhunderte verborgen hielt, umgibt sie nun nur noch, wenn auch bedrückend. Einheimische meiden nachts den Ort, dem das Rascheln unsichtbarer Schlangen, Affen und bunter Tropenvögel Unheimlichkeit verleiht und ihn zu einer Geisterstadt macht.

Ebenfalls ein Phänomen dieses Ortes ist das Gelbrücken-Rüsselhündchen, ein Kuriosum, ein Spiel der Natur, das in Ghedis Unterholz für Bewegung sorgt. Diese Tiere leben hier, als für Kenia, einzigartige Spezies.

Als ich das erste Mal mit Caroline diesen Ort besuchte, waren wir sogleich von dem Zauber gefangen, über dem die Melancholie des Vergänglichen so deutlich lag.

Die seltsame Stimmung eines Vormittags vermittelte uns gehauchte, fast dürftige, leicht verschwimmende Umrisse. Der feine Dunst, der alles zart umhüllte, entrückte uns. Es war wie das Eintauchen in die Selbstbesinnung.

Die prunkvollen Paläste brachten uns in die Vergangenheit des versunkenen Orients. Wir waren ganz allein in der Stadt an diesem Morgen, nur Caroline, ein Führer und ich und dies erhöhte das

Erlebnis gewaltig. Als wir den Palast betraten, fühlte ich förmlich den Schleier um mich wehen. Wir gelangten durch ein zugespitztes Gewölbe über eine Stufenflucht zu einem niedriger gelegenen Hof. „Tiefer gelegte Höfe, die als Empfangsräume dienten, sind das Charakteristikum Ghedis" erklärte unser Führer. Hier befand sich ein großer Brunnen, sowie ein offener Platz. Auch Senkgruben als Sammelbehälter für Regenwasser waren hier und eine Passage führte zum Empfangsraum. Dies war ein rechteckiger Hof vor dem Hauptgebäude des Palastes mit Terrassen an drei Seiten. An der vierten Seite befand sich eine Gerichtsbank. Man kam auch in einen Audienzsaal und in ein interessant, eingeteiltes Wohn- und Wirtschaftssystem, in denen man immer wieder Toilettenräume fand mit in Stein gehauenen Bidets. Ein Frauenhaus war angebaut. Wohneinheiten mit äußeren und inneren sowie sanitären Räumen und mit Innenhöfen. Man erkannte Personalunterkünfte. Vierzehn weitere große Häuser waren freigelegt. Es gab das Haus der Kauries, das Haus der Porzellanschüssel, das Haus der Zisterne, in dem deutlich ein Raum mit einem Pool zu erkennen war, der durch einen Kanal durch die Wand vom Nebenraum aus, gefüllt wurde.
Spätestens hier sah ich auch Caroline, im wehenden alles und nichts verhüllenden Schleier, die mit ihren staunenden, blauen Augen aus den geheimnisvollen Augenschlitzen um sich sah.

Es war eine große Moschee hier in interessanter Architektur und es waren auch noch mehrere, kleinere Moscheen auf dem Areal verstreut. Es bestand ein innerer und ein äußerer Wall um dieses Kleinod. Wir sahen ein Haus des Elfenbeinkastens, eines, des langen Hofes genannt, eines des doppelten Hofes, ein anderes „auf dem Wall" und das "Haus der venezianischen Perle". Wir waren eingefangen von dieser magischen Stimmung und als wir die Stadt wieder verließen, waren wir ergriffen von dem Geheimnis, das sie umweht, zumal die Geschichte des ganzen, großartigen Erdteils bisher noch größtenteils unentdeckt ist. Prosaischer und prominenter als diese Gelbrückenkuriositäten, die wir jedoch nicht gesehen hatten, ist das typische Giriama Dorf in einer Lichtung, außerhalb dieser Stadt.

Hier lebt der Stamm der Giriama, deren Frauen man gehen sieht mit glänzenden, nackten Oberkörpern und mit Kissen betonten Hinterteilen und mit Körben, die sie auf ihren Köpfen balancieren. Dieser Ort gibt eine Idee von der Behausung und der Gesellschaft der Giriama mit der Hütte des Mzee, des Alten, der Hütte der Mutter des Mzee, der des großen Kindes und der Teenager.

Die Mädchen führten für uns allein einen Tanz vor, zu dem die Männer trommelten. Wir hatten die Schleier wieder abgelegt und saßen hier beschwingt vom Rausch des Erlebten wie Königinnen als Zuschauer allein und in der ersten Reihe, genießend die Sekunden der Ewigkeit. Caroline wurde später von den Mädchen aufgefordert, mitzutanzen und teilzuhaben an der sichtlichen Freude, den der temperamentvolle Stammestanz bescherte.

Hier fingen meine Gedanken bereits an, sich an dem Inhalt eines Romans zu verlieren, der Aufklärung über das Geheimnis Ghedi bringt und an dem ich heute eifrig schreibe.

Das Aga Khan Hospital

Wir hatten am Vortag meinen Geburtstag gefeiert. Caroline hatte in einem Restaurant eine Party arrangiert, wozu sie auch eine Geburtstagstorte bestellt hatte. Als sie sagte, es müßten achtundvierzig Kerzen darauf brennen, wurde ihr erklärt, wie könne man nur so alt sein. Als man mir die Torte zutrug, rief ich erstaunt „es hat noch jemand Geburtstag" und dann erst merkte ich, sie war für mich.

Dies war am Tag vorher gewesen und wir saßen schon wieder auf der Terrasse, um zu frühstücken. Caroline war schon in „ihr Hotel" gefahren, um einen Surfkurs abzuhalten, als ein Auto vorfuhr und ich verstand in dem Wortschwall des Italieners, der diesem entstiegen war und den ich nicht kannte, das Wort „Exidente". Die Intuition einer Mutter ließ mich erstarren und tatsächlich kam sogleich ein zweites Auto, dem Caroline, Gott sei Dank selbst, wenn auch sichtlich angeschlagen, entstieg. Ein Autofahrer hatte auf einer geraden Straße ihre Vorfahrt übersehen, was zur Folge hatte, daß sie mit dem Kopf durch die Windschutzscheibe des Watersports VW Busses, den sie gesteuerte hatte, geflogen war. Es war noch ein drittes Auto gefolgt, dem der Arzt entstieg, der sie nach Mombasa ins Krankenhaus einwies. Das vierte Auto war ein Ambulanzwagen, in den Caroline gelegt wurde und in dem ich sie begleitete und jede Unebenheit auf der Straße nach Mombasa, von denen es viel zu viele gab, tat nicht nur ihr weh.

Caroline lag blaß auf der Liege mit geschlossenen Augen und sie hielt fest den noch geschlossenen Brief ihres Freundes in der Hand, den ihr jemand vom Büro gerade noch gegeben hatte, den sie aber nicht zu öffnen vermochte.

Das Röntgenbild fiel positiv aus, sie sollte jedoch wegen einer anzunehmenden Gehirnerschütterung einige Tage im Krankenhaus bleiben. Das Krankenhaus war hell und licht mit einem grün bepflanzen Innenhof, den ein runder Laubengang umgab. Von diesem erreichte man die Krankenzimmer, die durch Vorhänge abgeteilt waren. Diese waren jedoch geöffnet, so daß die Patienten nicht das Gefühl des Alleinseins hatten. Auf, neben den Betten, stehenden Stühlen saßen Angehörige, die sich ablösten, um auch nachts, wobei sie auf mitgebrachten Matten vor den Betten schliefen, bei ihren kranken Familienmitgliedern zu sein. Diese wurden niemals von einer Invasion von Besuchern attackiert und sie waren niemals allein. Sie waren niemals gezwungen zu sprechen, wenn ihnen nicht danach war, weil der Angehörige sowieso bei ihnen blieb. Carolines Zimmer war mit einem Vorhang von einem zweiten Bett getrennt. Dieser war jedoch geschlossen, denn es lag ein, schwer an Malaria, erkranktes Kind dahinter. Das Kind lag im Koma und seine Oma betete händeringend und schluchzend zu Allah. Stumm drückte sie eine entsetzliche Qual aus. Gemäß der humanen und freundlichen Sitte dieses Landes blieb ich auch den ganzen Tag neben Carolines Bett sitzen und gemäß dem Sinn dieser Sitte wähnte sie sich selbst schlafend in dem Bewußtsein meiner Anwesenheit. Wir waren, soweit ich dies überblicken konnte, die einzigen Weißen hier und als Caroline zu Mittag ein leichtes, kleines Essen angeboten wurde, wurde auch ich gefragt, ob ich etwas essen möchte und ob es etwas afrikanisches, oder etwas indisches sein solle, da es etwas europäisches nicht gäbe.

Bei den hübschen und äußerst freundlichen, schwarzen Schwestern fiel wegen des Kontrasts besonders das Weiß ihrer Tracht auf. Caroline erholte sich auffallend schnell nach den Infusionen, die sie erhielt und die kontrollierenden Ärzte waren äußerst aufmerksam. So war auch das schwerkranke Kind unter ständiger ärztlicher Obhut und es war zu beobachten, daß für das Kind alles erdenkliche getan wurde. Bei dieser Krankheit kommt es im Ernstfall zu einer Nacht der Krise. Das heißt, wenn man diese übersteht, geht es aufwärts. Diese Nacht stand bei dem Kind bevor und als ich spät am

Abend das Krankenhaus verließ, wurde es äußerst behutsam in ein anderes Zimmer verlegt, damit Caroline eine ruhige Nacht habe Als ich am nächsten Morgen wiederkam, traf ich als Erste auf dem Flur die sichtlich glückliche Oma, die wieder mit hocherhobenen betenden Händen im Flur stand. Das Kind hatte die Nacht überstanden und war aus dem Koma erwacht.

Caroline ging es erstaunlich gut, sie klagte nicht einmal über Kopfschmerzen. Trotzdem wollten wir uns an die fürsorglichen Anweisungen der Ärzte halten, die vorschlugen, daß sie noch weitere Infusionen erhalten solle.

Auf ihrem Nachttisch lag an diesem Morgen ein kleines Päckchen, das kleine süße Kuchen enthielt, die in Zeitungspapier gewickelt waren. Vorbeigehende Besucher anderer Kranker waren durch die offene Türe zu ihr gekommen und hatten ihr gute Wünsche gesagt und sie beschenkt. Bei meinem nächsten Besuch am anderen Morgen saß eine groteske Gestalt an ihrem Bett. Er war zu ihr ihrer weißen Haut wegen, gekommen, die auch er hatte. Es war ein Italiener, der am ersten Tag seines Aufenthaltes hier einen Motorradunfall gehabt hatte. Er machte einen sehr munteren Eindruck und da er nicht englisch sprach, bediente er sich einer lustigen, jedoch verständlichen Mimik, obwohl er durch einen kompletten Anzug aus Gips sehr bewegungseingeschränkt war. Es muß sich jedoch wegen des regen Eindrucks des Patienten um ein vorsorgendes, großzügiges Eingipsen gehandelt haben, einschließlich des Kopfes, der aussah, als trüge er einen großen weißen Motorradhelm. Als Caroline aus diesem freundlichen Krankenhaus vollkommen beschwerdefrei entlassen wurde, brachten gerade acht Töchter ihre, an Malaria erkrankte, Mutter. Sieben gingen wieder nach Hause, um dann einzeln wiederkommend, die jeweils andere, abzulösen.

Caroline blieb nicht in Kenia. Sie ging wieder zurück, um einem äußerst konservativen Beruf nachzugehen. Ihre vielen und langen

Aufenthalte später waren nur Besuche und Urlaube. Caroline war vor ihrem Geburtstag abgereist, weil sie diesen zusammen mit ihrem Freund in unserem Haus feiern wollte.

Ich hatte rechtzeitig Heimfahrenden eine Mitteilung an unser Blumengeschäft in unserem Dorf mitgegeben, mit der Bitte, ihr an diesem Tag einen bunten Sommerstrauß ins Haus zu bringen. Als ich sie am Vormittag anrief, um ihr auch persönlich zu gratulieren, teilte sie mir lachend folgendes mit. Sie hatte sich angeschickt gehabt, Kaffee zu kochen, während ihr Freund ins Dorf gefahren sei, um frische Semmeln zu holen. Natürlich hatte er auch den Kauf eines Blumenstraußes miteingeplant. Er kam in das Geschäft und sah ein fertiges buntes Gebinde, das er sogleich kaufen wollte. Dieser Wunsch wurde ihm jedoch mit der Erklärung abgeschlagen, daß dieser Strauß in den nächsten Minuten ausgefahren werden würde. Es sei jedoch überhaupt kein Problem, denselben noch einmal zu binden, wurde ihm freundlich angeboten. Peinlich wurde darauf geachtet, daß er wegen seiner Schönheit und Harmonie auch ja derselbe werden würde.

Er war mit dem wunderschönen Erwerb nach Hause gekommen und bezauberte auch Caroline damit. Er schmückte den Frühstückstisch, an dem sie beide genüßlich saßen, als es klingelte. Dem eifrig Öffnenden wurde mit dem erstaunten Ausruf „ach Sie sind das" von dem Mädchen, das ihn gerade bedient hatte, just der Strauß überreicht, der seinem als Vorlage gedient hatte, von denen nun zwei im Hause waren.

Es gibt Dinge, die äußerst gut vorbereitet, dennoch nicht zustande kommen und es gibt Dinge, die verwunderlich sind.

Und jedem Anfang wohnt ein
Zauber inne, der uns beschützt
und der uns hilft zu leben

Hermann Hesse

Squatter und Mughangas

Squatter sind Leute, die sich einfach irgendwo wild ansiedeln. Je
länger dies vom Besitzer dieses Stück Landes unbemerkt bleibt,
um so höher wird die Abstandssumme, die er bezahlen muß, damit
sie sein Land wieder verlassen. Es gibt jedoch auch legale Squatter.
In diesem Fall weist ihnen ihr Dienstherr den Grund zu, auf dem
sie sich, meist eine Lehmhütte, bauen. Am Ende des Grundstücks
meiner Söhne, das in der Mitte durch die neue Küstenstraße geteilt
war, gab es eine Menge Squatter. Hier hinten herrschte bereits
eine Atmosphäre, wie tief im Busch. Es standen hier die kleinen
Lehmhütten, es liefen Ziegen und Hühner herum, es gab viele Kinder und es war Wäsche aufgehängt. Die Frauen hatten sich kleine
Stückchen Land urbar gemacht und hackten die Erde locker, damit
Kasawa, Tomaten und Mais wachse. Die Männer saßen zusammen und
führten Reden. Ganz besonders liebte ich es, am Abend hierher zu
gehen. Hier war es warm und lau um diese Zeit, denn bis hierher
gelangte der, um diese Zeit frischer werdende Wind, von der Küste
nicht. Hier ging auch die Sonne unter, die letztlich hinter einem
ganz dicken Baobab verschwand. Um diese Zeit kochten die Frauen
auf ihren flackernden Feuern und aus der Ferne hörte man dumpf
und geheimnisvoll die Buschtrommel. Wenn Afrikaner Musik hören,
dann fangen sie zu tanzen an, denn Musik liegt ihnen im Blut. Beides,
die Tänze und die Musik drücken den ganzen Lebensablauf der verschiedenen Stämme aus. So gibt es solche für Geburten, Hochzeiten und Beerdigungen. Es gibt sie aber auch für das Liebeswerben,
für eine gute Ernte, für die Bitte an die Götter, damit sie Regen
senden, oder daß die Männer vom Kriegsgesang wieder nach Hause
kommen. Es ist unschwer an den Gebärden zu erraten, um welchen

Tanz es sich handelt und es ist süß anzusehen, wie bereits die kleinen Kinder diese rituellen Tänze beherrschen. Wenn die Trommeln erklangen, dann begannen sie sich rhythmisch zu bewegen, was in wilden Tänzen endete. Dies war immer wieder ein besonders sinnliches Spektakel. Nur der Kochtopf mit dem fertigen Essen brachte sie zurück auf den Boden, auf dem sie rund um das Mahl saßen, daß zumeist aus Ugalli bestand. Dies ist ein fester Maisbrei, den sie in ihren Händen zu kleinen Bällchen drehen, die sie in einem zweiten Topf mit einer Fleisch- oder Gemüsesoße eintauchten. Die kleinsten Kinder beherrschten bereits geschickt diese Technik des Essens. Um diese Zeit am frühen Abend fiel dann ganz plötzlich die Dunkelheit wie ein Stein vom Himmel und nur die bereits verglimmenden kleinen Feuer spendeten ihnen das nötige Licht. Die Nacht war finster bis der Mond die Szene hell erleuchtete. Dann fing das große Waschen an. Die Kinder wurden von ihren Müttern in eine Wanne mit Wasser gestellt und sie genossen wohlig die Prozedur der Reinigung. Vorher hatten die Frauen und Mädchen das Wasser in leuchtenden Plastikgefäßen nach Hause getragen, daß sie aus, mehr oder weniger weit entfernten tiefen Brunnen an langen Seilen herausgeschöpft hatten. Genau wie das Feuerholz, wurde auch das Wasser auf dem Kopf getragen, während bei den meisten Frauen auf dem Rücken noch das schlafende Baby hing. Diese Tätigkeiten, zu denen die Frauen ausgingen, waren ein beliebter Anlaß, Nachbarinnen zu treffen und mit ihnen zu schwatzen. Die europäische Angewohnheit, Vorräte zu schaffen, so zum Beispiel mehr Feuerholz als für den jeweiligen Tag notwendig, nach Hause zu tragen, ist den Afrikanern fremd. Man weiß nicht, was morgen ist, nur Mungu, der große Gott weiß es und sie brauchten das Holz heute.

Hinter unserem Grundstück grenzt der heilige Wald an, es würde die Götter erzürnen, wenn zum Beispiel hier jemand ein Haus bauen würde und so wurde der hohe Wald, in dem dichtes Buschwerk wuchert, auch niemals ausgeforstet, oder gar abgebrannt, so wie es an anderen Stellen zur Reinigung und Säuberung der Natur speziell vor den

Regenzeiten gehandhabt wurde. Schmale Wege durchzogen wie ein Spinnennetz das geheimnisvolle Areal und es war immer wieder prickelnd zu erleben, an welcher Stelle man aus diesem Labyrinth wieder herauskam. Dieser Ort hatte bei den Einheimischen einen einer Kathedrale gleichen Status. Hinter diesem Wald lebten Farmer, die Bananen, Papaya- oder Mangoplantagen bewirtschafteten. Papaya täglich genossen, erspart den Weg zum Arzt, sagen die Einheimischen und die Mangos sind eine ganz besondere, exotische Köstlichkeit, die ich immer, wenn ich nicht in diesem Lande bin, auf meinem Frühstückstisch vermissen werde.

Spätestens hier hinten begann das uralte Schweigen der Landschaft wie das eines Spiegels, in dem alle Erscheinungen verschwinden. Trampelpfade endeten hier im Nichts. Kleine Springböcke, Gazellen, Affen und Wildschweine lebten hier. Es war lustig anzusehen, wie sich die Schulkinder, wie kleine bunte Trauben, von den Häusern lösten, die im Laufe des Weges durch den Busch immer größer wurden. Die ehemals englische Einführung verschiedenfarbiger Schuluniformen war später durch die kenianische Regierung übernommen worden und somit zeigen auch heute noch die einzelnen Farben an, welche Schule die Kinder besuchen.

Einmal kam ich in unser kleines Village und fand Bilu sitzend an der Stelle, wo vorher ihre Hütte gestanden hatte. Dies war so grotesk, daß ich es zuerst gar nicht wahrnahm. Bilu saß jedoch wirklich neben einem kleinen Häufchen Asche und weinte. Sie war die dritte Frau von Hassan, der ein smarter Busfahrer war. Bilu war sehr hübsch. Als seine beiden ersten Frauen ihm Schwierigkeiten machten, wegen seiner Beziehung zu der aparten Bilu, die seine größte Zuwendung bekam, verstieß er die beiden kurzerhand. Er nahm ihnen jedoch, je ihre beiden Kinder ab, der afrikanische Mann hat den absoluten Anspruch auf seine Kinder. Bilu mußte fortan für die vier Kinder sorgen und wenn Hassan nicht zu Hause war, kamen die beiden anderen Frauen, um diese zu sehen. Es kam dann auch vor, daß sie Bilu schlugen. Sie hatte ein hartes Leben, zumal Hassan nach kurzer Zeit schon wieder anfing, eine neue Hütte zu bauen, was hieß, daß er sich schon wieder ein neues Nest für eine neue Liebe vorbereitete. Wieder eine andere hatte die Bühne betreten, kundig und bestrickend, um Bilus Mann zu übermannen. Tatsächlich kam er eines Tages mit Mwana Russi, was „meine Liebe" heißt, nach Hause. Bilu sorgte nun allein für die vier Kinder - und Hassan und Mwana Russi frönten in der neuen Hütte ihrer Liebe. Als Grund gab er an, daß Bilu keine Kinder bekäme, was auch so aussah. Dies war hier ein Grund, weshalb Ehefrauen unbedingt einer neuen Frau zustimmen mußten. Wenn er seine Liebe, sprich Nächte gleichzeitig verteilte, stimmten diese auch einer Zweit-, Dritt- oder Viertfrau zu. Hassan teilte aber nicht. Mwana Russi zog ihn wie magisch in ihre Hütte und er vernachlässigte Bilu, die nur noch mit seinen Kinder beschäftigt war und mit dem Haß der Mütter derer, zu tun hatte. Zudem brachte Hassan für Mwana Russi großzügige Geschenke mit, bunte Tücher, Perlen und glitzernde Schuhe, mit denen sie prahlte. Bilu rächte sich nun ihrerseits, indem sie Swale, der die grazile Bilu schon lange mit seinen unmißverständlichen Blicken verfolgt hatte, Gehör schenkte und ihn in ihre Hütte ließ. Doch just in dieser Nacht fing diese Hütte an zu brennen und sie konnten sich gerade noch alle retten, Bilu, die vier Kinder und Swale. Nun begann ein großes Rätselraten, wer der Täter gewesen sei. War es Hassan, letztlich doch aus Eifersucht, war es Mwana Russi, die sehr böse war, weil die Kinder nur Bilu akzeptierten oder waren es die beiden Mütter der Kinder, die dieses Durcheinander nun erst recht nicht mehr wollten. Hassan behauptete zudem, es sei Bilu selbst gewesen und natürlich geriet auch Swale in Verdacht. Niemals hat die Polizei herausgefunden, wer der Täter war. Bilu verließ das Village, Hassan und die Kinder und suchte sich Arbeit in einem Haushalt. Die Nacht, beziehungsweise die angefangene Nacht mit Swale war jedoch nicht ohne Folgen geblieben und sie wurde erstmals schwanger. Swale hatte jedoch sein Verlangen bereits in diesen wenigen Stunden endgültig gestillt gehabt. Er kümmerte sich weder um Bilu, noch später um das Kind. Bilu nannte dieses in Erinnerung an ihren smarten Ehemann Hassan, obwohl es genau so aussah wie Swale.

Halima war sehr fleißig sie bearbeitete das größte Stück Land und sie verkaufte Tomaten an der Straße, die sie mit einem Wolltuch polierte und zu hohen Türmen aufbaute. Sie hatte drei Ziegen, die sie molk und viele Hühner. Darunter war auch ein wunderschöner, fetter Hahn, der eine Tages tot war. Das Kind von Mary und James, die auch dort wohnten, war krank gewesen, und hatte die ganze Nacht geweint und als es endlich eingeschlafen war, fing der Hahn entsetzlich zu krähen an, worauf James kurzentschlossen aufstand, ein langes Buschmesser nahm und ihm den Hals durchschnitt. Nachdem sich nun zuerst Halimas Ehemann und James wie zwei Streithähne gegenübergestanden hatten, gab es an diesem Abend im Village zu dem üblichen Ugalli Geflügel. Sie saßen alle zusammen unter dem großen Blätterbaldachin, es war ruhig und friedlich und die Welt war angesichts dieses opulenten Mahls wieder in Ordnung.

Ein Mzee, was alter Mann bedeutet, war unser Nachtwächter. Auch er war Squatter auf dem hinteren Teil unseres Grundstückes. Manchmal setzte ich mich abends zu ihm auf einen Baumstamm und ließ mir Geschichten erzählen. Er freute sich, wenn ich zu ihm kam und konnte es nicht glauben, daß ich diesen so gerne lauschte. Fatuma und Hawa, die beiden Sekretärinnen aus Peters und Thomas Büro, hörten meinen Geschichten immer so gerne zu. Sie forderten mich immer zum Erzählen auf, indem sie sagten „Mama tell us stories" und hier war es umgekehrt. Dieser alte Mann erzählte mir zum Beispiel, daß er drei Frauen habe und daß er, wenn ein Freund von weither käme, ihm die zweite für die Nacht zur Verfügung stelle. Warum die zweite, fragte ich, worauf er mir erklärte, die erste habe er sich ausgesucht, weil sie ihm gefallen habe und weil er sie liebte. Die zweite habe er genommen, weil die erste, kurze Zeit nach der Heirat, schwanger war. Hätte er nun eine andere, junge, schöne genommen, hätte er die erste betrübt und so habe er bei der Wahl bewußt auf das Äußere keinen Wert gelegt. Außerdem habe er um diese Zeit die erste noch so sehr geliebt. Die dritte nun habe er genommen, weil die beiden vorherigen alt geworden seien und diese sei wieder jung und schön. Die älteste könne und wolle er dem Freund nicht geben aus Respektsgründen und auch die junge, schöne würde er ihm nicht geben, sagte er und lachte tiefsinnig dabei. So bliebe nur die zweite, „sie ist gut für ihn", sagte er und sein faltiges Gesicht leuchtete im Mondenschein und er lachte wie ein Stein.

Ich bin ein Clown und sammle Augenblicke
Heinrich Böll

Die Wassersafari

Es war Sultans Idee und seine Einladung, zu dieser Wassersafari, unter der ich mir zunächst nichts vorstellen konnte. Ich hatte aber schon so Vieles zusammen mit ihm erlebt und alles war so schön gewesen, so daß ich mich auch auf diesen Ausflug sehr freute. Er kam immer mit der passenden Ausstattung, er war der große Manager schon so vieler und verschiedenartiger Unternehmungen und Reisen gewesen. Es ging bei ihm immer früh am Morgen los und er hatte immer seinen großrandigen schwarzen Hut auf, wie Charles Bronson, den ihm sein Vater auch von einer Amerikareise mitgebracht hatte. Immer kam er mit seinem riesigen Landcruiser und immer waren Kühlkisten und Körbe darin verstaut und an diesem Morgen noch alles Erforderliche zum Schnorcheln. Wir fuhren wieder mit dem Morgen, nach Süden dieses Mal. In Shimoni sagte er uns, legen wir ab. Er hatte uns geraten gehabt, Hüte, Sonnenbrillen und Tücher mitzunehmen und Badeanzüge und sonst nichts. Sultan weiß immer unendlich viel zu erzählen über Land und Leute und über die Natur, es ist, als würde er alle Bäume kennen, alle Blumen, alle Tiere, wirklich alle. Es ist wirklich interessant neben ihm zu sein, um alles, was er sagt, aufzusaugen. Er ist ein indischer Kenianer und er kennt und liebt Kenia wie kein anderer. Es war immer wieder ein Abenteuer und eine Herausforderung, auf so einer Straße, die sich auch so nannte, zu fahren. Links und rechts zeigte steilaufsteigender Rauch die erwachenden Dörfer an. Die Scheinwerfer des Autos warfen leuchtende Stränge durch das Grau des Morgens mit seinen tausend Nuancierungen.

Später trafen wir Schulkinder in ihren bunten Uniformen, die uns fröhlich nachwinkten und dann erreichten wir Shimoni, das kleine verträumte Fischerdorf, das in Vergessenheit versunkene. Hier sahen wir auch die Fischer, die das Meer kannten von ihren Vätern und die ihr Wissen darüber ihren Söhnen und Enkelsöhnen weitergeben. Dem Ritus der Fischer kann niemand etwas anhaben. Stumm gibt ihn der eine dem anderen weiter. Fischer in aller Welt sind wortkarg „wer zuviel redet, schluckt Wasser" sagen sie.

Sie hantierten geschickt mit den Netzen, die sie aufhängten, als seien sie ein Stück von ihnen selbst und sie zogen ihre Einbäume mit den breiten Auslegern aus dem Wasser. Sie waren an diesem Morgen schon vom Fischen nach Hause gekommen, denn der Tag der Fischer beginnt in der Nacht.

Sultan hatte ein Motorboot hier stehen und bald war schon alles auf diesem verstaut. Jetzt fuhren wir Richtung Osten, zusammen mit der Unendlichkeit des Meeres. Bald wußten wir, warum uns Sultan geraten hatte speziell Hüte und Tücher mitzunehmen. Erstere zogen wir tief in unsere Gesichter und mit den Tüchern bedeckten wir jede noch so kleine freie Stelle unserer Körper. Schattenlos saßen wir in dem offenen Boot, denn die Sonne stand steil über uns. Für uns mitten im Meer, fing der Marinepark, ein Meeresnationalpark an, bis zu welchem man fischen konnte. Sultan versteckte seine Angel, die im Boot gelegen und die zu entfernen, er vergessen hatte, denn es war streng untersagt, dieses Gebiet mit Angeln zu befahren.

Wir fuhren sehr lange, dem Horizont entgegen auf dem silbrig schwappenden Meer und unsere Vermummung trotzte der gewaltigen Macht der Sonne. Wir wußten, wir fahren nach Kisite. Doch wo war Kisite! Endlich zeigte uns Sultan einen stumpfen Streifen am Horizont. Nichts sonst. Dies sei Kisite, sagte er. Kisite blieb stumpf, nur der Streifen vergrößerte sich. Er wurde auch etwas erhaben, so daß ihn das Meer nicht überfluten konnte und es blieb beim Näherkommen kein Streifen, es wurde eine runde Insel, eine sandige Koralleninsel, ein Atoll, das sich inmitten einer stillen

Wunderwelt, inmitten überwältigender unterirdischer Korallengärten befand. Mit dem Anlegen des Bootes hatten sich alle Laute in der Weite verloren. Als erstes öffnete Sultan eine seiner Kisten und er holte Flaschen daraus hervor, die das Kühle der Eisbrocken angenommen hatten, die sie umgaben. Ich hatte eine eisgekühlte Coca Cola in der Hand, womit ich mich, angekleidet mit dem empfohlenen Badeanzug und mit einem, den Kopf verhüllenden Tuch ins glitzernde Naß begab. Ein Foto erinnert, was ich als absolut kurios empfand. Nämlich, wir und das Meer und Kisite und die gleißende Sonne am Äquator und die eisgekühlte Coca Cola aus Sultans Box, die ihrer Kälte wegen sogar am schnellen Trinken hinderte und der uns streifende Wind, der mit den Wellen davonging, was die flatternden Tücher heute noch auf Bildern aussagen. Dieses Kuriosum kann jedoch zugegebenermaßen nur verstehen, wer in Afrika gelebt hat, mit zweifellos all seinen Schönheiten, zweifellos jedoch auch mit all seinen Unzulänglichkeiten. Nun wurden Masken, Flossen und Schnorchel ausgeteilt und dann begann die Faszination unter der Oberfläche, ein Fest für Augen und Sinne. Wir tauchten ab in eine andere Welt und nur der lange Schnorchel verband uns mit der zurückgelassenen.

Der Meeresboden war übersät mit gelben, purpurnen und hellroten Seesternen und mit grotesken, schwarz glänzenden, stacheligen Seeigeln, bizarren Korallenwundern und phantasievollen Unterwasserblumen. Die Farben waren in diesem natürlichen Aquarium ätherisch. Es war leicht, die Zeit zu vergessen beim Betrachten der Wunder, der Formenvielfalt und Farbenpracht der Millionen Fische, die sich tummelten in dem warmen tropischen Aquarium. Durch die zerklüfteten Korallentunnels des gewaltigen Unterwassergebirges schlängelten sich Muränen und tief unter uns glitten große Mantarochen durch ihr Revier. Unversehens steckten wir in Schwärmen bunt getupfter Barsche. Die meisten Fische bewegten sich in Schwärmen und es gibt hier die bunteste und schillernste Fischwelt in den Meeren. Zwischen den Korallen, die aussehen wie große Pilze oder riesige

Blumen, schwammen die winzig leuchtend blau und gelb gestreiften Clownfische, die inmitten der Tentakeln der Seeanemonen zu finden waren. Der große, federartige Skorpionfisch schwebte ruhig in den Unterwasserströmungen. Zutraulich schien der schwarzgelb gefärbte Zackenbarsch auf einen zuzukommen und plötzlich befand ich mich in einem ganzen Schwarm schwarzweißer Zebrafische. Es war so phantastisch anzusehen, das es unschwer war, sich vorzustellen, hier Alice zu treffen, die hüpfend durch den Zaubergarten sprang. Die Verästelungen und Verzweigungen der Korallen boten ausgezeichnete Verstecke für die verschiedensten Kreaturen, zum Beispiel dem, weiß und braungetüpfelten Felsenkabeljau und dem schillernden Kastenfisch. Viele interessante Muscheln lagen hier auf sandigem Boden. Seegras schien als Tarnung gewachsen zu sein für welche, die vollkommen dieser Umgebung angepaßt waren und die nur sehr schwer zu erkennen waren. Dazwischen sah ich jedoch eine leuchtend weiße Porzellan-Kaurischnecke, die von einem schwarzen Mantel mit gelben Flecken umgeben war. Es schwamm der blaue Chirurg vorbei, der da, wo sein Schwanz begann, das Skalpell trug, was natürlich ein Abwehrmechanismus ist.

Ich sah auch viele Arten der bunten Schmetterlingsfische, die lange, nachschleppende, fiedrige Rückenflossen zierten. Die orangefarbenen Korallenfische mit den leuchtenden Punkten sah man schon von weitem. Ebenso den Kaiserfisch, der gelbblau gestreift war, mit einem blauen Kopf und einer blauen Schwanzflöße. Eine Symphonie der Pastelltöne, dies waren die Engelsfische. Auffallend war der majestätische Drachenfisch in wunderschönen Farbabtönungen, mit einer Reihe von hochaufgestellten Flossen, wie Speere mit weißen Spitzen auf seinem Rücken und üppig sich bewegenden Flossen, wie gewaltige Fächer. Es gab in dieser Wunderwelt alle Farben, neongelb, purpurrot, türkisgrün und alle Blautöne. Es glitzerte und flimmerte, man sah filigrane Kronen und silbrig leuchtende Bäuche. Es gab violett und lila. Die Fische hatten die verschiedensten Formen, Köpfe und Gesichter. Das Meer birgt alle Tiere des Landes auch in sich, lehrte uns Sultan.

Ich geriet in einen Taumel über die Einmaligkeit dieses traumhaften Erlebnisses und es war schwer, es abzubrechen. Es hatte sich vermischt mit den bildhaften Erzählungen der Taucher in Thomas Tauchbasen, denen ich immer so gerne lauschte. Immer wieder zog es mich wie magisch zurück in die phantastische Unterwasserwelt, die so vollgestopft war, mit berauschendem Leben. Wie wunderbar war hier das Zusammenspiel von Tieren und Pflanzen, das zu einer überwältigenden Einheit zerfloß in dem sanften Spiel des Wassers unter der Oberfläche, das eine ewige Bewegung erzeugt und einen unaufhörlichen Einklang. Es schien, als wolle das Meer mit seiner rauhen Oberfläche, mit seinen gigantischen Fluten und Wellen, mit all seiner Wildheit, diese einmalige Harmonie, diese wunderbare Welt zudecken und schützen. Die Weichheit und Wärme des Wassers machte glauben, man sei eins mit diesem Schauspiel, man gehöre dazu und das Entrücken aller Gedanken verstärkte die Sinne, die diese Wahrnehmungen aufsaugten. Schweigend und beglückend war die Rückfahrt über die lichte Seide des Wassers. Worte wären eine zu abrupte Lösung von dem Erlebten gewesen. Es war, als schwebten die Körper noch in diesem Paradies, die die harte Konfrontation des Bootes mit dem Wasser ignorierten. Benommen stiegen wir aus dem Boot, nachdem es Sultan wieder an seinen Platz geankert hatte. Unter einem hohen Casurinabaum mit seinem tiefen Schatten aßen wir von den nicht endenden exotischen Köstlichkeiten aus der anderen Kiste und den Körben. Zum Schluß verteilte Sultan noch Pan, das er selbst so liebte. Das waren geheimnisvolle Körner, eingewickelt in grünen, frischen Blättern, mit denen man sie zusammen kaute.

Das Leben hat einen wichtigen Sinn,
den, gelebt zu werden

Der zweihundert Schilling Kuku

Der zweihundert Schilling Kuku stammte aus der Osterdekoration einer Hotelhalle, aus der er stibitzt wurde. Anfangs waren es zwei kleine Küken gewesen, die fortan als zwei kleine gelbe Wattebällchen im Innenhof des Divers Village, der Appartementanlage, in der die Surf- und Tauchlehrer von Peter und Thomas wohnten, umherhuschten. Doch Mensch und Tier ziehen mit zunehmendem Alter größere Kreise und so geschah es, daß nur noch ein Küken von einem Ausflug aus der Anlage und dem schützenden Innenhof heraus, wieder nach Hause kam. Kuku ist die Swahelibezeichnung für Huhn und Hahn. Kuku erhielt viel Liebe und Verständnis von Regina, der „Schänderin" der Osterdekoration, die Tauchlehrerin war. Anfangs liefen beide hinter ihr her, doch nach dem Verlust des einen Kuku, schien die Beziehung zu dem verbleibenden Kuku noch enger geworden zu sein. Kuku wuchs und wuchs und entwickelte sich zusehends zu einem kugelrunden Federvieh, das des nachts auf den Stuhllehnen des Innenhofs schlief. Daß es jedoch auch seine Spuren auf Stühlen und Tischen hinterließ wurde toleriert und dann geschah das Wunder. Kuku begann nach anfänglichem entsetzlichen Krächzen zu krähen. Kuku war ein Hahn geworden. Seine zuerst erbärmlichen Versuche, sowie das spätere Krähen, begann er um drei Uhr nachts, wie gesagt in besagtem Innenhof, an dem sieben Appartements mit Schlafenden grenzten. Regina erzählte stolz seine Fortschritte, jedoch mit einem süßsauren Lächeln, wegen der Zeit, versteht sich. Mehr und mehr entwickelte er sich nun zu einem prächtigen Hahn mit einem dunkelroten, steilaufgestellten Kamm mit einem schönen regenbogenfarbig schimmernden fiedrigen Federkranz um seinen Hals, mit strammen runden Schenkeln und zwei kräftigen Flügeln. Morgens verließ er nun das Village, um wie ein richtiger Mann sein Tagewerk zu beginnen. Er lief mit halboffenen

Flügeln im Eilschritt zur Müllgrube auf dem Nachbargrundstück und hatte sich schon längst durch sein stolzes, energisches Auftreten und sein lautes, kräftiges Krähen bei den Affen, Hunden, Katzen und Hühnern seine Position gesichert als Herr auf diesem Gebiet und die anderen wichen zur Seite oder verließen fluchtartig den Platz.

Kraft dieser großen Schönheit und Ausdruckskraft hatte sich Kuku diese überragende Stellung erobert. Mittlerweile krähte er so laut, daß auch wir sein frühes Erwachen bis an den Strand hörten. Er war am Abend immer in den Innenhof zurückgekommen, doch es kam eine Zeit, in der man am Abend Regina „Kuku, Kuku" rufen hörte, um ihn nach Hause zu locken. Er wäre in seiner Unerschrockenheit auch zu einem Leben im Busch bereit gewesen. Doch wenn er von Reginas Rufen aufgefordert nach Hause kam, setzte er sich sogleich auf ihren Arm oder auf ihre Schulter und pickte sie vertraulich an. Er wußte auch, daß hier, von dem Tisch der Vielen immer für ihn Köstlichkeiten abfielen.

Regina verließ nun das Land und noch einige andere aus der Anlage, weil die Verträge ausgelaufen waren und Neue kamen und diese kannten Kuku nicht aus seiner sanften gelben Flaumzeit. Sie lernten ihn kennen, groß und aggressiv, mit geschwollenem Kamm auf sie zurasend und in ihre Waden hackend, alles verunreinigend und sie nicht schlafen lassend, denn nach wie vor fing er um drei Uhr nachts zu krähen an. Sie schmissen ihn raus. Er schlief nun zunächst unter der Lampe der Eingangstür, zog sich aber später in den Busch zurück, aus dem man ihn krähen hörte. Er wurde mit seinen natürlichen Feinden dort fertig und bei der Hürde „der Mensch dein Feind" wollte ich ihm helfen. Schon längst hörte ich die Einheimischen von dem 200 Schilling Kuku sprechen. Dies war für Kuku eine gefährliche Aussage, denn sie sagen mit Geld aus, wie groß und fett das Objekt ist und wenn man bedenkt, daß damals ein normales Huhn 60 Schillinge kostete, dann kann man sich die Ausmaße dieses Prachtexemplars vorstellen. Sie gaben auch in Schillingen an, wie weit sie weg wohnten. So sagten sie, ich muß 120 Schillinge bezahlen, um nach Hause zu kommen. Ich beobachtete, mit welchen Augen Kuku betrachtet wurde. Einerseits, weil ihnen das Wasser im Munde zusammenlief und andererseits aber auch, seines zu fürchtenden Auftretens wegen. Nun fing ich an, zu verbreiten, Kuku sei ein Mughanga der Tierwelt. Ein Mughanga ist ein Medizinmann, der geachtet und respektiert wird. Es kann aber auch ein Weiser sein, dem wegen seiner Kraft und Ausstrahlung niemand etwas zuleide tut. Er steht im Schutz seiner eigenen Persönlichkeit. Kukus Frechheit und auch seine Schönheit halfen ihn zu schützen. Als er plötzlich mit einer exotischen Henne zusammenlebte, die eine Federkrone auf dem Kopf hatte und besondere Sporen an den Beinen, glaubten sie wirklich, daß er ein Mughanga sei, denn niemand wußte, woher sie war und es gab nur eine Erklärung, er habe sie durch Zauberkraft und Geisterbeschwörung gefunden.

Der Baobab

Wenn irgend jemand glaubt, daß es in Afrika nur Palmen gibt, dann geht er fehl, wenn sie auch in ihrer majestätischen Schönheit nicht wegzudenken sind von den Küsten Afrikas, die sie steil und stolz zu umgeben scheinen.

Der eindrucksvollste und der mächtigste unter den Bäumen Afrikas ist jedoch mit Sicherheit der Affenbrotbaum, den die Einheimischen Baobab nennen. Er erscheint gleichsam als Autorität unter den Bäumen. Er sieht aus wie eine abstrakte Skulptur, mit seinem glatten dicken Stamm, der wuchtig und prall ist und silbrig und mit seinen ebenso dicken Ästen, die bizarr und struppig sind. Sein natürlicher Rhythmus scheint besondere, eigene Gesetze zu haben. So kann er ganz kahl sein, während alle anderen Bäume ihr frisches Laub tragen. Er scheint sein Blattwerk anzulegen, wann er will und vor allem auch wie er will. So kommt es vor, daß der halbe Baum kahl und die andere Hälfte von Blättern behangen ist. Er unterwirft sich wirklich keiner Ordnung. Ob er weiß, daß er entlaubt, das er übrigens die meiste Zeit zu sein scheint, am interessantesten wirkt, daß das Laub seine Einmaligkeit verwischt? Weiß er, daß wenn nur seine großen braunen samtig braunen Früchte wild an ihm herabhängen, seine Faszination perfekt ist? Dieser Baum ist wie eine Bibel und man erkennt an ihm die Nichtigkeit des eigenen Seins. Denn wie alt mag er jeweils sein, fünfhundert, achthundert, tausend Jahre? Was hat er alles gesehen und erlebt und wie kurz mag ihm der Augenblick unserer Gesellschaft erscheinen. Es ist nun nicht abwegig, daß gerade dieser Baum sagenumwoben ist. Man sagt, als Gott die Welt fertig erschaffen hatte, der Teufel durch die Natur ging, um diese zu begutachten. Neidisch war er schon sehr weit gewandert und er konnte nicht umhin, alle Wunder dieser Welt, wenn auch widerwillig, anzuerkennen. Als er jedoch den Baobab sah, kannte sein Neid keine Grenzen. Voller Wut riß er den ganzen gewaltigen Baum mit all seinen Wurzeln aus der Erde und steckte ihn verkehrt herum wieder in diese. Seitdem ist die Krone des Baobabs sein Wurzelwerk. Wie schön muß dieser Baum erst in Wirklichkeit gewesen sein. Gleichzeitig mit der Bewunderung, die man empfindet, für dieses jeweilige Monument, hat man das Bedürfnis, es zu schützen. Denn der Verlust eines jeden einzelnen Baobabs wäre wie der, nicht wieder zu beschaffende, Verlust eines Kunstwerks, zumal kein Baum dem anderen gleicht. „Jeder von ihnen hat ein anderes Gesicht, so wie der Mensch" so sagen die Einheimischen. Sie selbst schützen sie am allermeisten nicht zuletzt jedoch aus Furcht und Respekt. Glauben sie doch, daß in diesen Bäumen die Geister wohnen und während jeder einzelne Einheimische die Bäume speziell nachts meidet, feiern sie zusammen ihre nächtlichen Tanzfeste, die sie Ngomas nennen, unter diesen. Sie wollen damit kundtun, daß sie die Geister doch nicht fürchten - allerdings nur in der Stärke der vielen. Und sie wollen sie an ihrem Fest teilhaben lassen, gleichsam, um sie mild zu stimmen. Sie opfern ihnen das Blut der Tiere, die sie anläßlich des Festes schlachten, allerdings würden sie dieses sowieso nicht genießen. Für kluge Geister wäre es also ein leichtes, all dieses zu durchschauen. Anschließend tanzen sie bis zur Ekstase, um dann zu spüren, wie der Spirit der Geister auf sie übergeht.

Ein Afrikaner erzählte mir eine „wahre Geschichte". Sein Nachbar, der nachts auf dem Nachhauseweg war, begegnete einer wunderschönen, verführerischen Frau, die ihn aufforderte, mit ihr nach Hause zu gehen. Der Mann konnte natürlich angesichts solcher Verlockung dem Angebot nicht widerstehen und folgte ihr. Sie wohnte in einem riesigen Haus in der ersten Etage. Das Haus war mit vielen bunten Lampen erleuchtet. Er hängte seine Kleider an goldenen Haken auf, bevor sie sich zu Bett legten. Als er jedoch am nächsten Morgen erwachte, war er allein und lag auf dem dicken Zweig eines Baobabs, seine Kleider waren an den Zweigen verteilt aufgehängt und die vielen bunten Lampen müssen die Früchte gewesen sein, die an dem Baum hingen und die der Mond beschienen hatte.

Man höre auch nachts die Geister in den Bäumen wispern, wurde erzählt. Der Baobab ist aus porösem Holz, das man zu nichts verwenden kann. Sein großer, gewaltiger Stamm ist jedoch ein Wassertank für Tiere in der Trockenzeit. Das schwammige Holz saugt sich voll Wasser und speziell die Elefanten zapfen ihn bei Bedarf an.

Die Früchte mit der schönen Samtschale werden für Kinder aufgeschlagen, denn es findet sich dort ein frisch saurer, Vitamin C-haltiger Inhalt, der an unser Brausepulver erinnert.

Es ist ein ganz besonderes Erlebnis, am Abend im Busch einen Sonnenuntergang zu erleben, in dem ein dicker, gewaltiger Baobab steht. Die intensive Sonne, die den ganzen Himmel in ihre Glut taucht, läßt den Baobab davor dunkel und geheimnisvoll erscheinen und spätestens hier hört man selbst das Säuseln seiner Geister.

Liebe kleine süße Emmi

Ich habe diese Geschichte für Dich geschrieben und sie soll Dein Märchen sein.

Im letzten Kapitel dieses Buches erfuhrst Du, daß ich mein Geschäft nicht mehr weiterführen durfte, weil ich kein Zertifikat hierfür hatte. Deine Mutter hingegen war auf der Meisterschule für Mode in München.

Ich hatte den Verkauf des Ladens in der Süddeutschen Zeitung in München annonciert und sie meldete sich. Und sie schaffte die aufwendigen Gänge, um eine Arbeitsgenehmigung in Kenia zu erhalten. Das Geschäft war nun ihres, sie hatte es in anderen Farben streichen lassen, die Schneider waren parat und sie hatte auch gleich nahtlos angefangen zu nähen.

Hatte der schöne Noris sie getroffen, aufgesucht? Oder waren sie sich am glitzernden Strand in den warmen ankommenden Wellen des Indischen Ozeans begegnet?

Sie waren bald verliebt und bald gab es die kleine Prinzessin, die Du warst, die Deine Mutter nach dem Namen ihrer Großmutter Emmi nannte. Noris war stolz auf Dich und bald flog Deine Mutter mit Dir zu Deinen Großeltern. Es war leicht für Euch Kleider zu nähen, es waren ja genügend Schneider da. Und Du bekamst einen hübschen Mantel, denn es war Winter in Deutschland.

Deine Großeltern freuten sich über ihre kleine Prinzessin und Dein Großvater drang darauf, daß ihr nach Deutschland zurückkommt; er wollte, daß Du in eine gute Schule gehst und so geschah es.

Und das ist Dein kleines Märchen. Und hätte ich die Anzeige nicht aufgegeben . . .

Hugo

Eine rührende wahre Katzengeschichte aus Afrika

Es war einmal eine Katzenmutter, die bekam viele junge Katzen und sie hatte sie alle ganz lieb. Sie hatte ihnen ein weiches Nest gebaut und legte sich immer wärmend über die Kleinen und gab ihnen zu trinken.

Die Katzenmutter gehörte einer weißen Frau und diese wollte nicht alle kleinen Katzenkinder behalten und deshalb schenkte sie zwei von ihnen einer anderen weißen Frau. Diese legte sie in einen Korb mit einer warmen Decke darin, so daß die Kleinen denken sollten, das sei das Fell ihrer Mutter. Nun wohnte die weiße Frau jedoch in einem Haus, in dem zwei weiße Männer wohnten und diese wollten nur eine von den kleinen Katzen behalten. So kam die eine Katze zu seiner Mutter zurück und die andere blieb in dem großen Haus. Und da es ein kleiner Kater war, nannten sie ihn Hugo. Das Haus stand am Meer und es war eine große Terrasse davor. Auf dieser Terrasse lebten bereits Naishi, ein großer, großer Schäferhund mit einem großen schwarzen Maul und Emma, ein flaumweiches, gelbes Küken. Dieses hatte der eine weiße Mann in seiner Hosentasche nach Hause gebracht und Naishi wohnte schon länger dort auf einem großen, gemütlichen Kissen. Naishi scheuchte Emma immer wie einen kleinen Federball vor sich her und er lehrte Hugo, Emma nichts Böses zu tun. Bald waren sie eine kleine Familie und wenn sie müde waren, dann schliefen sie alle zusammen und das sah so aus: Naishi lag auf seinem Kissen und Hugo legte sich auf Naishis Rücken und irgendwo war da noch ein kleiner gelber Fleck und das war Emma. Und wenn Emma wach wurde, dann kitzelte sie mit ihrem weichen Flaum Naishi an seinem großen Maul und Hugo wurde dann auch wach und dann liefen sie beide wieder hinter Emma her. Naishi war der Vater, Hugo lieb und zahm wie eine Mutter und Emma quirlig wie ein Kind und die weiße Frau gab dem kleinen Hugo immer warme Milch zu trinken.

Doch eines Tages war Naishi tot und Emma war groß und von jemand geschlachtet worden und die weiße Frau war zurückgegangen in das Land, wo alle Menschen weiß sind und Hugo war allein.

Es kamen zwei neue Schäferhunde ins Haus, Bärli und Arco, und die konnten Hugo nicht leiden und Hugo durfte nicht mehr mit ihnen zusammen auf der Terrasse wohnen. Er war ganz traurig und lebte jetzt ganz allein hinter dem Haus. Hugo hatte niemand, der ihn lieb hatte und war traurig. Er war nun schon erwachsen und ein rotweißgemusterter Kater geworden. Wenn Hugo in weitem Bogen um das Haus ging und sehnsüchtig auf die Terrasse blickte, dann sah er Bärli und Arco auf den dicken weichen Kissen liegen, dies waren jetzt zwei, auf dem vorher Naishi, Emma und er gelegen hatten, während er jetzt hinter dem Haus auf den Steinen lag. Wenn die Hunde Hugo sahen, dann schnappten sie nach ihm und bissen ihn und fraßen zu ihren großen Hundeportionen auch noch seine kleine Katzenportion auf.

Hugo dachte „was mach ich bloß" und er beschloß, in die weite Welt zu gehen. Diese weite Welt fing gleich hinter dem Haus an, denn dort begann der Busch. Hugo ging in den Busch. Hier traf er nun ganz andere Tiere, hier wohnten z.B. quicklebendige, kleine Affen. Das waren jeweils große Familien und die Mütter trugen ihre Kinder ganz nah am Bauch mit sich herum. Wehmütig dachte er daran, wie er auf Naishis Fell geschlafen hatte, denn an seine eigene Mutter konnte er sich nicht erinnern. Er wollte nun mit den Affen spielen und gesellte sich zu den Affenkindern, die so klein waren wie er selbst. Doch ehe er sich's versah, waren die Affenmütter da und bissen und kratzten ihn. Er wollte sich wehren, doch es waren so viele und er war ja doch nur ein kleiner Kater. Und so bekam er böse Wunden und Kratzer und lief wieder zu dem großen Haus, legte sich hinter dieses auf die Steine und schlief. Am nächsten Tag schien die Sonne und wärmte ihn und er war noch unglücklicher, als je zuvor. Als alle seine Wunden verheilt waren, ging er wieder in den Busch. Er wollte sich mit den Affen anfreunden, doch die Mütter und Väter griffen ihn wieder böse an. Er beachtete sie nicht mehr und ging weiter. Als er eine kleine Gazelle traf, wollte er sich aus Angst verstecken, doch die Kleine fragte ihn, wo er hin wolle. Hugo sagte, er wolle in die weite Welt gehen, weil ihn keiner lieb habe und er wolle sich Freunde suchen. Die Gazelle erzählte Hugo, daß sie eine Katzenfamilie im Busch kenne, die eine Tochter habe, die Krizabella hieße und die sehr schön sei. Hugos Herz begann heftig zu schlagen, als er an die schöne Krizabella dachte und er ließ sich den Weg zu Krizabellas Wohnung beschreiben. Die Gazelle sagte aber „nimm dich in Acht, vor dem großen Kater Rintintin, denn er will Krizabella heiraten. Hugo ging in die beschriebene Richtung und von weitem hörte er schon Krizabella singen und sein Herz begann noch schneller zu schlagen. Doch jetzt sah er einen großen, schwarzweißen wilden Kater mit feurigen Augen - Rintintin.

Sofort setzte der Kater zum Sprung an und Hugo wehrte sich zwar, aber er war zu klein. Hugo schleppte sich schwer geschlagen wieder auf seine Steine und dieses Mal dauerte es sehr lange, bis er wieder gesund war. Nur der Gedanke an Krizabella hielt ihn am Leben. Hugo war nun voller Narben und sein Fell war ganz zerfleddert, doch er ging wieder in den Busch. Er mußte Krizabella wiedersehen. Wieder hörte er von Weitem ihren Gesang. Von Rintintin sah er jedoch keine Spur. Er spähte vorsichtig nach allen Richtungen und der Gesang kam näher und näher und jetzt sah er Krizabella. Hugo blieb stehen und erstarrte. So schön war Krizabella. Noch nie hatte er etwas schöneres gesehen. Sie war viel schöner als Naishi und Emma und schöner als seine weiße Herrin gewesen war. Sprachlos bestaunte er sie. Sie war weiß und hatte ein ganz glattes, glänzendes Fell mit schwarzgrauen Flecken. Sie hatte blaue Augen. Ganz langsam wollte er an sie herangehen und sie mit seiner Nase anstupsen. Doch Krizabella lachte und sagte, daß sie noch niemals so einen häßlichen, kleinen Kater gesehen habe, mit so vielen Narben und so einem zerrupften Fell. Hugo drehte sich schnell um, denn er hatte

Tränen in den Augen und auf dem Weg zu seinen Steinen weinte er. Nun hatte er Krizabella verloren, bevor sie seine Freundin geworden war. Er überlegte, in das tiefe, tiefe Meer zu gehen, um zu sterben. Als er wieder geschlafen hatte und seine Tränen getrocknet waren, spürte er wieder sein Herz heftig schlagen und er hörte in seinen Träumen Krizabellas Gesang und sah ihre schöne Gestalt. Es erwachte in Hugo ein großes Verlangen und eine große Kraft und Entschlossenheit. „Krizabella muß meine Frau werden, koste es, was es wolle". Dies dachte er und er ging wieder in den Busch. Vorher hatte er sein Fell geleckt, so daß es glatt und seidig war und er hatte seine Narben mit dem nachgewachsenen Fell zugedeckt. Von weitem hörte er Krizabellas Gesang. Er sah jedoch auch den wilden, bösen Rintintin. Hugo straffte sich und war zu allem bereit. Rintintin kam. Er machte einen runden Buckel und fauchte und sprang Hugo an und Hugo kämpfte um sein Leben. Es war ein schwerer Kampf und da in Hugo jedoch unheimliche Kräfte gewachsen waren, blieb er der Sieger. Rintintin schleppte sich mit eingezogenem Schwanz, geschlagen nach Hause. Nun kam Krizabella zu Hugo und stupste ihn mit der Nase an und streifte mit ihrem Fell ganz nah an seinem. Hugo konnte sein Glück kaum fassen und dann feierten sie Hochzeit. Bald darauf bekamen sie 2 Babies, Mtoto und Ndogo Ndogo, die waren schön wie ihre Mutter und Hugo war stolz und glücklich. Krizabella gab ihren Babies Milch zu trinken und sie brauchte deshalb selbst viel Fressen und weil sie nicht so viel hatte, wurde ihre Fell schon ganz matt. Hugo konnte in der Wildnis nicht so viel Fressen beschaffen, denn er war ja kein wilder Kater. Nun ging er zu seinem großen Haus und wenn er sein Fressen bekam, dann miaute er ganz fürchterlich, so daß ihm sehr viel Fressen in seine Schüssel gegeben wurde, die jetzt im Flur hinter dem Haus stand, damit Bärli und Arco sie nicht leerfressen konnten. Dieser Flur hatte auch Luftlöcher in der Wand, durch die nur Hugo schlüpfen konnte. Er begann dann ein wenig zu fressen, ließ den Rest stehen und nachts, wenn alle im Haus schliefen, lief er ganz schnell zu Krizabella und holte sie. Mtoto und Ndogo Ndogo legten sie in das warme Nest und dann liefen sie zum Haus und schlichen sich vorbei an Hugos Steinplatz durch die Luftlöcher in den Flur und zu dem Freßnapf. Die wilde Krizabella hatte noch nie solch köstliches Fressen bekommen, wie Katzen, die bei Menschen leben. Hugo freute sich, daß es Krizabella so schmeckte und er überließ ihr sein ganzes Fressen und Krizabella bekam ganz viel Milch für ihre Babies, die an ihrem Bauch tranken und ihr Fell glänzte wieder. Sie lebten eine Weile so. Später kamen auch Mtoto und Ndogo Ndogo nachts zu dem Freßnapf mit. Am Tag ließ er sich jedoch mit seiner Familie nicht am großen Haus blicken, denn er erinnerte sich sehr gut, daß die weißen Männer am Anfang gesagt hatten, sie wollen nur eine Katze haben und daß deshalb sein kleines Geschwisterchen zurück mußte zu ihrer Mutter. Hugo wurde jedoch immer dünner, obwohl die weiße Frau ihm noch mehr zu Fressen gab. Niemand wußte, daß Hugo eine Familie hatte. Er hatte auch wieder mit Rintintin und den Affen gekämpft, die alle neidisch waren und eines Tages blieb Hugos Steinwohnung, in die er allein immer wieder tagsüber zurückgekehrt war, leer. Er war zu schwach, um vom Busch und von Krizabella und den Kindern zum großen Haus zu gehen. Und plötzlich merkten die weißen Männer und die neue weiße Frau, daß Hugo nicht mehr kam und sie machten sich Sorgen um ihn und suchten ihn. Und als Hugo zum ersten Mal seit er mit Naishi und Emma auf der Terrasse gelebt hatte, seinen Namen hörte, weil sie ihn riefen und suchten, da freute er sich. Er war jedoch zu schwach zum großen Haus zu gehen. Begierig fraß er jedoch die Mäuse, die Krizabella für ihn fing und selbst seine kleinen Kinder brachten ihm Fressen. Dies und seinen Namen, den er immer wieder aus der Ferne rufen hörte, halfen ihm, wieder gesund und kräftig zu werden.

Und eines Tages kam er stolzerhobenen Kopfes, mit hocherhobenem Schwanz, gefolgt von Krizibella und den Kindern zum großen Haus zurück. Die ganze weiße Familie freute sich und die ganze Katzenfamilie bekam ein großes, dickes, weiches Kissen nahe an dem nun noch größeren Freßnapf im Flur mit den Luftlöchern, von wo aus sie jederzeit Ausflüge in den Busch machen konnte.

Begnadet alle die, die nichts
brauchen als Sonne und Wind, um außer
sich zu geraten
nur Sonne und Wind zum Plündern
Rene Char

Chale

Chale ist ein kleines Inselchen am Riff, es ist ein weiter heraus-
gewachsenes Stückchen Riff, das nur bei Flut vom Meer gänzlich
umspült wird. Eigentlich ist Chale nur bei Flut eine Insel, denn bei
Ebbe kann man zu ihr zu Fuß gelangen. Der Zauber dieses Ortes
wurde schon lange erkannt, denn hierher wurden früher die Neu-
vermählten geschickt zu ihrer rituellen Hochzeitsnacht. Thomas
hatte auf diesen Fleck einen großen Hut gesetzt, ein großes, rundes
Makutidach, doch es versank in der üppigen Vegetation dieses Zau-
bergartens. Unter diesen waren Tische und Stühle in den weichen
Sand gestellt. Es war auch eine Bar da und Platz für große, exotische Buffets. In einer anschließenden kleinen Küche, wurde gekocht
und die Getränke waren in großen Kühlboxen aufbewahrt.

Hierher fuhren wir zu einer Vollmondparty.

Die glatte Fläche des Ozeans öffnete sich willig in einer flimmern-
den Gischt vor dem Bug. Wir fuhren zuerst vor dem Riff, um beim
nächsten Mlango, dem nächsten Tor im Riff nach außen zu fahren.
Entlang diesem erreichten wir Chale, das kleine Idyll am Rande des
Indischen Ozeans. Kleine bizarre Atolls, die wie Pilze mit weitausladenden Kappen die Insel umstanden, stellten sich beim Näherkommen als Paradiese für Vögel dar, auf denen entfesseltes Leben
herrscht. Sprachlos betrachteten wir die Baukunst der Natur und
deren exotischeren Bewohner. Es war Ebbe und von weitem lugte das
spitze Dach aus dem Grün und es bahnte sich ein Sonnenuntergang
an, der seinesgleichen suchte, als wir in die Märchenwelt von Chale

eintauchten. Werner hatte sogleich seine Gitarre ausgepackt, doch seine Klänge konnten uns nicht halten. Wie magisch zog uns die Insel zu ihren Geheimnissen. Dunkel wurde es auf dem Pfad, der durch dichten Dschungel in die Tiefe der Insel führte. Dann kamen wir an großen zackigen Löchern im Korallenboden vorbei, in denen tief unten Wasser schwappte. Natürlich kam die Bewegung durch die Verbindung mit dem Meer. Sie waren mit fiedrigem Grün umwachsen, daß das dunkle, schimmernde Wasser filigran einrahmte.

Aus größeren, dieser geheimnisvollen Augen ragten Mangrovenbäume. Als wir aus dem dichten Baumbewuchs herauskamen, schien die Insel in schimmerndes Gold getaucht, was der noch glühende Himmel mit dem gleißenden Feuerball bewirkte. Plötzlich standen wir vor einer kleinen Formation zackiger Korallenfelsen, hinter denen das Meer smaragdgrün schimmerte. Beim Weiterkommen durch das kleine Gebirge, erfuhren wir zuerst eine nasse Brise, die beim Vorangehen zu einer Fontäne wurde, die sporadisch einem geheimnisvollen Loch entwich. Mit der Bewegung des Meeres schnellte sie für eine jeweils kurze Zeit als steile, regenbogenumsonnte Gischt in den Himmel und ihre Laute waren wie eine sehnsuchtsvolle Melodie. Fasziniert genossen wir das Naß auf unserer Haut, das nach Salz und Seetang roch. Doch wir mußten uns losreißen von den Wundern dieses Kleinods Chale und wir setzten unseren Weg fort. Lianen waren hier, die natürliche Schaukeln wachsen ließen und einluden zu abenteuerlichen Kinderspielen. Manches Mal erschreckte der Wind, der durch das Blattwerk geisterte und uns aus den Träumen riß. Schnell war die Insel durchwandert und wir erfuhren um diese Tageszeit, daß das Land ohne Schatten doch Schatten hatte. Wieder am Meer kamen wir an kleinen, verspielten Buchten vorbei, in denen bei untergehender Sonne die bunten Fische aufblitzten und in Scharen durch das Meer tobten.

Wir beobachteten ein merkliches Verstummen der Natur. Die Welt hielt den Atem an, um diese Zeit. Nur das Geräusch des Meeres war noch da und erst mit eintretender Dunkelheit begann sie wieder zu sprechen mit den Lauten der Nacht.

Nun hörten wir einen Flamenco und der kam zweifellos von Werners Gitarre, denn der Kreis unseres Inselrundganges schloß sich. Er spielte dasselbe Repertoire wie Peter, die Lieder aus den Sechziger, Siebziger Jahren.
Es lagen auch schon verführerische Düfte in der Luft, die dem Grill entwichen, der schon glühte und auf dem Kebabs aus Fleisch und Fisch vielversprechend brutzelten. Die Tische waren mit Bananenblättern geschmückt, auf denen Schalen und Platten mit indischen arabischen und afrikanischen Gerichten standen. Ananas, Papayas, Mangos und Passionsfrüchte waren dekoriert, Blütenzweige hingen von aufgestelltem Treibholz. Hibiskusblüten schwammen auf exotischen Getränken in Kokosnußschalen, Francipanen verströmten ihren Duft auf steinernen Korallenregalen standen Lichter, eine Meeresbrise schwebte in der Luft und der Mond und die Sterne begannen bereits ein mattes Licht zu verstreuen. Anderes Treibholz war zusammengetragen und zu einem Feuer entfacht und es wurde auf dem harten, gekräuselten Strand getanzt. Andere saßen auf dem Gebirge der Korallen oder in dem tiefen noch warmen Sand, dem Streifen, den die Flut nicht erreichte.
Werner hatte nun die Blueskiste aufgemacht, doch mischte er auch sehnsuchtsvolle Klänge in sein Repertoire und das wuchtige Dach unter dem er saß, brachte eine gewaltige Resonanz. Die Party war überall auf dieser Insel, sie hatte sie mit zusätzlichem Leben und Freude überflutet.

Als Juma jedoch daranging, Natali, das weiße Schiff von Thomas für die Heimfahrt flott zu machen, war die Flut zurückgekommen, deren erste sanfte Wellen bereits die Spuren am Strand forttrugen, einschließlich der Blumenblüten, die der Wind nach überall hin vertragen hatte. Die Musik war verstummt und die Lichter gelöscht, als wir mit hochgezogenen Röcken und Hosen durch das Wasser zum

Boot wateten, das leuchtend in der Brandung schaukelte. Und Thomas fuhr es selbst, was mir immer besonders gefiel, durch die geheimnisvolle Mondnacht nach Hause.

Freundliche Wilsons

Ich wohnte irgendwo, als ich eines Abends zu meinen Söhnen auf die Terrasse kam. Thomas hatte ich schon getroffen, er war mit dem kleinen Laster losgefahren und das klingende Geräusch leerer Flaschen sagte an, daß er Getränke hole.

„Wir erwarten Besuch" erzählte mir Peter „es ist ein Ehepaar aus Nairobi, Mr. und Mrs. Wilson. „Er ist Direktor einer großen Firma und soll der Sponsor unserer Regatta werden„. Sie planten eine große, international besetzte Regatta und suchten dafür zumindest einen Sponsor. „Sie kommen zum Essen„ setzte er noch hinzu und daß das Ganze um acht Uhr stattfinden solle. Es war kurz davor und Osman stand ganz ruhig in der Küche und man sah noch gar nichts, zumindest nicht viel.

Ich dachte an unsere allererste große Einladung. Dies war die Familie Khan gewesen. Wir hatten damals noch die Vorstellung, unseren Gästen die deutsche Küche vorzusetzen. Caroline hatte aus Deutschland unter anderem Pakete von Grießnockerln mitgebracht. Die sollte es auch geben und sie waren wie Steine geworden. Ich schlug damals vor, sie trotzdem zu servieren, mit dem Argument, auch uns würden in der indischen Küche soviel suspekte Dinge vorgesetzt, deren Funktion uns unerklärlich war und die wir dennoch höflicherweise akzeptierten, also könnten sich unsere Gäste auch mal über diese Steine den Kopf zerbrechen. Und prompt sahen wir sie dann, wie sie die Wegspringenden mit Messer und Gabel zu beherrschen versuchten. Als sie sich verabschiedeten, lobten sie „especially the stones" und wir wissen bis heute nicht, wie dies gemeint war.

Mir schwante, daß dies heute ähnlich verlaufen würde. Es war bereits halb neun, als die Gäste kamen. Reizende Engländer, die sich wegen des Zuspätkommens überschwenglich entschuldigten. Es sei ihnen zutiefst peinlich, versicherten sie immer wieder und sie wußten gar nicht, welchen Gefallen sie uns, ich rechnete mich dazu, mit der Verspätung, bis jetzt zumindest getan hatten. Immerhin war der große Eßtisch auf der Terrasse schon gedeckt und vielversprechend lag doppeltes Besteck bereit. Es war aus Silber und stammte noch aus der Kolonialzeit. Es gehörte zum damaligen gemieteten Hausinventar.

Thomas kam laut klirrend mit den Getränken nach Hause, mit denen er hinten ans Haus fuhr. Nun konnten diese erst den Gästen angeboten werden.

Peinlich war auch, daß der Direktor der Sponsorenfirma, der in einem tiefen Sessel mit hölzernen Armlehnen, die viel zu hoch waren, Platz genommen hatte. Jedesmal, wenn er jemand begrüßen und sich vorne an den Armlehnen zum Aufstehen abstützen wollte, schnappten diese auf, weil sie lose waren. Dies sah jeweils sehr komisch aus und er merkte sich diesen Makel der Lehnen offenbar nicht und es kamen bei uns, speziell am Abend, immer viele Leute vorbei. Dieses damals noch gemietete Haus war möbliert. Es klappte mit dem Essen dann doch noch. Osman schien immer sehr defensiv zu sein und überraschte dann oft mit Großartigem. Nur daß er den ausgezeichneten Shrimpscocktail, der halb gegessen da stand, weil ein angeregtes Gespräch entstanden war, wegtrug, war übereilt. Der weitere Essensverlauf lief jedoch harmonisch ab.

Es gab auch den Wein des Landes, der in Maßen, die Herrschaften fuhren noch zurück, ein auffallend, für den Ablauf der Regatta, positives Gespräch abrundete.

Man wurde sich über alles einig, einschließlich dem großen Produktdruck der Firma auf den Segeln.

Und jetzt kam das Überraschende für uns. Diese Engländer, die sich bei ihrem Kommen so vielmals für ihre Verspätung entschuldigt hatten, entschuldigten sich bei der Verabschiedung in gleicher Weise für ihr Zufrühkommen. Sie hatten alles gemerkt gehabt.

Indeed, höfliche Engländer!

Ein großer Tag hatte mit
einem langen Seufzen ausgeatmet
Gott, Natur, Sport, Kunst
hatte Peter auf sein Segel geschrieben

Regatten

Thomas und Peter hatten schon oft Surfregatten veranstaltet und es war jeweils ein begehrtes Spektakel. Brachte es doch Abwechslung in den Alltag an der Küste. Es wurden dann Stühle an den Strand getragen und Sonnenschirme, Technik wurde aufgebaut, es gab Getränke und Buffets. Thomas und Peter rasten in aufgeregt herumschießenden Booten auf dem Wasser um die weithin leuchtenden Bojen zu setzen für die verschiedenen Läufe. Sie waren voll mit der Organisation der Veranstaltung beschäftigt, um dann im letzten Moment bereits beim Startschuß selbst auf die Bretter zu springen und loszujagen. Meistens waren sie selbst die Gewinner und erhielten die von ihnen gestifteten Preise.

Doch nun sollte die größte Regatta aller Zeiten stattfinden, sagten sie, zu der sie internationale Surfkoryphäen einluden. Die Vorbereitungen liefen auf Hochtouren und im Paradies war der Teufel los. Eine Sponsorenfirma war ja gefunden worden, denn in dem geplanten Rahmen ging es nicht ohne. Auf den Segeln und Boards wurde für diese geworben, sowie auf allen Sonnenschirmen, Hüten und Kappen. Es schien überhaupt nichts zu geben, wo nicht der Name der Firma und deren Artikel zu lesen stand und viele Werbeartikel wurden verteilt.

Am Tag der Regatta, die wieder in dem schönsten Hotel stattfand, wie damals meine erste Modenschau, waren viele private Geschäfts- und Sportfreunde von den beiden gekommen. Es waren afrikanische Honoratioren eingeladen und auch die Werbefirma hatte viele Freunde und Gäste aus Nairobi mitgebracht.

Als ich am ersten Tag der Regatta dorthin kam, war die Szene schon übervölkert. Die angereisten Surfer wohnten teils in Hotels und persönliche Freunde waren bei uns untergebracht und sie hatten, wie das bei Surfern so üblich ist, viel Material dabei. Peter und Thomas hatten mit den vielen Helfern schon alles vorbereitet. Alle Watersports Serviceleute hatten neue Uniformen in leuchtenden Farben an und die Booking Girls der vielen Basen, die hier andere Aufgaben hatten, gaben in ihren ebenfalls neuen, bunten Kleidern farbenfrohe Tupfer. Außerdem hatten die Pro Wear Schneider für die Surfer aller Nationen Surfshorts in ihren Nationalfarben genäht. „Neunundneunzig Luftballons" sang Nena damals aus den Lautsprechern über den Platz und gleich einem Fußballverein, der seine Ziege als Glücksbringer mit auf oder zu dem Spielfeld nimmt, waren Emma, das gelbe Küken und Naishi mit bei der Veranstaltung. Hugo, der Kater war zu Hause geblieben. Wenn Emma ohne Aufsicht war, mußte sie in einen Korb. Man konnte aber auch Naishi, Emma auf seiner langen Schnauze balancierend über den Strand fegen sehen.

Das gigantische Wellenspektakel wurde ein voller Erfolg. Thomas und Peter waren für Deutschland mit den Nummern G180 und G76 die weithin auf ihren Segeln sichtbar waren, unterwegs. Es sah aus, wie ein Tanz auf dem Vulkan, wenn die Segel in einer langen Reihe auf die Bojen zurasten, um dann abrupt und mit gewagten und vor allem gekonnten Powerhalsen den Kurs zu wechseln.

Sehr gut konnte man die Kämpfe um die Plätze verfolgen. Das Beschleunigen, das Überholen, die Bemühungen um die Vorteile beim Wenden, sowie auch die Stürze ins Wasser. Ich verstand Peter, der gesagt hatte, Surfen ist eine brillante Technik zusammen mit den Naturgewalten. Am Strand hatten sich wieder alle vermischt, alle Farben und alle Nationen. Es waren viele Inder hier zu sehen, die immer in großen Mengen auftraten. Sie kommen mit ihren ganzen Großfamilien und bringen große Picknickkörbe mit. Auch Jussuf war erschienen mit den vielen Mitgliedern seiner Familie. Der ohnehin charismatische Mann trug einen großrandigen Hut, der ihm das Aussehen eines Filmschauspielers gab, der noch dazu die Hauptrolle spielt. Die Frauen waren in schillernde Saris gewickelt und umgaben ihn.

Reporter schossen herum und die Ansagen überschlugen sich. Die Surfer waren in den Zeiten zwischen den Rennen damit beschäftigt, ihre Segel zu spannen, an Tampen zu ziehen; sie schliffen an ihren Boards oder sie hantierten mit Schraubenziehern oder im schlimmsten Fall sogar mit Laminaten. Surfer aus aller Welt sind immer mit ihrem Material beschäftigt.

Ich hatte irgendwo eine große Ansammlung Einheimischer gesehen, was sich als eine Gruppe Zuhörer herausstellte, denen Noris, der Massai, die englisch gesprochenen Reportagen, auf Swaheli übersetzte.

Abends waren jeweils die Siegerehrungen im Hotel und es waren Buffets und Barbecues aufgebaut.

Das Festival dauerte vier Tage und die großartige Stimmung steigerte sich von Tag zu Tag und „Neunundneunzig Luftballons" wurde zu seinem Motto. Und was ganz wichtig war, der Wind hatte mitgespielt. Nach dem letzten Kursrennen am letzten Tag standen wir an der Poolbar und tranken auf die Erfolge eines jeden Einzelnen. Plötzlich sagte Thomas „ich lade Euch alle heute Abend zu uns ein". Ich nicht, aber jemand anders wäre an meiner Stelle aschfahl geworden. Es war bereits früher Abend und es war nichts vorbereitet, ja nicht einmal eingekauft. Schnell überschlug ich die Zahl, es handelte sich mindestens um fünfzig Leute. Ich ging nah an Thomas heran und flüsterte „bist Du wahnsinnig, wie sollen wir dies schaffen und warum sagst Du dies erst jetzt". Aber meine Gedanken waren schon zuhause im Kühlschrank und ich seilte mich ab. Ich ließ Isabella, die die absolute Zierde dieser Veranstaltung war, dort und alle anderen Mädchen auch. Nur Vera, die Freundin des Europameisters hatte neben mir gestanden und ließ sich nicht von mir abwimmeln.

Es war nur noch Osmani, der Koch, zuhause und Gabriel, der Gärtner, der immer wartete, bis die Nachtwächter kamen. Ich hatte schon außer dem Buffet tausend andere Dinge und Pläne im Kopf. Als erstes holte Gabriel von den Nachbargrundstücken Helfer und diese brachten bereits Palmenblätter, Bougainvilledolden und Francipanenblüten mit.

Dann bauten wir aus Surfboards vom Parkplatz zur Terrasse ein Spalier, wie ich dies schon einmal zu Peters nicht stattgefundener Hochzeit getan hatte. Dieses und die Terrasse wurde mit Blumen geradezu überschüttet, denn es galt, ein tropisches Surffestival auszustatten. Alle Tische stellte ich zu einem großen Buffet zusammen, die mit großen Bananenblättern verkleidet und abgedeckt wurden.

Als der große Rahmen fertig war, ging ich an das Schwierigere, nämlich aus dem, was in den Kühlschränken, in der Tiefkühlung und in der Speisekammer war, die langen Tische zu füllen. Hilfreich war, daß wir einen großen Haushalt führten, denn damals wurden noch alle Surf- und Tauchlehrer bei uns verköstigt und daß wir sporadisch große Einkäufe in Mombasa tätigten, was erst geschehen war. Zudem kann ich von mir sagen, daß ich immer schon ein guter Improvisationskünstler war, ja daß mir solche Situationen geradezu Spaß machen. Hier wurde ich jedoch an den Rand des Möglichen oder Unmöglichen gedrängt. Vera ging vollkommen auf die Problematik ein. Wir mußten aus dem, was da war, das Wirkungsvollste zaubern.

Osmani kochte, briet und schnitt Salate und Obst. Wir rollten große geräucherte Fischscheiben und füllten sie mit pikanten Salaten und Früchten. In halben ausgehöhlten Ananas dekorierten wir andere exotische Leckerbissen. Auf gebratenen Zucchinischeiben drapierten wir Pikantes und die aufgebrochenen Kartoffeln sahen dekoriert zum Anbeißen aus. Aufgeschnittenes kaltes Fleisch ordneten wir halbrund nach oben an. Alles und jedes mußte aufgebauscht werden und wir entwickelten hierfür eine zunehmende Kreativität. Meeresfrüchte lagen in leckeren Marinaden und gebratene Fische lagen zwischen Zitrusfrüchten. Natürlich gab es auch Schüsseln von bunten Fruchtsalaten. Zum Schluß schüttete ich für eine Bowle in einem Riesenkochtopf, aus allem was ich hatte, eine Bowle zusammen. Dies waren Softdrinks und Weine und alles was da war. Der Topf wurde mit Silberfolie verkleidet, am Rand steckten Zweige und auf dem Getränk schwammen verheißungsvoll Blüten. Wir hatten damals nur das Geschirr zur Verfügung, das in dem gemieteten Haus war, auch hier mußten wir „zaubern"

Voll war das Buffet zum Schluß und prall schien es sich dem Betrachter entgegenzurecken. Es war geschafft.

Thomas und Peter waren überwältigt, als sie als erste durch das Spalier die Terrasse betraten. „Neunundneunzig Luftballons„ spielte und Naishi, Emma und Hugo tollten auf der Terrasse. Ich muß bis heute zugeben, daß ich in dieser kurzen Zeit, mit so wenigen Helfern und so beschränkten Mitteln hier beachtliches geleistet hatte.

Das Fest wurde ein voller Erfolg, wie das meistens bei improvisierten der Fall ist.

Die englischen Damen aus Nairobi fragten mich nicht nur nach den Rezepten der Salatsaucen, sondern vor allem auch nach dem für die Bowle.

Auf diesem Fest lernten wir Eisi Gulp kennen. Eisi befand sich auch unter den Gästen und auch er trug mit einer Improvisation zum Gelingen des Abends bei. Er zog eine exzellente Surfshow ab, indem er mimte auf einem Speedboard Wellenberge zu bezwingen oder er bretterte über Langstrecken über harte Wellen und gerade wenn man zur Seite springen wollte, weil man glaubte, er würde auf einen zurasen, sprang er in eine spektakuläre Wende und wechselte den Kurs und zerrte hartnäckig weiter an seinem Gabelbaum.

Ich traf erst vor kurzer Zeit einen Redakteur in München, der damals auch auf dem Fest war wieder und er erinnerte an das Superfest und an das überwältigende Buffet und ich erzählte ihm jetzt nach so vielen Jahren, wie dieses zustande kam, was er um so mehr bewunderte.

Es war auch Dhiru unter den Gästen, ein indischer Geschäftsmann aus Nairobi, der Hindu war. Er hatte von Thomas und Peter das Wassermotorrad erstanden, das zu ihrer ersten Geschäftsausrüstung gehört hatte, das sich aber wegen zu hoher Reparaturanfälligkeit als unrentabel erwiesen hatte. Er wollte es als Dekorationsstück in seinem Geschäft verwenden. Aus seinem Geschäft stammten die beiden „Sollacher Watersports"-VW Busse. Dhiru erzählte mir an diesem Abend von der Augensprache in ihrer Kultur. Er hatte das freie Verhalten der jungen europäischen Paare beobachtet, die sich in der Menge umarmten und küßten und erklärte mir, daß sich Paare bei ihnen nicht im geringsten, nicht nur auch nur an den Händen, in Gegenwart anderer berührten. Sie träfen sich nur mit den Augen und dies sei so wunderbar, schwärmte er. Es lade sich so unendlich Vieles auf, was sich beim späteren Alleinsein entlade.

Auch die Buschbabies hatten ihr Fest in dieser Nacht und ihre wilden Geräusche umgaben die Szene. Buschbabies sind nicht das Ergebnis romantischer Safaris, sondern nächtliche Kuriositäten, von denen man nur selten mehr als das Leuchten ihrer tellergroßen Augen bei Nacht und nur im Licht von Scheinwerfern sieht.

Das Fest war zu Ende und es blieb nur die Erinnerung an dieses.

Es ist Art der Surfer noch lange über die Läufe zu reden, doch bald schon vermischten sich die Gespräche mit den Erlebnissen bei anderen Regatten. Seien sie auf Sylt gewesen, auf dem Inselmeer in Holland, im Atlantik in Peterreich oder Spanien, in Fuerteventura, sei es bei Schnee auf der Surf-Maraton im Engadin gewesen, in Japan oder Aruba oder jene Regatten, die unter die Golden Gate Bridge in San Franzisko gelegt waren.

Später wußte ich einmal nicht mehr, wo Peter war, der mit dem World Surf Cup unterwegs war und mich länger ohne Nachricht gelassen hatte. Ich rief in München bei seinem Verband an und durch eine perfekte Organisation konnte mir mitgeteilt werden, daß er gerade im Flugzeug von Tokio nach Honolulu sitze. Sie versprachen auch, ihm meine Mitteilung weiterzuleiten. (Es gab ja immer noch keine Handys) . Von dort rief er mich an, denn es war Muttertag, an den er erstaunlicherweise dachte und er erzählte mir von seiner Reise „doch nirgends sind die rollenden Riesenwellen geiler als in Hawaii" sagte er.

Malindi
wieder ein anderer Marktplatz der Kulturen, der von dem Reiz seiner Patina lebte

Ein bißchen kam mir die Reise nach Malindi immer vor, wie eine Reise in die Vergangenheit, obwohl man doch in Mombasa auch vor dem ehrwürdigen Bau des Fort Jesus stand, die Altstadt ein Flair der Jahrhunderte umgab, und auch der alte Hafen mit den ewig schwappenden Dows ein romantisches Überbleibsel aus alter Zeit war. Doch in Malindi war noch mehr Geschichte.

So stand hier das größte europäische Monument im tropischen Afrika, das Vasco Da Gama-Kreuz. Hier erhob sich ein Kreuz auf einem riesigen Kegel aus Lissaboner Kalkstein mit dem portugiesischen Wappen, das die, im Hafen einlaufenden, Schiffe begrüßte. Es gab eine portugiesische Kapelle, es gab geheimnisvolle Säulengräber, die mit chinesischem Porzellan ausgeschmückt waren und es gab viele Beispiele englischer Kolonialarchitektur. Natürlich hatte sich auch der indische Baustil hier fortgetragen und dies nicht nur in Häusern, sondern vor allem in Moscheen. Doch dominierend war hier der arabische Stil, der aus deren früher Vorherrschaft stammt. Es gab hier auch Büros und Hütten an der afrikanischen Esplanade. Über allem lag jedoch auch hier der Atem der Vergänglichkeit, nicht nur durch die lange Zeit, entstanden, sondern auch gezeichnet von der Aggressivität des tropischen Klimas, was nicht nur eine deutliche Patina hinterließ. Doch auch die liebenswerte Zufriedenheit und Gleichgültigkeit der Bevölkerung lag über allem. Den Strand säumten luxuriöse Häuser aus der Kolonialzeit, denen die dazwischenstehenden leuchtenden Flametrees Frische gaben. Es gab luxuriöse neue Häuser, neue und renovierte Hotels. Dies alles stand in üppiger Vegetation, die ebenso farbenprächtig war wie die nahegelegenen Korallengärten in den Untiefen um das Riff.

Wir wollten wieder ein Wochenende hier verbringen, um die sich breit machende Monotonie zu stören. Schon die Anreise allein, versetzt einen der Beschwernisse wegen in eine andere Zeit. Als erstes unterbrochen wurde die Fahrt durch die verschlafenen Dörfer und Palmenhaine durch die Likoni-Fähre zwischen dem Festland Südküste und der Insel Mombasa. Likoni war der Ort der Möbelbauer. Hier stellten schon früh am Morgen die emsigen Hersteller ihre schönen handgearbeiteten und teilweise geschnitzten Stücke entlang der Straße auf. Es war hier schon reges Treiben. Die Händler, die auf dem Markt in Mombasa schon eingekauft hatten, kamen über die Fähre mit ihren hohen Zweiradkarren, die schwer beladen waren mit prallen Säcken und vielem Obst. Diese Karren hatten vorne rechts und links zwei lange Deichseln, die im Ruhestand auf der Fähre steil nach oben zeigten, weil der Zweiradkarren nach hinten hing. Geschickt sprangen die Führer dieser Gefährte, die zwischen den Deichseln stehen, nach Ankunft der Fähre, daran hoch, um schnell loszulaufen, damit sie den Vorteil der abfallenden Fährenrampe wahrnehmen konnten, um die folgende steilansteigende Straße besser überwinden zu können. Schwer zogen sie ihn zum Schluß im Zickzack die Straße hoch und tausend Hände halfen ihnen beim Schieben. Es waren schon unzählige Menschen unterwegs und es wurden auch hier Marktstände eröffnet. Glitschige Fische lagen auf den Tischen, Tomaten wurden poliert und aufgebaut, Kohlköpfe und Kartoffeln rollten von aufgekippten Wagen und dann standen auch schon die großen Tische da mit Ananas, Papayas, Passionsfrüchten, ganz einfach mit der ganzen Skala der exotischen Früchte.

Natürlich saßen auch hier, wie überall auf den Märkten, die Frauen in Gruppen, heftig schwatzend, gehüllt in ihre schwarzen Bui Buis vor sich die noch warmen, in Fett gebackenen Mandasis anbietend, die für die Käufer in Zeitungspapier eingewickelt wurden. Auch die kleinen Holzkioske wurden eröffnet, in denen es bunte Gummisandalen, Kämme, Spiegel, Petroleumlampen und bunte Kinderwäsche gab. Aus kleinen Restaurants, an denen kleine Lichter leuchteten, kam verzerrte Musik aus alten Radios und die wackligen Stühle waren schon alle besetzt. Es standen auch immer Redner und Prediger hier, die von Trauben von Menschen umgeben waren und eifrige Boys gingen mit Stapeln von Zeitungen die Schlange der ankommenden Autos ab. Andere hielten Nüsse, Kokosöl oder andere, kleine Dinge zum Verkauf durch die offenen Fenster. Auch für viele Bettler waren die stehenden Autos ein lohnender Platz.

An diesem Ort vermischten sich unweigerlich die würzigen Düfte von Mangos, Fisch, reifer Bananen, Rauch, Schweiß und Kokosöl zu dem exotischen Aroma Afrikas.

Die Fähre mußte den mächtigen Ozeanriesen, die den Hafen von Mombasa anfahren und ihren Weg kreuzten, Vorfahrt gewähren und man blickte staunend an diesen empor. Auch die Stadt war schon aufgewacht und quirlig, als wir sie durchfuhren und es waren schon die vielen, kleinen, heftig hupenden und gasenden kleinen Lieferwägen unterwegs. Wir verließen diese wieder über die Nyali-Brücke, um dann an den klingenden Namen der Hotels an der Nordküste vorbeizufahren. Wir passierten auch die große Zementfabrik Bamburi, den Mtwapa Creek, einen ehemaligen Flußlauf und kamen zum Kilifi Creek, einem noch größeren. Wir erreichten nun die großen Sisalfelder in Vipingo, die sich mit den spitz zulaufenden Agaven bis zum Horizont erstrecken. „Die Blätter werden nach der Ernte entfernt und aus den Fasern der Pflanzen Seile hergestellt" wußte ich Caroline zu erzählen. Nun kam die Fahrt auf der Kilifi-Fähre, die eigenwillig oft, ihren Geist aufgab, was Wartezeiten ausmachte, auf die jedoch nur die afrikanische Mentalität eingestellt war. Hier sahen wir schlanke, hochseetüchtige Yachten neben robusten Fischerbooten stehen. Bis hier grenzte der Wildpark Tsavo. Und weiter ging es vorbei an riesigen Baobabs und kleinen Dörfern des Giriamastammes, in denen reges Leben herrschte. Dann erreichten wir bald Watamu. Hier ist ein bevorzugter Badeplatz der Einheimischen und man erzählte sich von den ausgelassensten Sylvsterfesten des ganzen Landes, an denen bis zu zweitausend Teenager bis zum Morgengrauen in der Disco des Seefahrerhotels tanzten. Dies stand an der Turtle Bay und dieser Strand verdankte seinen Namen einem Korallenfelsen, der ihm vorgelagert, die Form einer Schildkröte hatte.

Hier war auch Gedi nicht weit weg, die verwunschene, ausgegrabene Stadt.

Doch nun erreichten wir Malindi, zweifellos ein Ort von besonderem Reiz, halb Fischerdorf, halb exotischer Badeort und wir wohnten in einem Hotel, das ein charmantes Zeugnis der feudalen Kolonialzeit und voller Nostalgie, jedoch im afrikanischen Stil renoviert war.

Integriert in einen Palmengarten träumte es mit vielen Nebengebäuden zweifellos vor sich hin und der englische Flair hing noch über allem.

Sein Pool hatte die Form Afrikas und verspielt waren auch die kleinen Bars.

Beim späteren Bummel durch die Hauptstraße fanden wir viele verlockende Shops und Boutiquen, Restaurants und Bars. Wir sahen hier die einfachen, niedrigen Hütten der Giriamas und dort die deutlich arabischen Architekturformen. Hier die Moschee und dort den Hindutempel oder die Kirche einer christlichen Sekte, der die Ureinwohner anhingen. Wir gingen vorbei an den schwarz verhüllten Muselmaninnen, genauso wie an den, in farbenfroh leuchtende Umschlagtücher verhüllten, schwarzen Giriamaschönheiten. Und all diese schillernden Gegensätze machten wohl den speziellen Charme von Malindi aus. Nur über den Strand zu gehen bedeutete, das Hotel zu erreichen, in dem Hemingway nach so manchen, durchzechten Nächten Verabredungen zum Fischen versäumt haben soll und auf der Bank, die immer noch im Hotelgarten steht, auf der er mit Blick auf das Meer vielleicht Inspirationen für sein Buch „Der alte Mann und das Meer" sammelte, saßen wir bei einem Sundowner. Den stimmungsvollen, kolonialen Brauch zelebrierend, erlebten wir selbst Augenblicke, die die Sehnsucht weckten. Wir spürten hier wirklich noch einen Hauch der früheren Jahre. Am nächsten Morgen gingen wir über die Dünen zum Strand, dessen Sand von Goldglimmer durchsetzt war, der ein irisierendes Flimmern verursachte, das im Meer durch das Wasser noch erhöht wurde.

Mit einem Landrover fuhren wir über die enorme Weite des Strandes zur Mündung des Sabaki Rivers, die sich schon von Weitem mit einem schwarzweißsilbrig schimmernden Teppich ankündigte. Dies waren tausende von Pinguinen, die hier standen und Siesta hielten.

Hier erklärte sich die ungewohnte, rotbraune Farbe des Meeres. Der Fluß brachte die rote Lateriderde aus dem Tsavo Park mit, die dort auch schon die Elefanten rot färbt. Das stimmungsvolle Candle Light Dinner unterstrich den Zauber von Malindi.

Als wir nach Hause fuhren, vorbei an dem üppigen Grün der Kokospalmen sahen wir an manchen Stellen den Indischen Ozean, der wieder smaragdgrün leuchtete. Es wechselten Kokoshaine mit vielen Fruchtbäumen ab, unter denen die saftigen, hellgrünen Riesenblätter der Bananen standen und das schwarzgrüne Laub der Mangobäume leuchtete besonders. Wir fuhren an sumpfigen Mangrovengebieten und lianendurchwuchertem Busch vorbei.

An der Kilifi-Fähre wurde nun der Alptraum wahr. Durch einen Defekt drehte sie sich um sich selbst. Sie war ein schwimmender Kreisel. Wir standen in einer langen Autoschlange und Caroline behauptet, niemals zuvor und niemals danach im Leben so viel Hitze empfunden zu haben wie hier an dieser Stelle. Auch die eifrigen Jungen, die so spottbillig Cashew Nuts anboten, konnten unser Empfinden nicht mildern. Linderung erfuhren wir erst, als sie Kokosnüsse für uns köpften wie gekochte Eier und wir den köstlichen, in der dicken Schale kühl bleibenden Trunk genossen.

Der Barua

Barua heißt Brief. Eine schwarze Gestalt in unserer weit offenen Tür verdunkelte das Licht. Der weiße Brief in seiner Hand war zu klein, um die Szene aufzuhellen und er verkündete nichts Gutes. Die Engländer, die Besitzer des Njumba Ndogo unseres Hauses, kündigten meinen Mietvertrag. Mein Gott, niemals hatte ich an diese Möglichkeit gedacht. Später stellte sich heraus, daß sie eine Strandbar hier einrichteten. But the Show must go on, dachte ich mir, es mußte weitergehen und wo, würde sich herausstellen. Ich fand einen Laden in einem Hotel, aber nichts war mehr wie bisher. Unser Panorama, der Strand und das Meer, war nun ein großer, betonierter Parkplatz, der sich vor unserem Laden ausbreitete und unerträgliche Hitze abstrahlte. Es gab nicht mehr die großen, offenen Türflügel, an denen die frische, hereinströmende Brise vorbeistrich. Nein, nun arbeitete geräuschvoll hinter peinlich verschlossener Tür eine Klimaanlage. Juma konnte für uns in Ermangelung einer Küche nicht mehr kochen, was natürlich auch nicht in den Rahmen gepaßt hätte. Ja es gab nicht einmal mehr seinen erquickenden Tee, da er selbst bei uns keinen Platz mehr hatte. Ich konnte nicht mehr barfuß laufen und meine Tücher mußten Kleidern weichen. Unser Ambiente im Laden war ein anderes geworden. So wurde auf eine ganze Wand die Champs Elysée tapeziert und eine Musikanlage wurde installiert. Ich kaufte eine kleine lamugeschnitzte Sitzgruppe mit passendem Tisch, deren Kissen auf den Stühlchen ich mit naturfarbener Seide überzog, die zu dem dunklen Holz einen eleganten Kontrast gaben. Ich sorgte auch dafür, daß auf dem Tisch immer italienische Magazine lagen, denn wir waren im Bedarfsfall ja auch große Kopierer. Ich hatte Schaustücke meiner Kollektion an die Wände drapiert, sie selbst hing an Ständern. Palmen standen dazwischen und der große Zuschneidetisch, an dem Mohamed arbeitete, sollte unserem Empfangsraum eine besondere, lebendige Note geben.

Zudem nahm Mohamed an allen Absprachen teil, die er bis ins Detail trotz Unkenntnis zumindest der deutschen Sprache, verstand und registrierte und teilweise unbesprochen umsetzte. Augenscheinlich jedoch schnitt er zu. Seine breite Aufnahme- und Wahrnehmungsfähigkeit war immer wieder erstaunlich. Er kam auch immer im richtigen Moment mit dem Maßband zum Maßnehmen, ohne daß ich ihn darum bat. Afrikaner sind große Wahrnehmer und äußerst intuitiv und Mohamed war ein besonderer Beherrscher dieser Fähigkeiten. Josef übernahm nun viele Aufgaben von Juma, der fortan bei meinen Söhnen arbeitete.

Mein Strandleben spielte sich nun im Eiscafé im Hotelgarten ab. Die Erfrischung, die ich vorher im Meer gefunden hatte, holte ich mir nun bei einem Getränk an der Poolbar und Tee trank ich zur offiziellen Teatime zusammen mit Hotelgästen, die meine Kunden waren. Hier wo mir ein Ober freudestrahlend von der Geburt seines Sohnes erzählte, den er nach seinem Freund, einem Österreicher, der schon viele Male in diesem Hotel Urlaub gemacht hatte, benannt habe. Andi Winkler hieße er, sagte er auf meine Frage nach dem Namen. „Oh" sagte ich, „dann heißt Dein Sohn Andi", „nein" sagte er „Winkler".
Nicht mehr das Meer war unsere Geräuschkulisse, sondern die Klänge der Band auf der Hotelterrasse hinter unserem Geschäft.

Die Schneiderei war in einem angrenzenden Raum untergebracht und nur die Schneider fanden die neue Umgebung viel schicker und interessanter. Shaban, Hifadhi, Rhama und Ali reichten nicht mehr aus und Mohamed brachte Suleiman mit. Dies war ein sehr junger Verwandter von ihm. Offenbar war dies eine nähtalentierte Familie und es war interessant zu beobachten, wie schnell er dieses Können erlernte. Ich konnte es immer wieder nicht glauben, wenn er mir stolz zeigte, was er genäht hatte, wie exakt er dies tat und mit welcher Schnelligkeit und es dauerte nur eine kurze Weile, bis er ein vollwertiger Schneider war. Josef schien animiert von diesem Vorgang und äußerte auch den Wunsch, nähen zu lernen. Obwohl sich Mohamed sehr mit ihm beschäftigte, konnte er es nicht, er konnte es wirklich nicht, was er auch einsah und letztlich kehrte er zufrieden wieder an seine Aufgaben zurück. Ich gewöhnte mich an die neue Situation, obwohl es mir anfangs sehr schwer fiel, denn alles war anders geworden, als es einmal war und meine Erinnerung an mein Geschäft in Afrika wird jedoch immer das Njumba Ndogo sein.

Glück erfährt nur
wer anderen Glück beschert
Kurt Tucholski

Mein indisches Zuhause

Es war so großartig von Sultan und Zulaika, wenn sie mir sagten „It's your home" und sie meinten damit ihres und es war für mich eine große Beruhigung hier noch einmal ein Zuhause zu haben und ich liebte es auch ganz besonders, das Haus im Palmengarten.

Wenn ich das Grundstück betrat, schien eine Therapie zu beginnen. Ich kam über die rechte Seite des Gartens auf den Zufahrtsweg zum Haus und atmete schon den Duft der vielen, vielen, verschiedensten Palmen. Dann war auf der linken Seite das Badehaus mit dem zauberhaften Swimmingpool und dann sah ich sie bereits auf der Terrasse vor dem Haus sitzen, tief im Garten, und wenn ich noch näher kam, stieg einem das Aroma des Tees in die Nase und dann war ich Zuhause. So wollten sie, daß ich es nannte.

Oft nahmen sie mich sonntags am späten Nachmittag mit nach Mombasa zu dem Treffpunkt der Inder. Links vom Likoni Verkehrskreisel führte der Mama Ngina Drive unterhalb des Oceanic Hotels zu der hübschen Inselspitze von Mombasa, wo bei Sonnenuntergang die Inderfamilien spazieren gingen. Hier gab es überall Bänke, von denen sie in aller Bequemlichkeit den Ausblick auf die Hafeneinfahrt genossen und auf die verstreuten Ruinen von Fort St. Josef. Später fuhren wir in eines der indischen Lokale in der Altstadt, um den unendlichen Geheimnissen der indischen Küche zu frönen und wenn wir beim Nachhausefahren noch über die Moy Avenue fuhren, dann spürte man hier auch nachts den Puls der Stadt.

Und immer plante er Neues. Dieses Mal ging es nach Nyali, Mombasas wunderschöner Gartenvorstadt auf der Nordseite. Nyali heißt

Lichtung. Hier standen Villen in üppigen Gärten, hier standen die ersten Luxuthotels, hier war auch eine Sisalplantage; hier wurde 1960 die Peter's Church gebaut, hier war der Achtzehn-Loch-Golf-platz des Nyali Clubs, hier gab es Tennis- und Squashplätze.

Und gerade hier gab es einen Schandfleck, nämlich die großflächige Abtragung durch die Bamburi Zementfabrik, wobei es sich nicht einmal um gewöhnliche Gruben und Baggerseen handelte. Diese Abtragung war in ganz Afrika die größte ihrer Art und war nun eine Attraktion geworden.

Hier waren jährlich eine Million Tonnen Zement produziert worden und diese Firma war für die arabischen Staaten während des jüngsten Baubooms der wichtigste Zementlieferant, erklärte mir Sultan. Die riesigen Mengen Gestein, die in den letzten dreißig Jahren abgetragen wurden, hinterließen eine mächtige, unansehnliche Vertiefung in der Erde. Dies sei der Preis für die Gewinne, die man dem Boden abgerungen habe, sagten die Fachleute und der zurückgebliebene, salzhaltige Boden ließe weder Bäume noch Gras gedeihen. Trotzdem riefen sie den Schweizer Agronom Rene Haller zu Hilfe und dieser, ein unverwüstlicher Optimist, war voller Hoffnung und er schuf das weltweit erfolgreichste Projekt der Umweltsanierung. Heute wächst auf dem Gelände des Bamburi Steinbruchs ein dichter, artenreicher Dschungel.

Wo Fachleute nicht einmal dem Gras eine Chance gaben, gedeihen heute grüne Wiesen in einem kleinen Wildpark. Fisch- und Krokodilteiche wurden im Steinbruchgebiet angelegt, eine Versuchsplantage für Bananen, ja sogar ein Weinberg. Hier spazieren Pfauen auf den Lichtungen, Fische quirlen in stillen Teichen, neben denen im Riedgras Webervögel nisten. Es gibt Mango- und Zitronenhaine. Zwanzigtausend Eukalyptus, Palmen und Kasuarinen und sechzig Vogelarten sind die Antwort auf die Arbeit des Agronomen Rene Haller. Eine Humusschicht entstand. Schritt für Schritt kamen andere

Pflanzen dazu. Es war eine gesundes Mikroklima entstanden. Vögel, Affen und sämtliches andere Getier kam dazu. Der Wind brachte Samen doch auch Haller sammelte Saatgut, das er in den Regenzeiten mit Erfolg verstreute. Es gibt heute 170 verschiedene Pilze, die bei der Zersetzung der Biomasse eine wichtige Rolle spielen. Dieses Projekt, das mir Sultan eines Tages zeigte und vorstellte, beeindruckte mich doch sehr und ich wurde immer neugieriger, wenn er kam und sagte „Mama let's go to have a nice day" und so manches mal raste er mit dem Auto, als sei er noch der Ostafrika Ralleyfahrer, der er einmal war.

Hier gab es auch die Bombululu Gardens, ein anderes, verdienstvolles Unternehmen, das einen Besuch lohnte. Es ist ein Farm- und Trainingszentrum für Behinderte. Hier kann man neben Eier und Gemüse handgearbeiteten Schmuck aus Kupfer, Getreidekörnern, Bananenblättern und alten afrikanischen Münzen kaufen. Die erstaunlich geschickten und geschmackvollen Kunsthandwerker stellen ihre Artikel in kleinen Lädchen aus und es ist absolut ein Erlebnis hierherzukommen.

Anschließend an unsere Wassersafari zeigte mir Sultan das Kipepeo Aquarium, ein weiteres amateurwissenschaftliches Unterfangen. Hier konnte man in ästhetisch optimal gestalteten Aquarien ein aberwitziges Wechselspiel von Formen und Farben beobachten. Es war eine faszinierende Möglichkeit einen Blick in die farbenfrohe Wunderwelt der Muscheln, Korallen und Fische zu tun und Seeschnecken und Raupen bildeten den klassisch grotesken Kontrast zu dieser Unterwasserherrlichkeit.

Der Schöpfer dieser Zauberwelt zeigte auch in einem Bassin eine Laune der Natur. Schlammspringer, luftatmende, zu den Grundeln gehörige Fische, die auf ihren Brustflossen liefen und Insekten jagten. Und noch etwas sahen wir hier, wovon uns Sultan schon erzählt hatte und wovor sich jeder Meeresbesucher fürchtet, den Steinfisch. Dieser häßliche Fisch hatte giftige Warzen auf seinem Rücken und schien nur darauf zu warten, daß ein unvorsichtiges Lebewesen sich auf ihn niederläßt oder auf ihn tritt um sein gefährliches Gift aufzunehmen. Sein Maul bewegte sich beim Füttern so schnell wie eine Fotolinse, was wir erstaunt beobachten konnten.

Bei einer Fahrt nach Malindi sahen wir verschiedene private Botanische Gärten, wovon ich einen, der das Hobby einer alten Dame war, am zauberhaftesten in Erinnerung habe.

Aus der grellen, heißen Sonne kommend, glaubte man zu träumen, wenn man in das tiefe Grün dieses Gartens eindrang.

Hier erlebte man auf verschlungenen Wegen die ganze Palette der tropischen Vegetation. Hier wanden sich an hohen Bäumen dekorativ Schlingpflanzen, um dann ihre grazilen Enden wieder herunterhängen zu lassen und Glyzinien fielen wie ein blaßblauer Blütenregen in den Garten. Blühende großblättrige Bäume, fiedrige Palmen, zauberhafte Kleinpflanzen, Farne, Gräser, kleine und große sprechende Blüten, alles war zusammengemixt zu einem Cocktail der Natur, der ein Wunder war. Zusammen mit zauberhaften Lichteffekten hatten wir eine Orgie, der vielfältigen Blütenpracht erlebt, die ihren betörenden Duft in die Szene verströmt hatte. Die grüne Staffage mit den vielen bunten Tupfern war jedoch nicht nur ein Festival für die Augen gewesen, nein, auch unsere Ohren hatten große, geheimnisvolle Laute der Natur getroffen.

Und dann erlebte ich noch die Ausflüge nach Shimoni, dem Fischerdorf, von wo aus wir auch die Wassersafari unternommen hatten. Hier stand in einem verträumten Garten am Meer ein Haus, in dem die Familie selbst Urlaub machte. Es hatte viele Gästezimmer, es hatte eine großzügige Terrasse, es hatte einen großen Garten mit vielen individuellen Freisitzen. Hier schien die Welt stehengeblieben zu sein. Hier kam der Strom von einem Generator und das Wasser aus einer Pumpe.

Shimoni heißt Ort der großen Höhle. Gemeint war die große Höhle, in der sich früher Sklaven bis zu der Verschiffung aufhalten mußten und in der heute Tausende von Fledermäusen hängen.

Mitten im Ort gibt es einen großen Fischmarkt, doch mein gastliches Haus stand am Ende dieses Ortes. Unten am Meer lag das Motorboot Sultans und die Dow Yussufs. Diese Boote leuchten seit Jahrhunderten mit ihren großen weißen Segeln am Horizont der afrikanischen Küste und haben bis heute nichts von ihrer Romantik eingebüßt. Sie sind mehr als ein majestätischer Anblick. Der Handel, der durch sie möglich war, hat große Gebiete entlang der Küste zu Ansehen und Reichtum verholfen. Früher segelten die schwerfälligen Dows, beladen mit Elfenbein, Harzen des arabischen Weihrauchbaumes und Sklaven zurück nach Norden. Heute besteht ihre Fracht aus Mangrovenstangen von Kenias Küste, die überall am Persischen Golf als Bauholz verwendet werden.

Eng verbunden mit den Dows ist die Philosophie des Monsuns, der ihnen den Fahrtwind bläst.

Schon wieder lauschte ich ihm. Die Kunstfertigkeit, diese Schiffe zu bauen, ist von Generation zu Generation überliefert worden, fuhr er fort. Jedes Boot ist einzigartig, sagte er und sein Blick verlor sich an der Dow, die vor uns im Wasser lag und wie ein riesengroßer Flechtkorb schaukelte, den das Geheimnis von Tausend und Einer Nacht umgab.

Nach einem Essen, das Düfte nach Curry und Cardamon umhüllt hatte, fuhren wir nach Wasini Island an hohen Stelzenwurzeln von

Mangroven vorbei. Hier gab es weder Autos noch Straßen, keine Wasser- und Stromleitungen. Es war jedoch ein romantisches Restaurant hier „Mpunguti" und dies war die Einnahmequelle der Insel. Hierher führte uns Sultan und wir aßen Meeresfrüchte in scharfer Kokos-Curry-Sauce.

Wo die Gräber Deiner Eltern sind
bist Du zuhause

Flüge nach Hause

Tania Blixen reiste mit dem Schiff von Dänemark nach Mombasa
und mit Sicherheit war sie viele Wochen unterwegs. Der Suezkanal, zu dessen Eröffnung einst Verdi die Oper Aida schrieb, schnitt
auch zu dieser Zeit bereits ein erhebliches Stück des weiten Weges ab. Ich flog jeweils die Strecke von München nach Mombasa in
sechs bis acht Stunden. Stilvoller und erlebnisreicher waren jedoch
zweifelsohne die Schiffsreisen von Tania Blixen. Sie reiste in Kos-
tümen mit Hüten, Reisekörben und Überseekoffern und sie erlebte
das langsame sich Verändern von einem Kontinent zum anderen. Bei
mir konnte sein, daß ich bei heftigem Schneesturm in München einstieg und nur Stunden später bei vierzig Grad und neunzig Prozent
Luftfeuchtigkeit wieder ausstieg. Peter war einmal von einer Fahrt
nach Griechenland, wobei er durch die Berge Albaniens gefahren
war, mit einem Sprichwort von dort nach Hause gekommen „wo Du
nicht zu Fuß gewesen, bist Du nicht wirklich gewesen" wobei man
eine Autoreise nach Griechenland oder aber auch eine Schiffsreise
nach Kenia in der heutigen Zeit als absolut „zu Fuß" gelten lassen
kann. Ich hatte bei meinen Reisen den Wechsel nicht erlebt und
war nur abrupt mit ihm konfrontiert worden bei meinen nach Luft
schnappenden Ausstiegen. Ich reiste mit Flugkoffern, Taschen und
in Jeans. So hatten sich die Zeiten geändert.

Es spielte sich immer dasselbe ab. Der Anflug auf Mombasa, wobei sich Afrika schon lange dunkel und lockend unter einem ausgebreitet hatte. Dann das erwartungsvolle Aufsetzen der Maschine,
das Kunstwerk des Piloten. Der Weg zu Fuß über das Rollfeld zum
Flughafengebäude. Das Ausfüllen der Einreisepapiere, das erste „Jambo" der Beamten an der Paßkontrolle. Der Kampf um die
zu wenigen Gepäckwagen, deren Räder klemmten. Das Warten auf

das Gepäck, das Öffnen desselben bei der Zollkontrolle. Das Passieren des Spaliers der Wartenden vor der Halle, das Abwehren derer, die die Koffer trotz des Wagens noch tragen wollen, das Verhandeln mit den Taxifahrern und erst im Taxi wieder die bewußte Konfrontation mit der Hitze Afrikas. Das Überfahren des langen Dammes, um auf die Insel Mombasa zu gelangen, das Durchqueren der lebhaften Stadt, die nie schläft inmitten hupender, qualmender Autos. Das Warten auf die Fähre, die man, umringt von einer Flut von Passagieren und aufdringlichen Verkäufern erlebt, dem das explosionsartige Verlassen derselben folgt, um dann die dreißig Kilometer lange Fahrt auf der Küstenstraße Richtung Tansania zu fahren. Dies geschah über die durch die Regenzeiten aufgerissenen Straßen und durch die Dörfer, denen die Ruhe Afrikas entströmte.

Dann kam die Küste von Diani und ich fühlte mich hier zuhause. Dann begann die Zeit, in der ich am Morgen durch das leise Hantieren von Abdallah geweckt wurde, dem spontan der Duft des aromatischen Keniakaffees folgte.

Bis zu dem Tag, an dem ich wieder abreiste. Ich wurde geweckt durch das Geräusch eines kleinen elektronischen Weckteufels oder durch die scharfen Scheinwerfer des mich abholenden Taxis, die durch mein Haus drangen. Meist fuhr ich mit dem gelben Taxi von Omari nach Mombasa, das immer zuverlässig zur Stelle war. Auf den Fahrten nach Mombasa erlebte ich die schönsten Sonnenaufgänge und die erwachenden Dörfer. Und dann sah ich den hohen Heckflügel unseres Flugzeuges, der das Flughafengebäude weit überragte und ich freute mich auf meine Heimreise nach Deutschland.

Wer im Ausland lebt, erlebt ein Hin- und Hergezogenwerden. Zuhause ist man dort, wo man geboren ist, wo die Gräber der Eltern oder Großeltern sind, wo man seine Jugend verbrachte, wo seine Muttersprache ist. Bei mir war es eine unheimliche Faszination, die Afrika auf mich ausübte. Der Zauber, der von dem Land ausging, der mich so an dieses kettete. Wenn ich im Flieger war, war ich in Deutschland und ich verkroch mich in eine Wunderwelt von Melodien, die ich in meine Ohren strömen ließ auf dem Flug, der mich meiner Heimat noch näher brachte. Zu dem reichhaltigen Angebot an Musik an Bord, hatte ich viele, viele Bänder in meinem kleinen Safarikoffer aus Reisstroh. Ich stürzte mich auch in die Zeitungen, die auflagen und versank im Gewirr meiner eigenen Sprache.

Ich hatte keine Zeit mich etwa mit meinen Nachbarn auf den Sitzen zu unterhalten und trotzdem trugen mir einige Verschiedenes zu. So erzählte mir eine neben mir sitzende Dame von einem wunderschönen Kleid, daß sie sich gekauft habe, als der Pilot von dem schlechten Wetter in Deutschland sprach und sie bedauerte, daß sie dieses nun nicht anziehen könne. Als sie mir erzählte, daß es blau/grün/weiß sei, hörte ich hin. Sie hatte es in einem Geschäft gekauft, in dem von mir Kleider hingen. Ich konnte aus meinem kleinen Koffer ein Bild von meiner letzten Modenschau holen, auf dem das Kleid zu sehen war, doch ich verschwieg, daß es von mir war. Man hatte ihr gesagt, dieses Kleid sei von einer Designerin, die noch nicht lange an der Küste sei und ich antwortete „ja, ja, ich kenne sie" sagte ich „auch ich habe einige Sachen von ihr".

Einmal gab mir ein junger Mann spontan den Kopfhörer seines Walkmans und seine andere Hand fordert mich auf, ihm meinen zu geben. Wir flogen gerade über den Äquator, als ich den Gefangenenchor aus seinem hörte und ich gab ihm Stevie Wonder mit „I just called to say I love you". Es war die Musik meiner letzten Modenschau. Wir tranken zusammen Champagner, als wir über Salzburg flogen und später besuchte er mich in Kenia.

Es streichelte ein ungefähr vierzehnjähriger Junge, der neben mir saß, als er glaubte, ich schliefe, bei einem anderen Flug, meine Hände. Um uns herum saßen seine Eltern, Großeltern und drei Geschwister, doch er tat es versteckt. Ich wußte nicht, was ich sagen sollte, ich wußte es nicht und mir war unklar, warum er, eine für ihn, alte Frau streichle und was ihn dazu veranlasse und er machte mich zur Mitwisserin von der Liebe zu seiner Deutschlehrerin, an die ich ihn erinnerte.

Ein anderes Mal suchte und fand ein freundlicher Steward meinen Lapislazuli, den ich aus meiner Brosche verloren hatte.

Wieder einmal saß ich auf einem Flug nach Kenia mit Carolin in einer Dreierreihe. Ein einzelner Herr saß noch rechts neben mir. Carolin war gerade in China gewesen und zeigte mir auf den eingezeichneten Flugrouten der vorhandenen Karten, wo sie geflogen war auch hier, über die Mandschurei sagte sie und zeigte mit dem Finger auf die Linie. Und bei diesem Wort fing unser Nachbar zu reden an und es wurde eine rührende Geschichte. Ich war der kleine Nachkömmling ostpreußischer Bauersleute, sagte er und meine Eltern flüchteten mit mir neunzehnhundertfünfundvierzig mit einem Pferdewagen. Sein Deutsch war hart, wie Russen es sprechen und es war unverkennbar der ostpreußische Dialekt darin zu hören. Meine erwachsenen Geschwister waren zum Kriegsende eingezogen gewesen, fuhr er fort. Wir fuhren schon lange und hatten Berlin schon hinter uns in Richtung Süden, als wir aufgehalten und zu einem Sammeltransport gebracht wurden. Wir wurden zusammen mit unseren zwei Pferden und vielen vielen anderen in einen Güterzug verladen. Wir fuhren Wochen und wußten nicht wohin. Wir merkten nur, daß es nach Osten ging. Bei jedem Halt verließ mein Vater den Zug um Gras für die Pferde zu rupfen und er versuchte ihnen Wasser zu bringen. Wir kamen nach Sibirien und lebten in einem Lager. Ich ging in eine russische Schule, doch meine Eltern sprachen deutsch, nein ostpreußisch mit mir, obwohl dies verboten war. Ich erlebte dreiundfünfzig Grad Kälte und auch, daß Menschen, die in die Taiga gingen, nie mehr zurückkamen. Ich lebte mit Bären und Wölfen, sagte er, und meine Mutter kochte Kliebensuppe und Königsberger Klopse. Sie buk Lebkuchen und schmückte jedes Jahr einen

Weihnachtsbaum. Bis zu ihrem Tod, erzählten sie mir von Deutschland und sagten mir, daß ich Deutscher sei. Sie gaben mir als Vermächtnis die Namen und Daten meiner Geschwister, zu denen sie nie mehr Kontakt bekamen. „Dein russischer Paß ist nicht die Wahrheit" sagten sie bevor sie starben. Ich war noch so jung und so allein und verfolgte nur einen Wunsch, nach Deutschland zu kommen. Es gelang mir in Jahren zunächst erst zweitausend Kilometer näher an mein ersehntes Ziel zu gelangen und nach fünfundvierzig Jahren bin ich jetzt hier.

Ich habe meine Geschwister gefunden und Arbeit und der Traum, der durch mein Leben und das meiner Eltern ging, hat sich erfüllt. Ich bin nun zuhause, doch meine Gedanken sind in den Weiten der Taiga.

Dein Zuhause ist dort, wo Deine Eltern begraben sind.

Wir wurden auch zuhause von Afrika eingeholt.

Wir waren zu einer Surf-Europameisterschaft an den Neusiedlersee gefahren, an der sowohl Peter, als auch Thomas teilnahmen. Am Abend saßen wir auf der Terrasse eines Seehotels, um zu essen.

Wahrscheinlich hingen die beiden ihren Tagesergebnissen nach und mir fiel es wahrscheinlich nicht schwer von der nahen Pußta zu träumen, als wir, wie wir dies in den letzten Jahren ja gewohnt waren, mit „Jambo" begrüßt wurden. Dies war die Aussprache der Einheimischen in Kenia unseres Namens und er meinte damit auch uns alle zusammen. Wir erwiderten das freundliche Jambo und vor uns stand wie gewohnt ein junger Afrikaner auch in der gewohnten Uniform der Kellner der Hotels an der Küste in Kenia, ja sogar auch die Aufschrift des Hotels in unserer Nachbarschaft war eingestickt. „Habari" lachte er und bei unserer Antwort „Mzuri" muß uns spätestens aufgefallen sein, daß wir nicht in Kenia sind.

Der Besitzer des Hotels, der seinen Winterurlaub immer in Kenia und immer in demselben Hotel verbrachte, hatte seinem Kellner dort in der Regenzeit, wo Personal eingespart wurde, Arbeit in seinem Hotel in Österreich verschafft und als Gag hatte er auch seine Uniform an.

Der fröhliche Kindergarten

Ein trauriger Vorfall, der mich sehr beschäftigte, veranlaßte mich folgenden Brief zu schreiben.

Förderer „Fröhlicher Kindergarten" Diani
Kto. Nr. 237000 Volksbank Traunstein BLZ ....

Ich lebe seit 1979 die meiste Zeit des Jahres in Kenia, zusammen mit meinen zwei Söhnen, die seit dieser Zeit dort sind.

Ich hatte die Gelegenheit, Kenia kennen und lieben zu lernen. Es ist ein paradiesisches Land am Indischen Ozean, es ist ein immerwährender, blühender Tropengarten. Die Leute sind fröhlich und sehr friedliebend. Das Land, die Vegetation und das Klima geben ihnen die Möglichkeit für ihr leibliches Wohl zu sorgen. Natürlich ist - und besonders nach unseren Maßstäben - die Armut sehr groß. Geld für Wohnen, Kleidung, Schule usw. haben nur diejenigen, die die Möglichkeit haben, zu arbeiten. Ein großer Teil dieser Menschen kommt aus dem Landesinnern zu der, durch den Tourismus, aufstrebenden Küste.

Im Hause meiner Söhne fanden zwei junge Frauen aus Kisumu - 1000 km entfernt - Arbeit, Jane und Emilie. Sie sind sehr fleißig und schicken den größten Teil des Geldes, welches sie verdienen, zu ihren Familien nach Hause, die keine Möglichkeit haben, Arbeit zu finden. Jane und Emilie brachten nur ihre Kinder mit (eine Afrikanerin trennt sich niemals von ihren Kindern).

Emilie arbeitete und Jane hatte ihren freien Tag, sie kam jedoch am Vormittag aufgeregt, um Emilie zu holen, da ihr Sohn einen bösen Unfall hatte. Ich erfuhr, daß diese jungen Frauen, die arbeiten, ihre Kinder, anderen Kindern zur Beaufsichtigung geben. Das größere Kind gab nun dem kleineren Kind von Emilie eine Flasche zum Spielen und der kleine Bub verletzte sich sehr schwer im Gesicht. Er hatte einen sehr großen Blutverlust und viele Tage bangten wir um sein Leben und als es ihm wieder besser ging und der Verband entfernt wurde, konnte man zudem sehen, daß keine sehr geschickten Hände ihn zusammengeflickt hatten. Diesen Leuten hilft jedoch ein sehr starker Glaube und Emilie freut sich und ist dankbar, daß Gott ihr Kind erhalten hat. Eine andere junge Mutter hatte ihr Kind am Morgen dem beaufsichtigendem Kind gesund überlassen und am Abend, als sie nach Hause kam, war es tot; es war eine heftige Malaria. Ich hörte nun, daß sehr viele Kinder auf andere, kleinere Kinder aufpassen und ich hatte nun dafür eine Erklärung, daß ich immer viel zu kleine Mädchen mit viel zu großen Babys, die sie auf den Rücken gebunden hatten, sah.

Dieses Erlebnis gab mir den Anstoß zu der Idee für einen

KINDERGARTEN

in Diani zu sammeln.

Wie schön ist es doch für die Mütter unseres Landes ihre Kinder in der sicheren Obhut eines Kindergartens zu wissen - und wie selbstverständlich!!

Jane und Emilie und all die anderen Mütter denken nicht einmal daran, daß es diese Möglichkeit geben könnte. Ich sandte den Brief an alle, die ich kannte.

Ich räumte unser Haus in Deutschland leer und verkaufte die Dinge auf einem Flohmarkt, um den Erlös als Erste auf dem eingerichteten Spendenkonto einzuzahlen. Seitdem genieße ich allerdings in diesem, den Luxus der Leere.

Ich verkaufte bei einem Schützenfest, ebenfalls in Deutschland,

Kaffee und Kuchen für diese Aktion. Hierfür trug ich ein Dirndl mit Muschelschmuck. Ich sah mir Kindergärten an und ließ mich über Einteilung, Führung, Beschäftigung der Kinder, einfach über alles aufklären. Ich zeichnete Pläne für den Bau. Ich verhandelte mit einer Sanitär-Firma, die bereit war, alle anfallenden Gegenstände zu spenden, wobei ich besonders an kleine WCs und Waschbecken dachte.

Doch all meine Bemühungen einen Träger für dieses Projekt in Kenia zu finden, scheiterten. Zwischenzeitlich dachte ich daran, das Geld für die Schulgelder Minderbemittelter zu verwenden.

Doch jetzt erfuhr ich von einem kleinen Waisenhaus an der Küste und ich werde bei meinem nächsten Aufenthalt in Kenia dieses aufsuchen. Ich möchte auf alle Fälle, daß das Geld Kindern zugute kommt und daß es sie fröhlich machen soll.

Haraka Haraka Haina Baraka
Eile, Eile kennt keinen Frieden

Abdallah

Abdallah begleitete mich in der Zeit meines Afrikadaseins überall hin. Immer wenn ich von meinen Reisen zurückkam, wartete er
auf den Eingangsstufen sitzend auf mich. Er hatte die unerklärliche
Gabe, alles, was man gern hatte, zu wissen, er handelte intuitiv. Nur
die Technik haßte er, oder wenn er ganz plötzlich harte oder weiche
Eier kochen sollte. Er wußte, was zu tun war, wenn sich eine Schlange im Elektroherd verkrochen hatte und es war kein Problem für
ihn, diese zu verjagen und bereits sein bloßes Erscheinen vertrieb
die Affen vom Frühstückstisch.
Abdallah war still wie die Gekkos an den Wänden, Abdallah war
Afrika. Lautlos schlurfte er mit seinen nackten Füßen und er war
immer da, obwohl man ihn weder sah, noch hörte. Habari Assubui
Memsahib, das war am Morgen sein Gruß, wozu er breit lachte und
mit den Augen blitzte. Er kam mit frischem Brot und Obst und bereitete als erstes das Frühstück.

Einmal handelte Abdallah bei mir erfolgreich als Arzt. Ich hatte
eine kleine Stelle an meinem Fuß, die immer dicker wurde und entsetzlich juckte. Afrikaner sind gute und ausdauernde Beobachter.
Abdallah hatte die Entwicklung dieses runden Phänomens an meinem Fuß schon beobachtet gehabt, bis er sicher war, es war ein
Nest Sandwürmer, das sich unter meiner Haut tummelte, was er
mir eines Morgens nach dem Frühstück mitteilte. Er bot sich auch
sogleich an, die erforderliche „Operation" durchzuführen. Er kam
mit einem furchterregenden Messer, doch behutsam wie ein Vater
eröffnete er einen Krater voller schwarzen, quirligen Lebens, wobei
Afrika viele ähnliche Wunder birgt. Schnell hatte er den Gral ent-
leert und mit einem suspekten Tuch, das er in der Garage noch mit
einer Flüssigkeit getränkt hatte, sterilisiert. Abdallah schien immer

geheimnisumwittert und niemals hat er mir je sein Privatleben offenbart. Eines Tages kam er und sagte, ein bekannter Mzee wolle ein Grundstück verkaufen, was Peter nach längerem Verhandeln erwarb. Er selbst wohnte auf einem angrenzenden und es war wirklich auf beiden, paradiesisch schön. Sanft schmiegten sie sich in ein Tal und krochen auch noch ein Stück den Hang hinauf. Es lebten einige seiner Frauen dort in verschiedenen Hütten verteilt und die Kinder liefen zwischen dem Mais und dem Kasawa und den Tomatenpflanzen herum, die die Frauen angebaut hatten. Die Alte, ehern wie eine Ebenholzwurzel wurde respektiert und sie genoß den Vorteil des Nichts- Mehr-Tun-Müssens. Dieser Mzee hatte jedoch mit dem Verkauf des Grundstücks einen zielsicheren Plan verfolgt. Er kaufte sich eine neue Frau, eine Hose, als Delikt der Moderne und einen Kofferradio. Guter Dinge war er mit all diesen Errungenschaften nach Hause gekommen in sein Tal, das nun noch mehr das des üppigen Frönens werden sollte. Argwöhnisch sahen ihn alle kommen, das Radio spielte, die Hose glänzte und die neue war jung und drall. Seine Frauen hatten all ihre bisherigen Eifersüchteleien untereinander vergessen und standen zusammen hinter dem Haus der alten und lugten dahinter hervor. Um dem Ärger sogleich aus dem Weg zu gehen, war der Mzee mit all dem Neuen in seiner eigenen Hütte verschwunden, aus der laute Musik dröhnte und sonst gar nichts. Der Ärger war auch deshalb vorprogrammiert, weil die Hütte des Mzee einzig und allein ihm vorbehalten war. Hier residierte er, während er seine Frauen abwechselnd in ihren Hütten aufsuchte. Die Neue wurde angefeindet und konnte sich außerhalb der Hütte niemals aufhalten. Sie lief weg, er holte sie wieder, sie lief wieder weg, er holte sie wieder. Sie lief wieder weg und der Friede kehrte wieder ein.

Jetzt, beim Lesen meines Manuskriptes, viel später möchte ich Abdallah für seine Treue und immer aufmerksame Hilfe danken. Abdallah ist tot. Dies erfuhr ich bei meinem letzten Aufenthalt. Danke - Abdallah.

Das Village

Das Village war eine Appartementanlage auf dem Grundstück meiner Söhne, dessen allererstes Gebäude die Pro Wear-Schneiderei war. Dann wurde ein Atrium daraus gebaut um für die europäischen Surf- und Tauchlehrer Unterkünfte zu schaffen. In dem großen Innenhof herrschte Gemütlichkeit und Geborgenheit.

Jetzt hat Thomas die ganze Anlage umgebaut, renoviert und umbenannt in Divers Village, um individualreisende Taucher in dieser kleinen Hotelanlage unterzubringen. Der Innenhof ist malerisch begrünt und unter den weitausladenden Makutidächern und unter üppigen Palmen sind verschiedene Sitzgruppen integriert, sowie eine stimmungsvolle Bar. Auf dem Grund eines Swimmingpools kann man in Mosaik das Firmenlogo der Tauchschulen bewundern, während man sich im Naß kühlt, oder dies bei einem Drink an der Poolbar tut.

Hier wohnend, im Appartement Nr. 7, erlebte ich einst unvergeßliche Stunden. Das Leben hatte für mich hier wieder eine ganz andere Seite aufgeschlagen gehabt. Hier waren immer junge Leute und ich durfte eine von ihnen sein. Von morgens an, wenn der große Frühstückstisch hier für alle gedeckt war und die hochkriechende Sonne als erstes Gold durch die Blätter der Bäume auf die gegenüberliegende Wand tupfte bis zum Sonnenuntergang, der hier eine paradiesische Szene schuf, herrschte hier Freiheit fern von Zeit und Raum und eine Verzückung über so viel Afrika. Hier waren die Abende voller Leben. Es konnte sein, daß aus jedem Appartement andere Musik quoll, es wurde Gitarre gespielt, es wurde gesungen und getanzt. Es wurden Geschichten erzählt, es wurde Karten gespielt, es wurden Liebesabenteuer, Enttäuschungen, Hoffnungen und Wünsche offenbart. Hier gab es keine Tabus. Im Village war man nie allein, im Village war immer etwas los. Und hier wohnte ich natürlich auch einmal und wahrscheinlich im nachhinein eine viel zu kurze Zeit. Die Mitarbeiter mieten sich heute selbst Häuser. Sie wollten nicht mehr auch noch am Abend so eng zusammensein. Die Zeiten haben sich geändert.

Viel später saß ich hier an der Bar des nun kleinen Hotels, und hörte, wie sich neben mir unverkennbar, zwei Berliner unterhielten. Der eine wohnte offenbar im Divers Village und den anderen hörte ich ihm erzählen. „Det Haus, in det wir wohn'n, muß mal'n janz doller Schuppen jewesen sein, da kann man noch seh'n, wie de Kolonialherrn hier früher jehaust hab'n." Er nannte den Namen des Hauses und natürlich kannte ich es.

Es war wirklich eines der größten an der Küste und zweifelsohne das, das dem Verfall am nächsten war. Seine Besitzer lebten in Nairobi und der Agentur an der Küste gelang es immer noch, es zumindest zeitweise zu vermieten. Die Zeit hatte es mit ihrer Patina tiefgrau angemalt und blindes Glas lugte durch verrostete Fenstergitter. Von den Türen bröckelte dicker alter Lack und Affen residierten auf hohen Baobabs über dem zugewachsenen Garten, in dem viele kleine Nebenhäuser verfielen. Eine ehemals hochherrschaftliche, breite Treppe führte zerbröckelnd zum Strand. Aus einem riesigen, einstigem Wasserreservoir wuchsen Büsche und aus einem durchlöcherten Eisentank, unter dem eine verfallene, gemauerte Feuerstelle war, führten noch oxydierte Wasserleitungen ins Haus. Dies war einst die Warmwasserbereitung für die Kolonialherren in der Regenzeit.

Auf Resten gemauerter Steinblöcke und in ebensolchen Überbleibseln der Bassins wurde damals Wäsche gewaschen. In einem der kleinen, verwachsenen Nebenhäuser wohnte noch ein uralter Koch aus dieser Zeit, der das Haus betreute und auf Wunsch auch für die Gäste kochte. Die üppigen Blütendolden, die auf diesem Hintergrund um so malerischer zum Tragen kamen und sich am Haus hoch zum Dach hinkringelten, sahen aus, wie an die Fassade gemalt.

Im Haus gab es eine karge Küche mit einem alten Gasherd. Das wenige, übriggebliebene Geschirr und die Reste des Silberbestecks aus der Feudalzeit waren in einem von Termiten zerfressenen Schrank untergebracht. In den Schlafzimmern standen alte, verschnörkelte Eisenbetten, denen die Jahre eine undefinierbare Farbe gegeben hatten. Alte Matratzen und schwere Decken waren hier. Im Wohnzimmer lehnten spärliche Reste von schweren, dunklen, viktorianischen Möbeln an den Wänden und es gab große Tische und viele Stühle, die nacheinander zerbrachen und nur noch Zeugen einstiger, großer Gesellschaften waren. In großen schiefen Wandregalen verkamen Überbleibsel der Weltliteratur und in den Badezimmern standen große Wannen, die abgeschlagen und stumpf waren.

Und es gelang dem Vermittlungsbüro tatsächlich, wenn alles, alles voll war, hier Leute unterzubringen.

Die einzige Hoffnung, die man an dieses eingeschlafene Haus hätte stellen können, wäre gewesen, daß Dornröschen hier erwachen möge als lichte Erscheinung zwischen den duftigen Blüten.
„Un weil det Haus so alleene dasteht, hab ick jehört, da brech'n se ooch in. Meine Jroßmutter hat immer jesacht, Diebe hassen Jeräusche. Un wenn ick nu in'd Bette jehe, nehm ick Kochtoppdeckel mit, un wenn ick wat höre, schlaje ick se zusamm."

Er brauche aber nur zwei Nächte kochtopfdeckelzusammenschlagend in dem verwunschenen Haus verbringen, sagte er, dann würde er umziehen.

Es war die Zeit des Mauerfalls, von dem ich am Strand erfahren hatte. Es war ein großes, freudiges Gefühl, daß mich beherrscht hatte, obwohl die spätere Akzeptanz der Grenze den endgültigen Verlust meines Stückchens Heimat bedeutete, das nur einen Kilometer entfernt von dieser, nun auf der polnischen Seite liegt. Ich war als Kind von dort nach Bayern gekommen. Der eine Berliner hatte dem anderen noch erzählt, daß er jeden Morgen zwei Stunden früher aufstehe, um mit dem Fahrrad von Westberlin nach Ostberlin zu fahren und sich alle Straßen, Plätze und Häuser anzusehen, die er nun jahrzehntelang nicht gesehen hatte, denn hier war er geboren und aufgewachsen.

Und ich hatte an der Bar gesessen und zugehört.

Versuche nie einen Mechanismus mit
Gewalt zu bewegen. Finde seine Funktion
heraus, oder seinen Defekt
Thomas

Ostafrika Rallye

Jedes Ostern treffen sich die weltbesten Rallyefahrer zur Safari
Rallye in Kenia. Die Anforderungen an dieses Spektakel sind sehr
hart, da die Straßenverhältnisse höchste Anforderungen an Fahrer und Material stellen. Die Mannschaften bringen Topmechaniker,
Teammanager, Journalisten, Fotografen und Zuschauer mit sich,
die der Anziehungskraft des Ereignisses nicht widerstehen können.

Anläßlich der Krönung von Königin Elisabeth der Zweiten war ein Sa-
fariwettbewerb in den drei örtlichen, afrikanischen Gebieten, die
damals unter Britischer Herrschaft standen, geplant. Diese allererste Krönungssafari zog bereits die Öffentlichkeit in ihren Bann
und das ist bis heute so geblieben.

Es ist selbstverständlich, daß sie auch meine Söhne in ihren Bann
zog, und daß sie daran teilhatten.

Zuerst jedoch nur als Zaungäste. Sie standen wartend an der Küstenstraße, über die, in ihrem allerersten Jahr dort, die Route führte, die jedes Jahr etwas abgeändert wird. Wie eine ungeheure Gewalt hatte sich die Walze der Autos, die sich bereits von weitem mit
unsagbarem Lärm ansagten, genähert und just vor ihren Augen blieb
ein Auto wegen eines Defekts stehen. Thomas lief zu dem Auto, das
noch dazu ein deutsches war, öffnete die Motorhaube und eruierte
sehr schnell einen Getriebeschaden und er rief aufgeregt, ich weiß
nicht nach welchen Nummern, jedenfalls nach denen der richtigen
Schlüssel. Dann kam jedoch der Servicewagen, deren Techniker den
Schaden behoben, und Thomas blieb mit seinem Wissen und trotzdem

beobachtend daneben stehen.

Thomas, als Techniker sagt," was nicht von selbst geht, geht nicht, alles was mit Gewalt bewegt wird, geht kaputt. Bevor man also Gewalt anwendet, muß man den Mechanismus herausfinden oder den Defekt". Es ist eine Augenweide zu sehen, wie behutsam und mit welchem Respekt Thomas Dinge berührt oder in die Hand nimmt.

Im nächsten Jahr war auch ich dabei und wir fuhren an die Nordküste, um das Spektakel hier mitzuerleben. Es regnete fürchterlich, die Schlaglöcher auf den aufgeweichten Straßen waren noch tiefer geworden und weite Abrisse verschmälerten die Schlammspur auf ein Minimum. Wir warteten auf den Audi Quattro, dessen Fahrerin, eine Französin, in diesem Jahr Favoritin war. Ungeheurer Lärm näherte sich uns und wir wußten, wenn ihr nach dem letzten Checkpoint kein Malheur passiert war, dann war sie es. Diese Nachricht hatte sich hier verbreitet. Nun spritzten von weiten Fontänen, Zuschauer stieben auseinander, sie war es. Mit ungeheurer Konzentration und ebensolchen Lenkmanövern sind hier nur Bruchstücke der vier- bis fünftausend Kilometer langen Strecke zu bewältigen. Das große Naß, zusammen mit dem, den Geschossen umgebenden, aufspritzenden Schlamm, ermöglichte uns nur verwischte Bilder dieser rasenden Drecklawine zu sehen. Wahrscheinlich erhöhte jedoch dies alles zusammen die Faszination des „Dabeiseins". Plötzlich brach durch ein Loch „tintiger" Wolken die Sonne. Das Licht wurde überwältigend und wir sahen plötzlich so klar, als hätten wir Brillen aufgesetzt. Dies geschah just, als unser deutscher Fahrer vorbeiraste, und als wir ihm auf einer langen Geraden nachsahen, rahmte ihn ein kunstvoll an den Himmel gemalter Regenbogen ein.

In einem anderen Jahr sollten die Fahrer nach Mitternacht die Route durch die Shimba Hills nehmen und wir fuhren dorthin, um sie zu treffen. Wir fuhren mit dem kleinen Lastauto, das selbst schon die weite Reise mit dem Schiff von Deutschland nach Kenia gemacht hatte, es war ein Mercedes und stammte aus der Firma von Peters Freund. Es wurde „Liefei'" genannt, bayerisch für Lieferauto. Wir hatten es uns auf der Ladefläche recht gemütlich gemacht. Bei unserer Abfahrt fingen die Kästen mit den Getränken zu klirren an. Thomas saß am Steuer und er folgte dem roten Band der Straße, das der Mond kräftig beschien. Jedesmal, wenn wir glaubten am Ende derselben angelangt zu sein, begann sie von neuem und es war jedesmal der Anfang einer neuen Überraschung, denn die Götter hatten Zauber und Träume mit vollen Händen in diese Nacht geworfen gehabt, durch die wir dem großartigen Erlebnis entgegenfuhren. Wir kamen zu dem Checkpoint, zu dem wir hinwollten, und hier herrschte bereits reges Leben. Inmitten der puren Natur und inmitten der dunklen Nacht waren hier Buffets aufgebaut und es waren viele Menschen hier. Ganze indische Großfamilien wollten hier speziell ihre Fahrer, wovon einige Favoriten waren, verfolgen und die Nacht umhüllte still und geheimnisvoll die Szenerie. Nur die Natur sprach bis wir das ferne Grollen hörten, das sich rasant näherte und zu einem Hexenkessel wurde, der drohend auf uns zukam. Die von weitem, die Nacht durchbohrenden, starren Scheinwerfer gaben die Sicht auf die vielen, die Straße umsäumenden, einheimischen Zaungäste frei, die auch aus ihren Dörfern gekommen waren.

In der ersten haltenden, riesigen Staubwolke befand sich damals Walter Röhrl mit seinem Auto und bevor er stand, flog er schon wieder von dannen in die Nacht. Das zweite Auto hielt nicht an, es raste durch, denn es war der Servicewagen von Walter.

Wir kamen erst bei Tageslicht nach Hause mit den klirrenden Kisten, die jetzt leer waren und wir sahen aus wie rote Skulpturen, zu denen uns der Staub dieser Nacht gemacht hatte.

Ab hier war Peter nicht mehr zu bremsen und er beschloß, selbst bei der Rallye mitzufahren. Die Zeit, mit den rasenden Porsches hatte ihn wieder eingeholt. Peter kaufte einen Golf CI in Deutschland und führte ihn nach Kenia aus. Die ganze Vorbereitung mit Kauf, Überführung, Zollabwicklung und das Präparieren des Fahrzeuges für die Ostafrikarallye hatte jedoch 3 Jahre beansprucht. Er hatte über Jahre, Tage und Nächte in der damaligen Werkstatt verbracht und daran gearbeitet. Sein Helfer war Gabriel, der damals die erste Ausbildung seines heutigen, technischen Wissens erhielt.

Und gerade in diesen drei Jahren war die Ostafrikarallye zu einem Professorium organisiert worden, das sein Beginnen als chancenlos abstempelte. Bis dahin waren die Fahrer alle ziemlich gleich unterwegs gewesen, jeder mit einem mehr oder weniger guten, hinterherfahrenden Service. Und nun kamen die großen Autofirmen mit riesigen Wagenburgen. So stellte jede bis zu fünfzehn Lastautos taktisch günstig positioniert auf, die mit Funk untereinander und mit Hubschraubern in Verbindung standen, die beobachteten, vermittelten und im Bedarfsfall in kürzester Zeit jegliche Ersatzteile überall hinbrachten. Teams von Werksmechanikern bauten auch nachts in tagheller Szenerie mit Strom aus Generatoren in kürzester Zeit, wenn es sein mußte, auch ganz neue Autos zusammen. Dies war allerdings ein Millionenaufwand, aber die kleinen Privatiers waren nun nur noch Störenfriede, denen Pick-ups mit Ersatzteilen wie Benzinpumpen, Stoßdämpfern und Reifen, sowie Benzin und Schraubenziehern nachfuhren und sie hatten nun keine Chance mehr.

So war die Situation, als Peter mit einem Co aus Trostberg, einer, der mit seinem Onkel Hans-Jürgen Rallyes fuhr, mit einem, wenn auch sorgfältig präparierten, jedoch 10 Jahre alten, Golf CI anfing, bei der Ostafrika Rallye mitzufahren. Sie hatten kein Serviceauto und konnten eine große Schleife durch die Taita Hills wegen Benzinmangels nicht mehr fahren und mußten die Rallye abbrechen. Die zweite Rallye, bei der Thomas der Co war, mußte wegen irreparabler Schäden aufgegeben werden. Thomas war dann entmutigt und er wurde nur noch ein Mitfahrer der Szene. Er fuhr dem Spektakel vor, er schnitt ab, er war immer im Geschehen. Er kannte alle und jeden und hatte im Gepäck Anzüge, ohne die man bei den Banketten in den noblen Safari-Lodges nicht hätte teilhaben können.

Peter kämpfte noch weiter. Sabine wurde sein Co. Bei der Shell Malindi Rallye wurde er sogar vierter, erster in der Klasse 1.600 Kubik, obwohl sein Servicewagen im Notfall nie da war. Diese Erfahrung ließ in Peter die Devise des „schonenden Fahrens" aufkommen. Ich konnte jedoch keinen Unterschied in der Raserei erkennen. Bei dieser Rallye wurde er zum „MOST MERITFUL DRIVER" mittels einer Urkunde gekürt und Sabine zum "MOST MERITFUL CO DRIVER", worauf sie beide mächtig stolz waren. Insgesamt fuhr er fünf Rallyes.

Von der Rallye mit dem Pro Co erzählte mit Peter erst kürzlich wieder. Natürlich gab es wahnsinnige, unglaubliche und nicht nachvollziehbare Situationen. Es war in den Taita Hills, erinnerte er sich. „Eine Straße, oder einfach ein, gerade einmal nicht, bewachsenes Band in wilder Natur, führte auf der Route so steil nach oben, daß man von unten glaubte, ein Auto würde sich nach rückwärts überschlagen. Hier rasten wir hoch, als plötzlich vor uns rechts an einem steilen Abhang ein Auto stand. Links ging eine ebenso steile Felswand nach oben und es war offensichtlich zu schmal, diese Stelle zu passieren, glaubte ich. Ich muß eine Winzigkeit vom Gas gegangen sein, als der Pro Co „Gas, Gas, Gas" schrie. Für mich war klar, daß er sicher war, wir kämen durch und tatsächlich kamen wir durch das Nadelöhr Millimeter an dem Fels und Millimeter an dem Auto vorbei. Wäre ich wirklich vom Gas gegangen, wäre das Auto bei der Steilheit nicht mehr zum Fahren gekommen."

Und dann erzählte er von dem Schlammloch: „Wir kamen an ein Schlammloch, das ungefähr zweihundert Meter lang war und an dem kein Weg vorbeiführte. Vierzig schwarze Köpfe und ein Autodach ragten daraus hervor und bewogen mich zum Anhalten. In dem Auto saß die Crew und die Afrikaner schoben das Auto mit Erfolg, in einer Minute etwa fünf Zentimeter nach vorne. Plötzlich näherte sich von hinten ein Verrückter," fuhr er fort, „der mit unverminderter Geschwindigkeit, etwa einhundertfünfzig Stundenkilometer auf den Wahnsinn zuraste. Rechts neben der steckengebliebenen Gruppe gab es vom Platz her in dem Schlammloch noch die Möglichkeiten zum Passieren. Wie ein Stück Seife sprang er immer wieder hoch und man glaubte, er würde sich überschlagen. Doch er schaffte es. Ich fuhr zurück und versuchte es wegen der gefährlichen Kapriolen des anderen mit etwas weniger Schwung. Ich schaffte es auch, doch wäre das Loch länger gewesen, hätte es nicht gereicht."

Und er erzählte weiter. „Einmal fuhr ich zu einer lokalen Rallye los und ich hörte ein entsetzliches Schlagen an meinem Auto. Ich fuhr zurück, um den richtigen Schlüssel zu holen, denn es waren die Stoßdämpfer, die sich gelockert hatten. Ich konnte den Schaden beheben, doch ich kam fünfzehn Minuten zu spät zum Start und erzielte Strafpunkte. Die anderen waren schon losgefahren. Doch ich jagte los und es war beruhigend, daß auch der Co zu der verrückten Einheit gehörte, deren Steuermann ich war. Es ist dann immer dasselbe," sagte er, „Du fährst durch den Busch und plötzlich riechst Du Staub. Dies ist, als würdest Du Blut lecken und Du fährst noch verrückter. Die anfängliche Ahnung bestätigt sich. Der Staub verdichtet sich jedoch erst in einer undurchdringlichen Staubwolke und dann erst siehst Du die Lichter des Feindes, den es nun zu überholen gilt. Und ich überholte ihn und auch den nächsten und auch den nächsten und am Checkpoint Shimbahill hatte ich Bestzeit." erzählte mir Peter, sich begeisternd zurückerinnernd und er erzählte mir noch viele solcher Episoden.

Je höher wir uns empor schwingen
um so kleiner erscheinen uns die,
die nicht fliegen können
gehört von Peter

Auf meinem Dach der Welt

Zurückblickend auf meine Zeit in Kenia, Abstand habend, von dem
herrlichen Land, würde ich, wenn ich gefragt werden würde, was
ich am meisten vermisse, sagen: Ich vermisse den schneeweißen,
feinkörnigen Sand, ich vermisse das makellose weiße Band des
Strandes, das irgendwo in der Ferne verlief. Ich vermisse diese
königliche Promenade, die sich sanft zum Meer hinzog und an deren
Ende schattenspendend Palmen und Cashurinabäume standen. Wenn
ich hier barfuß entlang lief, hatte ich das Gefühl innerer Freiheit
und ich spürte die unendliche Weite. Das Schimmern des Meeres,
der Sonnenstrand und die Schatten der Palmen bildeten zusammen
ein Meerespanorama, das auch an die Südseeträume Gauguins erinnerte. Auch des nachts kam die großartige Stimmung der Küste
von Diani wirkungsvoll zum Tragen. Es konnte sein, daß ich in einer
schwarzen Leere stand, von der ich umgeben war in absoluter Stille,
wobei ich den geheimnisvollen Tropenhimmel nur erahnen konnte.
Meistens jedoch leuchteten die Sterne aus dem Dunkel der Nacht,
was zusammen mit dem schwappenden Meer ein ewig funkelndes
Glitzern erzeugte. Wie oft stand ich nachts hier auf dieser großen
Bühne und war der einzige Darsteller, angestrahlt vom Mond und
umflimmert von Millionen kleinster Lichteffekte. Nur die unzähligen krabbelnden Krebse umgaben mich als stumme, jedoch lebhafte Statisten in dem ohnehin stummen Schauspiel der kenianischen
Nacht, ihre zarten Spuren von Ranken im Sand hinterlassend.

Hier stand ich auf dem Dach der Welt.

Wenn ich nach Norden am Strand ging, kam ich nach einigen Kilometern zu einem Hain von Affenbrotbäumen, in dem die Pilgermoschee Kongo auf einem Felsen stand, ein Relikt der Zeit der Araber, in dem Fledermäuse residierten. Ihre beharrliche Vernachlässigung wird innerhalb kürzester Zeit die letzten Spuren der Vergangenheit getilgt haben, um erst wieder in späteren Jahrhunderten ausgegraben und wiederentdeckt zu werden.

Hier war die Mündung des Mwachema Flusses und hier konnte man ein anderes Gesicht der vielen von Kenia erleben. Eine Fahrt auf dem trägen Fluß, Mündung abwärts mit einem afrikanischen Einbaum war ein anderes großartiges Erlebnis, wie es etwa auch auf einer Fahrt durch den südamerikanischen Regenwald sein könnte. Nur wenige Meter weg von der touristischen Küste war man in absoluter, stiller Ursprünglichkeit. Malerisch wand sich der Fluß ins Landesinnere und bot nach jeder Biegung so verschiedene Bilder. In Meeresnähe standen noch die großzügigen Häuser der Europäer an seinem Ufer. Boote und kleine Schiffe lagen hier vor Anker. Dann jedoch kam man durch Urwald oder es taten sich Lichtungen auf und man berührte Dörfer in friedlicher Stille. Hier sprangen Kinder nackt und glänzend von natürlichen Balustraden aus Sand, die der Fluß geformt hatte, ins Wasser. Ein tief ausgehöhlter Felsen mit einem Teppich von Fledermäusen, an dem man vorbeikam, war mit Blut bespritzt, was darauf hinwies, dass hier Tiere geopfert wurden. Dieser Hain hier hatte den Status einer Kathedrale. Es war wunderschön, die unberührte Flora und Fauna zu sehen und die vielen Grünschattierungen vereinten sich zu einem ewigen Chor. Das Grasland war bestückt mit Kühen und durch eine Furt gingen Afrikaner in voller Kleidung durch brusttiefes Wasser, das, was sie bei sich hatten, sorgsam auf den Köpfen, tragend. Der Weg wand sich aus hellem Sand ins Wasser. Vögel, Schmetterlinge und schwimmende Federtiere unterstrichen die fesselnde Schönheit des Gewässers und exotische Reize spendete die erneut dichte Vegetation des Waldes, den man immer wieder passierte. Auch auf so einer Fahrt, die ich unternahm und die mich so weit wegbrachte, die mich in

Ruhe, Stille und Harmonie wiegen ließ, empfand ich, ich sei auf dem Dach der Welt.

Auch wenn ich nach Hause kam, von wo auch immer und wohin auch immer, einfach nach Hause, das war bei meinen vielen Domizilen dort, wo meine Hängematte auf der Terrasse hing, war das immer wieder wie das Finden einer friedlichen Oase. Und wenn ich leicht wiegend ganz einfach die Geräusche und Gerüche der Nacht wahrnahm oder sinnesbetörender Musik lauschte, dann fühlte ich mich auch auf dem Dach der Welt.

Ich wollte hier einige dominierende Geschichten herausgreifen aus meinen Erinnerungen, doch es gelingt mir bis jetzt nicht. Alle waren dominierend, alle waren einmalig, bei allen empfand ich auf dem Dach der Welt zu stehen. Was anderes sollte man empfinden bei den Safaris auf dem Land oder im Wasser, beim Betrachten der Sterne, zu der die Weite gehörte und das Rauschen des Meeres, in dem sanft die Einbäume schaukelten. Was beim Trinken des Tees, zu dem mein Njumba Ndogo gehörte oder beim bloßen Einatmen, zu dem der Duft des Landes gehörte. Trotzdem fallen mir hierzu einige Geschichten ein.

Es kam zu einem Erlebnis in dem Hotel, in dem wir einmal am Anfang unserer Zeit gesessen hatten, meine Kinder und ich. Nach heißen Rhythmen hatte die Kapelle abrupt einen Wiener Walzer gespielt. Es war fast unglaublich, hier im Busch, oder hier am Indischen Ozean, hier in Afrika, einen Wiener Walzer zu hören. Und für mich war es genauso überraschend, daß mein Sohn Peter aufstand, um mich zu einem Tanz nach dieser Melodie aufzufordern. Nur wer Peter kennt, weiß wie ungewöhnlich, ja eben unglaublich dies war und deshalb für mich um so unvergeßlicher.

Viel später saß ich hier mit Sepp, unserem Cousin, der uns aus Bayern besucht hatte. Ich genoß sein attraktives Aussehen und sonnte mich in seiner Gesellschaft. Wir unternahmen sehr vieles zusammen und begannen jeden Tag mit einem Frühstück im Logenplatz am Meer. Er war dem Zauber Afrikas vom ersten Tag an unterlegen, den er auf einer Safari vertieft hatte und nun saßen wir hier. Ein wohlriechendes, farbenprächtiges Barbecue war aufgebaut um den luxuriösen Swimmingpool. Der Mond stand voll hinter den Palmen. Leise fächelte noch der vergehende Wind des Tages in der lauen Luft. Wieder spielte die Band und leise und aufmerksam wie unsichtbar, waren wir von behenden Kellnern umgeben.

Es lagen exotische Delikatessen auf unseren Tellern und in den Gläsern funkelte dunkler, afrikanischer Wein. Es war eine Stimmung aufgekommen, wie sie nicht immer da ist und wir wurden uns beide darüber einig, daß es so überwältigend schön war und auch darüber, daß ganz einfach eine Steigerung nicht möglich war. Als wir nach Hause kamen, war es noch warm. Palmen raschelten und das Meer rauschte und die Abendbrise fächelte ein kühleres, angenehmes Lüftchen heran. Glühwürmchen tanzten zwischen den Bäumen und matt bestrahlte der silberne Mond das Meer und die Nacht war voller Blütenduft. An Sepp, seiner stillen, nachdenklichen Reaktion, spürte ich, daß auch er spätestens hier fühlte, zumindest, daß es wunderbar war. Ich erinnere mich um so lieber an die Zeit mit Sepp in Kenia, als er heute von einer furchtbaren Krankheit heimgesucht ist, deren seine ganze ausdrucksstarke Persönlichkeit und sein Charisma zum Opfer fiel.

Am nächsten Morgen schon, färbte sich der Himmel am fernen Horizont rosa, Wolken glühten in leuchtenden Farben auf, verblichen in der aufgehenden Sonne und verflüchtigten sich. Und ein neuer Tag hatte begonnen.

Plötzlich hatte sich Thomas neben dem gemeinsamen Haus eine Hängematte aufgehängt, die er sich aus Südamerika mitgebracht hatte und dann fing er an, ein Dach zu bauen. Man glaubte zuerst, er würde die Hängematte überdachen, doch dieses, das die Form eines Regenschirmes erhielt, wurde 19 Meter hoch. Nachdem die grandiose Konstruktion fertig war, arrangierte er ein Wohnambiente auf zwei Ebenen darunter, wobei der gewaltige Schirm sichtbar und offen blieb. Um den imposanten, kolossalen Stamm wand sich eine Wendeltreppe auf die zweite, offene Wohnetage, auf die er auch ein originelles Badehäuschen stellte. Schwere, in Lamutechnik, geschnitzte Möbel standen in dem ganzen Haus und die stilvollen Lampen, die er aus Sansibar mitgebracht hatte, verstreuten stimmungsvolles Licht. Bäder und Küche waren mit Elementen aus Natursteinen versehen. Das Schlafzimmer beherrschte ein gewaltiges Himmelbett. Doppeltüren aus Wohn- und Schlafzimmer bezogen die erhabene Terrasse in den Wohnbereich mit ein. Diese war so groß, daß bei der Einweihungsparty auf der einen Seite eine Band spielte und auf der anderen eine Disco installiert war. Ein breites, rundes Stufenarrangement führte in den großen Garten mit seiner duftenden und betörenden Vegetation. Dieser grenzte an den Strand und bei hoher Flut peitschte diese bis an das Grundstück. Dies war nun sein absoluter Lebensmittelpunkt geworden und er liebte es, daß hierher seine Freunde aus aller Welt kamen. Thomas hatte sich vollkommen planlos nach seinen jeweiligen Stimmungen ein Haus gebaut und es war wunderbar geworden und wenn man nachts in dem Whirlpool, den er auch noch in einen kleinen Korallenfelsen im Garten, vor der Terrasse integrierte, saß, war man schon wieder auf dem Dach der Welt. Das beleuchtete Wasser sprudelte, Mond und Sterne waren über einem, durch Palmen fächelnder Wind brachte Luft und Duft, aus dem Haus strömte wundervolle Musik und Champagnergläser standen am Rand des Jakuzzi.

Thomas hatte Freunde aus Italien zu Besuch und ich hatte Karten für die Aufführung eines deutschen philharmonischen Ensembles im Fort Jesus in Mombasa.

Ich weiß jetzt nicht, wie ich meine Geschichten aneinanderreihe und weiß deshalb auch nicht, ob ich von diesem schon erzählt habe.

Es ist dies eine Festung, vor einem halben Jahrhundert von Portugiesen dem Meer vorgelagert. Monumentale Bauwerke und Fragmente haben hier als Zeugen ihrer Zeit die Jahrhunderte überdauert.

Ein Chauffeur steuerte unsere elegante Gesellschaft in einem gemieteten Bus durch die afrikanische Nacht. Als exotische Zierde war Fatuma, die Sekretärin dabei in einem stilechten, westafrikanischen Kleid mit dem dekorativen Kopfputz und sie sah aus, wie etwa Winnie Mandela, wie sie zu offiziellen Anlässen gegangen war.

Das Orchester war ausgezeichnet und wir hörten Gershwin, hauptsächlich jedoch italienische Komponisten, deren exzellente Musik unsere Gäste mit Stolz erfüllte. Es war ein grandioses Erlebnis in der Ausstrahlung des gewaltigen Forts mit der überwältigenden Akustik, dieser Musik zu lauschen, die eine deutsche Philharmonie hier produzierte.

Fatuma war fasziniert von dieser Musik, die sie noch niemals gehört hatte und staunend hatte sie die vollendete Arbeit des Dirigenten verfolgt und sehr gut beobachtet. Sie verfolgte, wie er mit seinen lebhaften Gesten die eine Seite der Vortragenden zum Piano, zum Tragen oder zum gänzlichen Verstummen brachte, während er die andere aufforderte, zum Forte oder Fortissimo.

Anschließend aßen wir in einem Stadthotel und dann schlug Thomas vor, in ein Spielkasino zu gehen und er lud uns sogar zum Spielen ein. Sogleich setzte ich mich mit Fatuma auf die erhöhten Stühle vor dem Black Jack-Tisch, während der Rest der Gesellschaft das Roulette umlagerte. Fatuma hielt zum ersten Mal in ihrem Leben Karten in der Hand und es war erstaunlich, wie schnell sie das Spiel begriff. Sie spielte mit Begeisterung und Überlegung und hatte nach kurzer Zeit einen erheblichen Gewinn. Wissend um das Sprichwort „wie gewonnen, so zerronnen", das gerade beim Spiel so zutreffend ist, riet ich ihr, das Geld mit nach Hause zu nehmen und sich damit einen geheimen Wunsch zu verwirklichen, anstatt es wieder zu verlieren, was sie auch einsah. „Mama" sagte sie später „noch niemals habe ich so einen Tag erlebt und so eine Nacht". „It was so fantastic, as I have been on the roof of the world".

Carlo, das Familienoberhaupt unserer italienischen Gäste, drückte sein tiefes Empfinden mit ganz anderen Worten aus. Als wir nachts wieder in Diani angekommen in unserem Garten standen, nach diesem Abend so voll des Erlebten, sagte er „es ist wundervoll", dann blickte er träumerisch zum Mond und setzte fort „anche la luna". Und unten am Strand war die Flut wieder zurückgegangen. Sie hatte wieder ihre Muster von Muscheln und Wellen gezeichnet und Treibholz und verschlungener Seetang lagen darauf als das ewige Lied der Gezeiten.

In unmittelbarer Nähe von uns, in den Shimba Hills, war das Tree Hotel entstanden. Es stand in unvorstellbarer Umgebung zwischen den sanften Hügeln dieser Kette. Dieser Park, wieder eines der unglaublichen Gesichter Kenias, ähnelte mit seinem kurzen Gras einer englischen Landschaft. Er erinnerte jedoch auch an Hemingways Buchtitel „Die grünen Hügel von Afrika".

Der Kühle, die wir nach dem Leben auf dem feuchtheißen Küstenstreifen nach dem Zurücklegen von nur sechzehn Kilometern hier erlebten und der prächtigen Ausblicke wegen, waren wir schon oft mit Sultan und seiner Familie nach hier gefahren. Es war immer ein erhebendes Erlebnis, zum Beispiel am Aussichtspunkt Giriama Point im Angesicht des herrlichen Reviers, den Blick auf die gleißende Küste, den türkisfarbenen Indischen Ozean, die offenen, hellgrünen Grassteppen und dem küstennahen, dunklen Regenwald zu werfen. Im Süden konnte man die Usambara und Pane Mountains in Tansania sehen. Und immer baute Nazir hier ein verheißungsvolles Picknick auf.
Als wir das erste Mal am Gate zu diesem Hotel ankamen, waren

wir überrascht, von einem englischen Hunter, erwartet zu werden. Dieser war in Khaki gekleidet, mit Tropenhelm und Gewehr. Er führte uns über einen Elefantenpfad durch einen dichten, grünen Dschungel. Der Weg war so schmal, daß ihn Elefanten nur hintereinander passieren konnten und die grünen, seitlichen Laubwände schlossen sich auch wieder über diesem. Es war absolut aufregend und geheimnisvoll in dieser vollkommenen Lautlosigkeit, zu der aufgefordert wurde und in dieser diffusen Beleuchtung auf den Spuren dieser großen Tiere zu wandeln.

Zum Schutz beim eventuellen Auftauchen der Riesen, waren seitlich Holzstände aufgebaut worden. Absolut abenteuerlich war der Einstieg in dieses Safarierlebnis, das eine Mischung aus Kinderspiel und Safari-Elegance war, denn plötzlich standen wir im Entrée des, auf Stelzen stehenden, idyllischen Hotels, in das wir über eine, im Dschungel, harmonisch und unauffällig integrierte Holzbrücke gelangt waren, denn der dunkelgrüne Blätterwald reichte bis ins Hotel. Nichts, aber auch gar nichts, war an der Natur verändert worden. Das Hotel war so geschickt und so unauffällig und unaufdringlich in diese gewaltige Schöpfung gestellt, daß man auch hier von der anheimelnden und bedeckten Beleuchtung umgeben war, die das dichte Laubwerk um dieses und über dieses zauberte. Wir schienen in dem dunklen Dschungel von Shimba Hills versunken.

Hier standen Kellner bereit mit auffallend bunten Erfrischungsgetränken in funkelnden Gläsern. Die Zimmer, in denen unser Gepäck bereits untergebracht war, waren äußerst stilvoll. Das ganze Haus bestand aus Holz und einheimischen, ausdrucksstarken Textilien.

Durch unser Zimmer wuchs ein gewaltiger Ast, dessen frisches, hellgrünes Laub bezaubernde Akzente setzte. Das geschmackvolle Bad war ebenfalls aus wunderschönen, rustikalen Hölzern und deshalb besonders anheimelnd. Das Hotel war von hohen, von Pfosten getragenen, Wegen umgeben, die man begehen konnte und diese hölzernen Pfade führten zu kleinen, erhabenen Aussichtspunkten außerhalb des Hauses. Kein Fuß berührte die Natur, die als schönste und ureigenste Anlage das Hotel umgab. Der Geruch nach aromatischen Tees durchflutete das Haus, als wir es betraten und Stühle luden an tausend versteckten Ausblicken, die wie Bienenkörbe am Haus klebten, zum Staunen ein.

Beim Essen in der atemberaubenden Ausstrahlung des offenen Speiseraumes vor der beleuchteten Wasserstelle, wurden Schilder mit der Aufschrift „Silence" herumgetragen, womit um Stille gebeten wurde, um die Vielzahl der tränkenden Tiere durch nichts zu vertreiben. Elefanten erschienen lautlos wie aus dem Nichts und ergötzten sich mit Wasserspielen. Andere suhlten sich und wieder andere kamen und gingen. Hier hielt man mit der Natur den Atem an.

Wir wurden darauf aufmerksam gemacht, daß wir auf Wunsch nachts geweckt werden würden, falls die Bewacher Leoparden sähen. Das laute und eindringliche Zirpen der Zikaden und die geheimnisvollen Geräusche aus der Tiefe des Waldes hinderten uns nicht am schnellen Einschlafen. Etwa um zwei Uhr wurde an unsere Tür geklopft mit der Mitteilung „Leopardi ist there". Das Schauspiel ging also wirklich nachts weiter. Aufgeregt umgaben wir uns mit Tüchern und sahen von dem Ausblick unseres Zimmers geheimnisvoll sich bewegende Schatten an der Grenze zwischen Hell und Dunkel und dies waren Leoparden. Wir hörten Atmen, Rupfen, Kauen, Mahlen und viele andere Laute und die Nacht war voller Geheimnisse.

Nach dem Early Morning Tea am frühen Morgen, es war noch finster, fuhren wir mit dem Hunter auf die Pirsch. Hier herrschte eine wundervolle, friedliche Ruhe, Hast und Eile schienen nicht zu existieren und wir erlebten das Erwachen der Natur.

Mit Glück sahen wir alle Tierarten, die hier vorkamen und knorrige Bäume sahen aus wie Märchengestalten.

Das stimmungsvolle Frühstück in der am Morgen hellgrünen Beleuchtung, vor den im Naß spritzenden Elefanten, auf der Terrasse sitzend wie auf einer Galerie, war jeweils der Abschluß dieser unvergeßlichen Ausflüge und spätestens hier hatte man wieder das Gefühl, auf dem Dach der Welt zu stehen.

Ethik könnte einer der Schlüssel zum Frieden sein

Peter ist in den Jahren seines Lebens ein Philosoph geworden, während Thomas immer noch, der praktisch im Leben stehende ist, fröhlich und mit viel Humor, der sein Wissen, sein Können und sein Interesse funktionellen und nicht zuletzt, geschäftlich eintragenden Dingen zuwendet.

Thomas baute sich sein charismatisches Haus, angepaßt dem Stil und den Erfordernissen Afrikas und angepaßt seinem gesellschaftlichen Leben, das er so liebt.

Peter baute sich sein Haus nach seinen Träumen und nichts anderem. Wenn man auf seiner Terrasse auf der schönen, sich ewig bewegenden Schwinge, aus großen, verbogenen Stücken angetriebenen Holzes, besponnen in feiner Knüpftechnik, die mit dicken Seilen im hohen Gebälk des Daches befestigt ist, liegt, glaubt man sich vor der Kulisse einer gewaltigen Opernbühne zu befinden. Die Wucht und die Aussage der Fassade des Hauses erhielt sie nicht nur durch die effektvollen, unverputzten, handgehauenen Korallenblöcke, sondern auch durch die gelungene Anordnung der Maueröffnungen für Fenster und Luftschlitze und nicht zuletzt das imposante dreiteilige Tor, das durch einen großen Spitzbogen enorme Maße und Ausdruckskraft bekam. Wie Sonnenstrahlen stehen nicht nur Hölzer in dem Spitzbogen über dem Tor, es liegen ebensolche in gesprenkeltem Terrazzo am Fußboden der Terrasse von einer kolossalen Säule im Zentrum ausgehend um die sich schwere, geschnitzte Möbel gruppieren.

Dem Gedanken der schweren Steine wegen bei dem Haus an den Palazzo der Medici in Florenz zu denken, stehen die geradezu grazil wirkenden hochgezogenen Luftschlitze entgegen, die eingerahmt sind von Profilsteinen und zusammen mit der zwar schweren, jedoch kassettenverglasten Tür, die ebenfalls mit Profilen verbrämt ist, eher

an norddeutsche Backsteingotik erinnern. Diese zusammengewürfelte Kunst aus romanischen Rundbögen, gotischen Spitzbögen,
Säulen und Gewölben aus der Bodenschönheit Afrikas gewachsen,
wurde zu einem Ensemble der Ruhe, Harmonie und Eintracht. Eine
geistvolle Schwebe zwischen Gesetz und freiester Haltung.

Die beeindruckende Wand in dem anschließenden Innenraum ist auf
der einen Seite der Fassade einer toskanischen Villa nachempfun-
den, mit derem unverkennbaren Charme, wobei sich eine Außen-
treppe an dieser zum luftigen Schlafzimmer hochwindet. Die Küche, integriert in dieses große Ambiente mit verschiedenen Ebenen
lugt aus einem eingezogenen Gewölbe. Dieses, sowie auch die Bögen,
baute er in der Art, tausende Jahre alter Viadukte, mit deren Bo-
gentechniken, wobei er sich die alten Baukünste im Fort Jesús in
Mombasa, das im zwölften Jahrhundert gebaut wurde, abschaute.
Den säulengetragenen Eingang zum Hof ziert ein Fußboden mit Mo-
saiken aus gesammelten Flußsteinen in den interessantesten Farb-
nuancierungen, die die zwölf Gestirne des Sonnensystems darstel-
len. Am riesigen Tisch auf der erhöhten Fläche des Innenraums, in
der Tiefe des Hauses sitzend, hat man immer noch den Blick auf das
türkisfarbene Meer, das unten vor dem Garten schwappt. Für diese
Sicht erhielt das runtergezogene Dach die erforderliche, zurechtgeschnittene Höhe, gleich dem Kahlschlag im Wald vor dem Schloß
Herrenchiemsee, womit sich König Ludwig den freien Blick auf das
oberbayerische Meer möglich machte.

Zwischen allem jedoch ist immer wieder Afrika zu sehen in Tüchern, Decken, Kissen, Lampen, Masken, geschnitzten Skulpturen
und Gefäßen. Und zugedeckt ist der ganze,s gelungene Cocktail von
einem großen, großen, spitzen, mit Palmblättern gedeckten Dach im
Einklang mit dem von Thomas Haus, die zusammen aus dem Grün des
großen, sie umgebenden Gartens lugen, wie weitergedachte Natur.

Peter macht sich nicht nur Gedanken darüber, wie man Frieden auf der Welt herstellen könnte, wobei er nicht nur die Theorie, der zu entfernenden Zäune und Grenzen aufstellte, nein - er spricht über viele wunderbare Dinge, deren Verwirklichung phantastisch wäre.

Es liegt natürlich auch nahe, daß er Vegetarier ist.

Seine Kreativität, die erstmals richtig bei den attraktiven Entwürfen für die Pro Wear-Mode auffiel, konnte sich bei dem Bau des Hauses noch mehr austoben. Nun beschäftigt er sich wegen des gravierenden Rückgangs des Surfbooms mit anderen Möglichkeiten, um mit Wind und Segeln dennoch über dem Meer zu schweben, was unsagbare Gefühle freilege, sagt er.

Z ä u n e

in den alten Tagen ging ich barfuß
Das Flußufer entlang
ins Tal hinein
ich wanderte überall hin

heute wandere ich noch immer umher
aber die Leute zeigen mir, wo ich gehen darf
denn überall sind Zäune...

Jone Dock
Mojave Indianerin

Der Abschied

Es kam eine Zeit, da verlangte man von mir ein Schneiderinnen-zertifikat, das ich nicht hatte. Dieses sollte zusammen mit der Berechtigung zur Führung des Geschäfts im Laden aufgehängt werden. Das hieß, ich mußte mein Geschäft schließen.

Wir überbrückten die letzte Zeit mit einem Aushang, der auf Mohameds Namen lief, doch wir alle mußten uns an den Gedanken an das Ende unseres Geschäfts gewöhnen. Niemand konnte es verstehen, nicht Mohamed, nicht meine Schneider, nicht unsere Kunden, nicht Josef, nicht Juma, nicht Abdallah, nicht ich. Der Gedanke daran wurde unfaßbar und ich brauchte eine lange Zeit, bis ich mich dazu entschloß, dieses Geschäft aufzugeben. Es kam eine lange Phase des Abschiednehmens, des sich Trennens von jedem einzelnen Stück, von den Räumlichkeiten, den Möbeln, den Maschinen. Abschiednehmen von den Schneidern, den Kunden, den Geschäftsleuten, von den Indern in Mombasa, bei denen ich die Stoffe gekauft hatte. Hier bei ihnen hatte ich gewühlt und meine Liebe zu all dem Schönen ausgelebt. Abschiednehmen vom Strand, auf dem ich barfuß lief, vom Wasser, das mich so warm umschmeichelte, von all den Leuten, die mich kannten, von den Parties und Einladungen, von dem bunten Leben hier.

Ich hatte eine deutsche Nachfolgerin gefunden, die das hatte, was ich nicht hatte, ein Schneiderinnenzertifikat und sie schaffte zudem, die vielen Hürden zu nehmen, die immer noch erforderlich waren, die Geschäftslizenz in Kenia zu erhalten.

In unserem Geschäft drückte sich schon ein chaotischer Aufbruch aus, obwohl meine Nachfolgerin alles übernahm. Nur eine Nähmaschine, die, an der er am meisten gezaubert hatte, schenkte ich Mohamed Er hatte auch schon einen Laden in Tiwi gemietet, in dem er das Geschäft in unserem Sinne weiterführen wollte. Alle unsere

Stammkunden gingen mit ihm. Ich schenkte ihm auch eine geflochtene Sitzgruppe und die Magazine, damit auch seine Kunden ihre Wünsche und Entscheidungen in Ruhe treffen konnten.

Und nun nähten wir unser letztes Kleid, es war ein wunderbares.

Meine letzten Kunden saßen auf meiner geschnitzten Lamu-Sitzgruppe und ich zeichnete es ihnen auf. Es waren Mutter und Tochter aus dem polnischen Ostpreußen. Die Tochter hieß Danuta und sie war sehr schön. Mir fiel Napoleons Feststellung ein, die Polinnen seien die schönsten Frauen der Welt, was er im Hinblick auf seine Geliebte, Maria Walewska einmal gesagt hatte. In dieses Kleid legte ich noch einmal meine ganze Phantasie. Es wurde ein schlichtes Kleid aus glänzendem, roten Satin mit einem üppigen Chiffonüberkleid, wozu ich einen Sari verwandte. Das Ganze war in wunderschönen Tönen aufeinander abgestimmt und natürlich prangten auch irgendwo rote Rosen. Danuta war grazil und blond, sie war Lehrerin und es war ihre erste Reise in die weite Welt und sie erkannte, daß dieses Kleid etwas besonderes war, in dem sie hinreißend schön aussah.

Ich war davon ausgegangen, was anfangs auch alle bestätigten, daß alle übrigen Schneider bei meiner Nachfolgerin bleiben würden, doch dies war nicht der Fall. Plötzlich waren sich alle einig, wenn ich gehe, würden auch sie gehen. Obwohl, dies ein netter Treuebeweis war, brachte er mich in arge Bedrängnis. Ich mußte noch einmal eine komplett neue Besetzung finden, denn ich hatte meiner Nachfolgerin das Geschäft mit den Schneidern zugesagt. Mit diesem großen Aufwand an zusätzlicher Energie hatte ich nicht gerechnet und er lenkte mich noch einmal von meinem Abschiedsschmerz gewaltig ab. Während es oft schwer war, nur einen guten Schneider zu finden, wurde ich einer ganzen Besetzung habhaft. Meine Leute unterzubringen war nicht schwer, denn wir waren eine bekannt gute Schneiderei. Josef blieb als einziger als alles wissendes Faktotum und Abdallah ging zu einer Bekannten von mir, die mir später erzählte, sie sei sehr zufrieden mit ihm, nur das Frühstücksei koche er immer noch hart.

Meinen lustigen Schrank, bei dem mich der Schreiner total mißverstanden hatte, schenkte ich Fatuma. Er steht in ihrem Schlafzimmer. Eigentlich hinterließ ich Mohamed und Fatuma meinen ganzen Hausrat, der ihnen in ihrem neuen Haus eine willkommene Hilfe war. Ich hatte nun in meinem Cottage nur noch ganz wenige eigene Dinge. Nur noch die Musik belebte das Haus, zu dessen Stimme sie wurde und wenn ich abends in der Hängematte lag und die Melodien, die traurig schön waren, strömten auf mich zu, dann konnte es sein, daß ich die Gegenwart vergaß, die mich so hart getroffen hatte. Ich lag in der letzten Zeit meines Dortseins nur noch in der schwebenden Matte, die mir half, meine Situation zu ertragen, am Tag, im riesigen Schatten des Flamtrees, an der sie hing und abends in der warmen Luft der geheimnisvollen Nacht. Die letzte Zeit lebte ich nur nach meinen Sinnen und ich kostete das Paradies aus, ich wollte seine Aura aufsaugen und ansammeln, um in dem anderen Land noch genügend davon zu zehren. Ich hüllte mich nur noch in die Tücher, die ich in dem anderen Land auch nicht tragen konnte und meine Füße drangen noch tiefer in den perlenden Sand.

Die Früchte auf dem Frühstückstisch schmeckten noch intensiver und erfrischender. Abdallah wurde noch stiller. Zu dieser Zeit war Saruni der Nachtwächter, ein Massai, der früher unser Njumba Ndogo bewacht hatte. Wie ein bunter, schillernder Krieger ging er immer über das Grundstück mit seinem langen, blitzenden Speer. Er hatte ein sehr feines Gefühl. Er wußte, wann ich sprechen wollte und er wußte, wann ich nicht sprechen wollte. Wenn wir zusammen redeten, dann stand er in wenigem Abstand entfernt und das Thema war immer dasselbe, das ich jedoch aufsog wie etwas Köstliches. Es war unerschöpflich, geheimnisvoll und für uns oft schwer zu verstehen A F R I K A. In der Zeit meines Abschiednehmens sprach ich oft mit ihm. Auch er ging wieder nach Hause in sein Massailand.

Und nun war der letzte Abend gekommen. Ich hatte noch so viel zu tun und doch war alles erledigt. Der Haushalt war aufgelöst, das Haus war leer, Mohamed nähte bereits in seinem neuen Geschäft und die anderen dort, wo sie nun waren. Abdallah hatte mir beim Packen meiner Koffer geholfen.

Doch wo nur war Noris Stern geblieben? Ein letztes Mal legte ich mich auf mein Bett, das das große Moskitonetz umhüllte. Lange brannte mein Licht und lange nahm ich die, mir so vertrauten Eindrücke wahr. Da war über mir das große Makutidach, auf das die Tropfen so vieler Regenzeiten getrommelt hatten. Ich spürte den erfrischenden Duft dieser Zeit in meiner Nase. Ich hatte die Kühle der Nächte geliebt und die Wohligkeit unter der warmen Decke. Ich spürte jedoch auch die Schwüle des Sommers, in dessen Nächte der leise rotierende Ventilator kühle Luft fächelte und mich nur ein kühlendes Tuch bedeckte. Ich löschte das Licht und bereitete mich auf eine schlaflose Nacht vor.

Ich dachte daran, daß ich noch eine Modenschau inszenieren wollte. Diese sollte ein absoluter Höhepunkt werden mit Musik von Mozart, denn es war das Mozartjahr. Sie sollte in einer Korallengrotte stattfinden an einem Vollmondabend. Und nun hatte Thomas unter die Klangfülle seines Daches die Barcarole aufgelegt, mitten in der Nacht, was mich wundervoll aus meinen Gedanken riß. Am Morgen kam Mohamed mit dem Taxi. Er hatte es sich nicht nehmen lassen, mich zum Flugplatz zu begleiten. Nachdem der Horizont begonnen hatte, sich aufzuhellen und die tiefschwarze Nacht zu einer lila Plüschportiere wurde, an der nacheinander die Sterne wie erlöschende Kerzen verblaßt waren, erlebte ich den schönsten Sonnenaufgang, den ich je sah. Ich dachte, das schönste sieht man doch nur in einer Hochstimmung. Doch mir wurde klar, ich sah diesen einmalig schönen Sonnenaufgang in der Hochstimmung meiner Traurigkeit. Wir fuhren durch Mohameds Dorf, vorbei an seinem Laden, zu dem ich wehmütig hinsah. Ich wollte noch so viel zu ihm sagen, doch es erschien mir so unwichtig und was ich noch hatte tun wollen, hatte ich getan.

Ich weiß noch, daß Mohamed mir seine Hand gab und auf deutsch „Auf Wiedersehen" sagte, so wie er es immer gesagt hatte zu unseren deutschen Kunden und ich weiß noch, daß ich auf Swaheli „Kwaheri" sagte. Ich weiß noch, daß wir uns beide sehr schnell umdrehten und ich zur Paßkontrolle lief Es war das einzige, das wir gesprochen hatten. Als ich zum Flugzeug kam und mich auf der Gangway noch einmal umdrehte und Mohamed auf der Terrasse ganz klein stehen sah, da wußte ich, daß Noris Stern mich verlassen hatte.

Kenia entfernte sich, als ich im Flugzeug davonflog, es verblaßte mehr und mehr im Nebel der Weite, um mich zuletzt glauben zu lassen, jemand hätte mit einem Finger seine Konturen unwiederbringlich verwischt.

Sehnsucht nach Afrika

Laßt mich wieder barfuß laufen
sperrt mich an keinen dunklen Ort
ich brauch die Sonne
und die Palmen
dort möcht ich wieder sein, nur dort

Ich möcht' die Vögel wieder hören
ich möcht' am wilden Wasser steh'n
ich möcht' die Blumenpracht
die Menschen
alles alles wiederseh'n

Ich brauch' die heiße Luft zum atmen
ich brauch' die Schönheit deiner Nacht
ich brauch' den Strand
ich brauch' die Muße
ich brauche deine ganze Pracht

März 1992

Zeitfracht Medien GmbH
Ferdinand-Jühlke-Straße 7
99095 Erfurt, Deutschland
produktsicherheit@kolibri360.de